A CONTRA-PARTIDA

LIVRO 4

A CONTRA-ESCURIDÃO

UM THRILLER SOBRE
O PODER DO PERDÃO.
VOCÊ CONSEGUE?

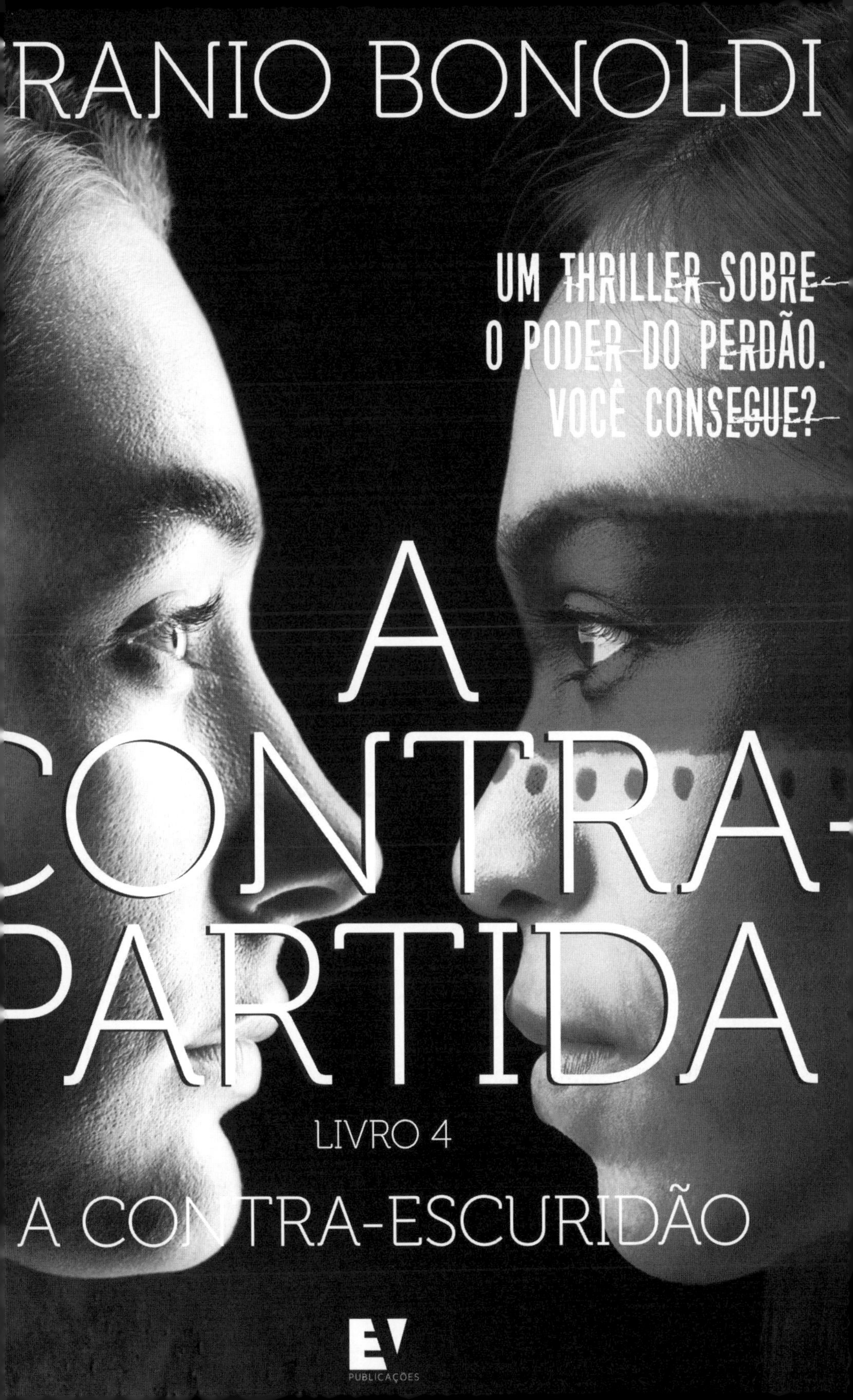
RANIO BONOLDI
UM THRILLER SOBRE
O PODER DO PERDÃO.
VOCÊ CONSEGUE?
A
CONTRA-
PARTIDA
LIVRO 4
A CONTRA-ESCURIDÃO
EV
PUBLICAÇÕES

Direção editorial: *Eduardo Viegas Meirelles Villela*

Edição de textos: *Luciano Milici e Ricardo Bonacorci*

Revisão de língua portuguesa: *Roberta Perondini*

Diagramação e projeto gráfico de miolo: *Marcelo da Paz*

Arte de capa: *Marcelo da Paz e Lion Andreassa*

Impressão: *Hawaii Gráfica*

Dados Internacionais de Catalogação na Publicação (CIP)
Bibliotecária Juliana Farias Motta CRB7/5880

B719c Bonoldi, Uranio

A contra-escuridão / Uranio Bonoldi. - 1.ed. – São Paulo (SP): EV Publicações, 2024. – (Série A Contrapartida; 4)

324 p.; 16 cm x 23 cm

ISBN: 978-65-87369-34-1

---

1. Ficção brasileira. 2. Suspense na literatura. I. Título. II. Série.

CDD B869.3

Os pontos de vista da obra são de responsabilidade de seu autor, não refletindo necessariamente a posição da EV Publicações e de sua equipe editorial.

Caso queira adquirir lotes de exemplares do livro, favor entrar em contato via e-mail: eduardo@eduvillela.com . Ou pelo WhatsApp: (11)96851-1515.

Atendimento ao cliente: utilize, por gentileza, os mesmos contatos acima.

Dedicatória

Caro amigo leitor,

Você sabe que sempre dedico meus livros aos leitores amantes do gênero suspense e que adoram ser surpreendidos. Portanto, dedico este livro a você, que pertence ao grande público leitor da saga. Sei que lhe surpreendi no livro 3 de A Contrapartida, pela apresentação do multiverso da história de Octávio Albuquerque Jr. Você pode ter ficado frustrado por eu não ter revelado o final da história do livro 2, O poder da vingança. Mas jamais lhe deixaria sem este desfecho.

Ele está bem aqui, no livro 4 de *A Contrapartida*, O poder do perdão, que traz mais um poderoso elemento da consciência humana.

Mas, se por acaso lhe frustrei pela apresentação de um novo universo da história, peço-lhe perdão.

"O fraco nunca pode perdoar. Perdão é um atributo dos fortes."

— Mahatma Gandhi

Agradecimentos

À minha querida família: minha mulher Paola, meus filhos Roberta e Aurelio, minha nora Mariela e meu neto Valentin.

Especial agradecimento ao meu irmão Fábio Bonoldi e a minha irmã Ana Elisa Freschet, ambos sempre apoiando minhas iniciativas, por mais inusitadas que possam parecer.

Ao grande time que há tempos me apoia para transformar o sonho desta saga em realidade:

EV Publicações, representada por Eduardo Villela, Luciano Milici, Lion Andreassa e a equipe de marketing da Eagle Mindstratt, representada por Willian Jones. Também, meus agradecimentos à Distribuidora Catavento e sua equipe, representada pelos senhores Júlio Cruz e Roberto Novaes e Wendel Almeida.

Meus agradecimentos, também, aos queridos Ricardo Bonacorci, Marcelo da Paz e Roberta Perondini pela contribuição de inestimável valor a este volume.

Agradeço aos queridos Paulo Sousa, Roberto Márcio e Tito Prates pelos seus textos, os quais muito agregam a esta obra.

Meu caloroso obrigado a todos!

Prefácio

A continuação da saga de Otávio Albuquerque Jr., o Tavinho, no universo dos dois primeiros volumes da série, o leva a um confronto direto com um inimigo ainda mais perigoso que os anteriores: o corrupto de carteirinha, recém-eleito governador do Amazonas — o filho de Carlos Rodrigues.

Nesta trama cheia de voltas e reviravoltas, onde não se pode confiar em ninguém, e sempre com um novo, mas conhecido rival a ser enfrentado, Dr. Otávio Albuquerque Jr. terá de viver novas e dramáticas aventuras para sair ileso de todas as confusões que as alças do tempo lhe reservam. E tudo indica que ainda estão presentes, velhos rivais. Será que Iaúna sobreviveu ao feroz ataque de seu irmão Iaruanã quando estava em Brasília? Afinal, parece que alguém muito próximo valeu-se dos avanços da medicina moderna e dos mistérios da pajelança indígena para transformar-se em outra pessoa e infiltrar-se na ALMO, empresa comandada por Martha, o grande amor de Otávio. A companhia tornou-se uma gigante na indústria da saúde, por lançar uma droga com estrondoso sucesso de mercado, a Macrozyni EVO2 — um acelerador da aprendizagem e potencializador da inteligência humana. Portanto, o ataque neste volume virá de dois flancos. Será que o protagonista conseguirá escapar a esse ataque implacável?

Este quarto volume da série é uma leitura empolgante, exatamente pela tensão proporcionada entre a torcida dos leitores pelos personagens que lhe são caros em contraposição à maldade dos vilões e às estratégias deles para conseguirem destruir o trabalho e, quem sabe, a vida de Otávio, Martha e outros personagens da história. Ao final, como sempre, o autor consegue nos brindar com uma reviravolta surpreendente, que traz todo o sentido ao poder que é invocado nesta obra - o poder do perdão. Isso fará com que o final dessa história seja muito diferente do que seria previsto por nós, simples leitores.

Uma leitura fluída que, com certeza, irá agradar a muitos que aguardam ansiosos o desvendar de quem é a dona Cristininha, que encerrou a última linha do livro 2 da série.

Boa Leitura!

Tito Prates é escritor, embaixador brasileiro e biógrafo de Agatha Christie e presidente da Associação Brasileira de Escritores de Romance Policial, Supense e Terror (ABERST).

Atenção, Você Precisa Ler esta Página!

Caro amigo leitor,

Você já sabe que o livro 3 — O poder do não — abriu o multiverso da saga *A Contrapartida*, certo?

Eu sei, eu sei que lhe surpreendi no livro 3. Você pode ter ficado frustrado por eu não ter revelado o final da história do livro 2 — O poder da vingança — não é? Você deve estar se perguntando: "Mas quem poderia ser aquela mulher que, em frente à banca de jornal, identificou-se como Cristina Albuquerque ou dona Cristininha?"

Calma! Jamais lhe deixaria sem este desfecho, que, por sinal, já estava selado há muito tempo.

Ele está bem aqui, contado no livro 4 de *A Contrapartida*, O poder do perdão, que traz mais este importante elemento da consciência humana — o poder de perdoar.

E você pode estar se fazendo mais uma pergunta: "Mas e o final do livro 3, então?"

Saiba que ele também está selado e você terá acesso a ele no encerramento da saga no livro 5 — O poder da redenção.

Portanto, os volumes da saga se completam e estão divididos em dois universos:

Universo I

Livro 1 — O poder de uma decisão

Livro 2 — O poder da vingança

Livro 4 — O poder do perdão

Universo II

Livro 1 — O poder de uma decisão

Livro 3 — O poder do não

*Livro 5 — O poder da redenção

Assim, neste livro, você conhecerá o final do Universo I e no livro 5 você terá o final do Universo II e o encerramento da saga *A Contrapartida*.

Ótima leitura!

*Breve lançamento.

PARTE UM

A que ponto podemos chegar?

Mas Não Estava Tudo Bem?

Maio de 2019, sábado ensolarado de outono. Pneus cantam quando o veículo entra em aceleração brusca. Batida seca em carne e osso.

— Nããão!

— Caos, desespero e confusão. A atenção dos moradores do bairro volta-se para o meio da rua. Os mais curiosos aproximam--se. Os motoristas são obrigados a parar.

É uma mulher. Seu corpo está estatelado no asfalto depois de ter girado no ar e caído 30 metros à frente. O impacto na lateral de outro veículo que vinha em sentido contrário fez a vítima ricochetear, e a atirou ao meio-fio. Não é apenas a violência gratuita do SUV em alta velocidade naquele corpo frágil o que choca as pessoas, mas todo o cenário.

"Que horror! Parece que está grávida", pensa uma senhora na calçada com saco de pães no colo.

O veículo preto sem placa, e com os vidros escuros, arranca em alta velocidade ao constatar o que fez. Foge, queimando os pneus sem prestar ajuda, talvez temendo a reação popular. Os motoristas próximos gritam de horror, enquanto os mais distantes reclamam, com raiva, da obstrução do trânsito.

— Meu Deus!

— Será que ela morreu?

— Chama o SAMU!

— Morreu, não adianta! Isso é para o IML!

— O que é aquilo escorrendo pelo nariz dela?!

— E das pernas?

— Parem! Abram espaço e não toquem em nada! Sou médico!

Aos berros, em desespero incompreensível para alguém que se diz doutor, o homem grita, chora ao ver o corpo inerte no chão. Onde está a frieza profissional esperada para momentos como aquele?

— Ela não tá respirando! Parada cardíaca! Saiam da frente, me deixem cuidar dela! Chamem a ambulância agora! Chamem o SAMU, pelo amor de Deus! É grave!

Ciente de que não se pode mexer no corpo por causa do esmagamento de nervos ou consequências piores, o médico se põe de joelhos, puxa o vestido da jovem para baixo, cobrindo-lhe a lingerie ensanguentada.

"Esqueça quem ela é e foca o socorro!", diz para si.

De joelhos no meio fio, inicia o procedimento para ressuscitar a vítima e dá dois fortes sopros diretamente na boca, de onde escorre um fio de sangue pela lateral dos lábios.

"Preciso manter o cérebro oxigenado! Agora, 30 compressões cardíacas fortes!"

A cada compressão, a caixa torácica da mulher afunda impressionantes cinco centímetros. Com olhos esbugalhados, virados para cima e sem qualquer controle sobre si mesma, a jovem não tem condições de sequer imaginar o que pode ter causado tamanho dano ao seu corpo. Não contendo a angústia, o homem grita para o céu:

— Isso não pode estar acontecendo! Meu Deus! Ela não, Deus! Leva a mim! Minha filha, não! Me leva! Elas não!

Um rapaz arrisca uma pergunta:

— O senhor a conhece?

Angustiado, o médico soluça. Em meio à ebulição de pensamentos, não escuta a pergunta. Limita-se, naquele momento, a fechar as pálpebras da frágil mulher, para que seus olhos não ressequem.

— Não para, não para! Continua, querida! Respira, vamos! Volta!

Para e tenta escutar o coração. Toma o pulso da mulher, e nada. O rapaz ao seu lado tenta ajudar, mas é prontamente impedido:

— Sai daí! Não mexe em nada! Eu já disse: sou médico!

Imediatamente, o rapaz e o pequeno aglomerado de gente se afastam ao ver a fúria daquele homem que, apesar do estado de perturbação, parece saber o que faz.

— Vamos... vamos lá!

Mais dois sopros fortes que incham o pulmão da vítima e, em seguida, inicia o que seriam mais 30 compressões cardíacas.

O dono da banca de jornal vai até o local do acidente. Observa toda a ação e admira a bela mulher completamente inerte e quase irreconhecível. Moça jovem, refinada e muito bonita. "Mesmo grávida, permanecia magrinha e com a pele lisa e bem cuidada."

Com uma das mãos, o médico ergue uma das pálpebras da mulher, ao mesmo tempo em que, com a outra, tenta sentir o pulso. "Muito fraco, meu Deus, me ajuda!".

— Chamaram a ambulância?! Pelo amor de Deus, é grave! Ela não tá respirando!

O desespero aumenta, bem como o volume de sangue que escorre pelo asfalto. Difícil identificar de qual ferimento escorre o plasma. Carros buzinam. Pessoas correm para todos os lados. Parecem tomar providências, mas nada acontece.

Ernest Hemingway, uma vez, escreveu: "Nunca confunda movimento com ação".

Um motorista pergunta para um dos muitos curiosos:

— Não dá pra mover o corpo pra calçada e liberar a rua? Tenho horário...

O médico só ouve "corpo" e pensa: "Não é um corpo. É uma pessoa! A pessoa que amo mais do que tudo na vida!"

— O cérebro... o cérebro dela precisa de oxigênio!

Com as duas mãos e parte do peso do próprio corpo, continua com as compressões cardíacas. Com celulares em punho e redes sociais ativas, a multidão espanta-se ao ver o tórax da vítima se deformando para dentro do peito a cada manobra executada com perfeição pelo médico.

— Olha aquilo. É assustador!

— Vai quebrar ela!

— Jesus!

— E parece uma bonequinha.

A mulher tem espasmos, sua mandíbula exageradamente aberta. Está em completo colapso, suas funções vitais não respondem.

A cada pausa, aquele homem, em aflição, diz em voz baixa:

— Não... não pode ser verdade! Meu Deus! Ela não! E minha filha, meu Deus! Leva a mim, meu Deus! Me leva, porra! Deixa elas! Deixa elas!

A mulher contorce-se. Os nervos contraem-se. Pode ser um bom sinal ou o pior de todos os sinais. De um carro de vidros abertos, o som do rádio alto aumenta a confusão e o desespero:

— É, meus queridos ouvintes, a coisa tá feia em nosso país. Fome, corrupção, roubalheira e violência... tudo igual no Brasil...

— Vai, amor! Luta! Respira, por favor!

O médico não para! Sopro de amor, sopro de vida na boca deformada pelo impacto. Gosto de sangue.

Na multidão, uma sombra observa o médico em desespero, a mulher semimorta no chão e a gravidez que talvez não vá se concretizar.

Ernest Hemingway, uma vez, escreveu: "Vendem-se: sapatos de bebês. Nunca usados".

Um dia que começou agradável e fica rapidamente quente. Quente demais para o outono paulistano.

Enfim, uma puxada de ar daquele débil corpo. Quase incrédulo, o médico sente a vida.

O Que é Meu, Eu Pego

A ambulância costura o trânsito da Capital Federal com a sirene ligada. O motorista Alceu ultrapassa os carros em grande velocidade. Na parte de trás, os paramédicos Altino e Andrade surpreendem-se com a constatação de que a vítima, uma mulher com mais de 60 anos, com uma perfuração a bala na altura do peito, está respondendo bem aos cuidados médicos.

— Quase não dá para acreditar, Andrade. Essa mulher deve ter pacto com o capeta — diz o paramédico espantado.

Iaúna observa o atendimento deitada. Não sente dor. O outro paramédico questiona:

— Por que diz isso?

— Assim que limpamos o peito dela, chequei e, se eu não estiver enganado, a bala não acertou qualquer artéria importante, ainda que tenha passado raspando pelo coração.

— Tem certeza, Altino? Nenhuma artéria?!

— Negativo. Veja! Foi a parte mediastinal da pleura parietal. Centímetros do coração, mas dá para salvar se for operada logo.

Iaúna ouve a conversa preocupada. Ela sabe que não tem a fisiologia comum. Além da resistência superior, é extremamente inteligente. Completamente lúcida, a indígena fala:

— Tirem... tirem este troço da minha cara!

— Calma, senhora, estamos chegando ao hospital — Altino não vê motivos para preocupação — Este inalador é o oxigênio, não tire, tá bom?

— Não posso ir para o hospital!

Os homens seguram o ombro da mulher para que ela não se debata. Iaúna olha bem nos olhos de Andrade e diz:

— Se eu for para o hospital, vão me matar!

Os paramédicos olham-se e, antes que perguntem, Iaúna complementa:

— As pessoas que fizeram isso comigo vão terminar o serviço.

— A senhora tá delirando — Altino até tenta tranquilizá-la e pensa: "Só pode. Perdeu muito sangue, tá fraca. É normal ter delírios".

Iaúna segura o pulso de Altino e ergue seu braço, empurrando-o com força.

— O que é isso, dona?! Deita aí e me larga.

A indígena retira a máscara do inalador e, sentada na maca, afirma com grande convicção:

— Não posso ir para nenhum hospital. Eu posso arranjar bastante dinheiro, muito dinheiro mesmo, se vocês me ajudarem. Prometo 5 milhões para cada um!

— 5 milhões?!

— Eu juro! É cinco pra cada um de vocês e mais cinco para o motorista. Mas, vocês precisam me ajudar! É sério, não posso ir pro hospital! Se estiver morta, não conseguirei pagar vocês. No hospital, eles vão querer me matar! Tenho certeza.

Iaúna sempre dominou a arte da persuasão. Desde as suas visitas à delegacia em busca de criminosos para servir de insumo para o elixir, até no trato com marginais e homens perigosos, ela sempre conseguiu o que desejava. Com excelente controle emocional e oratória, sabe como responder à altura, usar as palavras certas, ser firme e sedutora ao mesmo tempo.

— A senhora tá louca! Delirando...

— É isso o que vocês ouviram. Cuidem de mim e eu agradeço com uma pequena fortuna. Vocês não têm nada a perder. Eu sou uma velha que levou uma bala no coração. Estão esperando meu cadáver na emergência, mas, como vocês podem ver, estou bem vivinha. Vamos, meninos: 5 milhões para cada. Eu aposto que nunca viram tanto dinheiro junto. É grana pra nunca mais trabalhar!

Os paramédicos olham-se e o motorista grita do volante:

— O que tá pegando aí?!

Andrade vai até a janelinha de comunicação com a cabine e pede:

— Alceu, encosta em algum lugar. A gente precisa da sua opinião pra um bagulho que tá rolando.

— A velha morreu?

— Não! Encosta, e a gente te mostra.

O motorista obedece e se espanta ao ver Iaúna deitada, com um curativo no peito, e conversando. Ela repete sua proposta com calma:

— É isso, rapazes. Muito dinheiro pela ajuda de vocês. Eu sei de muita coisa. Por isso, vão me prender, vão me torturar para confessar e, depois, vão me matar. Mas, como podem ver, sou inofensiva. Sou só uma mulher querendo sossego. Eu ofereço 5 milhões. Cinco pra cada. É dinheiro de ladrão! Quem rouba ladrão tem 100 anos de perdão... Não é isso o que dizem? Se não quiserem aproveitar essa oportunidade única, que Deus colocou diante de vocês, então, me levem para o hospital. Agora, se quiserem ficar de bobeira pelo resto da vida, vão me ajudar e buscamos juntos essa dinheirama toda.

Os homens olham-se. O motorista não está convencido:

— Dona, eu tenho noiva, o Altino é casado e o Andrade... o Andrade eu não sei... você é solteiro, né?

— Tô na pista, Alceu.

— Tirando o Andrade, a gente tem mulher pra prestar conta, tem emprego. Como vamos sair assim e ajudar uma estranha a roubar?!

Iaúna tosse sangue. Mesmo não sendo tão grave, seu ferimento começa a causar problemas.

— E vocês querem ficar ao lado das esposas, namoradas, noivas, filhos, sei lá mais com quem, sem dinheiro? Olha: homem liso não dura muito com mulher, não. E você, bonitão? É solteiro, hein? Sabe o nível de mulher que você pode ter se for rico? Sabe aquelas da TV? Ou prefere homens? Já pensou em ter quantos você quiser?

— Sai fora, dona! Sou macho.

— Tô falando de muito dinheiro! — O discurso de Iaúna sai calmo, como se não existissem desvantagens em seu plano — E é dinheiro que foi roubado por políticos importantes! Políticos corruptos que não estão nem aí com o povo! É justo eu morrer para eles terem de volta essa bufunfa? Sendo que a gente pode dividir e, daqui uns meses, cada um estar numa praia, numa casa de campo, de papo pro ar. O que acham? Decidam logo! Acho que estou ficando gelada, eu tô ficando zonza... preciso me deitar de novo.

Os três vão para fora da ambulância. Conversam longe da paciente e voltam. Alceu é o porta-voz do grupo:

— 5 milha pra cada?!

— Exatamente.

— A senhora tá sozinha nessa?

— Se vocês não entrarem comigo, estarei sozinha. Se vocês toparem, seremos um time.

Os três olham-se e o motorista diz:

— Eu não posso é sair por aí com essa ambulância. Não podemos sumir com ela assim, do nada! Vai despertar buscas, vão vir atrás de mim, vai dar merda! Acho que a melhor alternativa é deixarmos a ambulância abandonada sem ninguém, sem vestígios. A gente limpa tudo! E olha só, dona: como você falou que tem uns caras atrás da senhora, vai sair a história na boca pequena que acabaram com você e queimaram as testemunhas.

— Tá bom! — Iaúna sorri — A gente se livra dessa ambulância, mas depois temos que pegar outra. Ela será importante para nosso plano.

— Fechado, dona! Essa coisa de outra ambulância eu cuido. Consigo outra. E o que a gente faz pra pegar a bufunfa?

A estratégia dela é passada aos homens, como ordens a capangas. Sem direito a questionamento. Ainda no acostamento da via pública, ela diz para o trio arrancar os fios do rádio da ambulância e desligar os celulares.

— Tirem os chips dos celulares e destruam. Podem ficar com os aparelhos, mas eliminem quaisquer possibilidades de localizarem vocês. Nada de GPS. Por falar nisso, eliminem, destruam o GPS da ambulância também. Não sei se essa tem, mas, se tiver, precisam destruir.

Os homens obedecem rapidamente. Alceu e Altino ficam preocupados em não poder avisar as famílias, mas entendem o motivo. A indígena instrui:

— Viemos até aqui pelas avenidas principais. Elas têm câmeras. Para todos os efeitos, seguimos por essa avenida. Conhecendo um pouco essa cidade, vamos retornar pelas alças externas, acho que não tem câmeras. Temos que achar um lugar bom pra esconder a ambulância. Onde vocês possam me tratar, e a gente possa fazer um plano pra daqui pra frente. Agora, preciso de um remédio pra dor... tá tudo escurecendo... lá vou eu de novo...

Os homens ficam estáticos, se olhando, até que Andrade tem a ideia:

— Bora pro Lago Sul!

Alceu dirige-se para o local, enquanto Andrade e Altino fazem o possível para manter Iaúna viva. O esforço da mulher para convencer os homens exauriu as forças dela.

De maneira inteligente, os homens seguem por estradas paralelas até um ponto no Lago Sul na DF-025. Lá, descem por uma estreita saída à direita, que não chega a ser uma estrada. É apenas um acesso local, raramente utilizado. O caminho é íngreme e termina em uma parte rasa do lago. Ajudados pela leve escuridão das árvores das margens, o trio esconde a ambulância próximo a uma galeria de águas pluviais.

— E se for mentira da velha? — pergunta Altino, enquanto trata do ferimento de Iaúna.

Na ambulância, os homens têm à disposição toda sorte de medicamentos. Estão tensos e temerosos por suas famílias e empregos, mas a aventura pode valer a pena.

— Velha? Viu o corpo dela? Peitinhos perfeitos e firmes! — diz Andrade, bastante empolgado.

Alceu, que não assistiu ao trabalho dos paramédicos porque estava ao volante, pergunta:

— A bala foi retirada?

— Óbvio! Não somos cirurgiões, mas essa tava facilzinha. Os pontos também ficaram ótimos. Agora são analgésicos, antibióticos e corticoides, além de um pouco de morfina. A velha gostosa vai ficar apagada umas seis horas...

— Que bom que conseguiram. Agora, chamar essa velha com cara derretida, de gostosa, é meio forçado. Se ela é gostosa, eu sou um boi.

Horas depois, os homens conversam do lado de fora da ambulância. O veículo permanece escondido sob as folhagens retiradas das árvores:

— Será que essa mulher tem mesmo tanta grana para dividir com a gente? –Andrade está desconfiado e não consegue segurar as preocupações.

— Se não tiver, a gente tá fodido pra explicar tudo isso depois — responde Altino.

Alceu, pensativo, fala:

— Ela tem. Eu garanto. Quem é do crime reconhece os colegas. Eu já errei bastante nessa vida, já fui piloto de fuga e fiz muita merda. Essa mulher aí tem grana. E digo mais: tem muita grana. Se ofereceu 5 pra cada um de nós, ela deve ter uns 30 pra pegar!

— 30?!

— Acho que daí pra mais, Andrade. Falo uns 30, porque ela deve pegar metade pra ela e distribuir a outra metade. E eu acho injusto a gente ficar com uma merreca. Ela disse que tá sozinha e a gente salvou a vida dela. Nada mais justo do que termos uma recompensa maior, não?

— Sei não — Altino coça a cabeça — Ela não vai querer dar mais. Mas eu concordo com você. Vai ser foda ver ela com essa fortuna toda dando só cinquinho pra cada um de nós.

Alceu respira fundo, coloca a mão no ombro do paramédico e propõe:

— Se a velha tiver mesmo muita grana, a gente pega mais ou até pega tudo. A gente apaga ela sem dó e fica com a fortuna pra nós três. É como ela disse: se Deus deu essa oportunidade, não foi por acaso.

— E mais... ladrão que rouba ladrão tem 100 anos de perdão! — todos gargalham.

— É isso aí, pessoal. Tá feito! Bem, assim que ela acordar, vamos tratar de sair daqui e abandonar essa bosta de ambulância, que já deve ter muito fardado procurando. Já pensei no que fazer. Vou deixar vocês num inferninho para passarmos estes dias. Aproveito a madrugada e jogo a ambulância de cima da última alça da Asa Sul. Já faz anos, está com um puta rombo no *guard rail* de um caminhão que caiu lá de cima. Tô falando lá perto do Zoológico. Não tem ninguém naquelas paradas de madrugada. Vou jogar ela dali mesmo, vai cair de frente, vai rolar, vai capotar, vai se acabar toda na pista de baixo.

Contrariando a previsão do paramédico, de que dormiria por seis horas, Iaúna sai da ambulância. Os homens espantam-se. Alheia à presença deles, a indígena caminha, completamente nua, em direção ao lago iluminado pela lua. Imersa, banha-se lenta e sensualmente. A pele firme, a cintura afilada, o quadril largo e as coxas bem torneadas surpreendem os rapazes. Ao retornar, respingando água e ainda sem roupas, ela para em frente aos comparsas, sem demonstrar qualquer inibição:

— Desculpem. Sou descendente de indígenas. Alguns costumes são difíceis de esquecer.

Alceu, imediatamente, pensa: "Retiro o que eu disse: essa mulher é demais!". Se não fosse pelo braço e parte do rosto queimados, seria facilmente confundida com alguém mais jovem. Diante do silêncio de espanto dos três, Iaúna pergunta:

— E aí? Virão comigo? Ainda estão dentro?

Os homens concordam, e a mulher retorna para o veículo. Os paramédicos olham para o motorista, que permanece com olhos arregalados de espanto e incredulidade. Então, Alceu diz:

— Muuuuuuuu.

Os três riem. Na ambulância, Iaúna pensa: "Vou buscar o que é só meu. Está na hora de pegar o que meu falecido irmão me deixou. Pobre Iaruanã!"

Vida Por Um Fio

Junho de 2019. No melhor e mais bem equipado hospital do país, sob cuidado dos melhores profissionais de saúde, Martha padece com o coma.

O violento atropelamento, que quase lhe custou a vida, acabou por levar sua ainda não nascida filha, que certamente se chamaria Lais. Martha e Octávio tinham escolhido o nome dois dias antes. Inicialmente, o drama da família Albuquerque foi notícia em todo o Brasil, mas, com o passar dos dias, tornou-se apenas uma nota em alguns poucos veículos de imprensa. Novas tragédias urbanas revezam-se nas manchetes jornalísticas.

Octávio vê-se assistido por um competente corpo médico, formado, inclusive, por ex-colegas de faculdade. Tudo é feito com cuidado, carinho e profissionalismo, ainda que a situação seja extremamente preocupante.

— Não deixe que ela morra! Eu não posso perdê-la de jeito nenhum! — suplica o marido ao médico responsável.

— Octávio, preciso lhe dizer que estamos com... com chances muito equilibradas. Temos a questão do aborto, as inúmeras fraturas e contusões, órgãos perfurados e o imenso esforço que Martha está fazendo para sobreviver.

Com os sogros ao seu lado, Octávio agradece ao médico, que se afasta. Cai sentado em um banco e coloca a mão no rosto.

— Chances equilibradas é o mesmo que dizer que tudo pode acontecer! Que tudo depende de uma intervenção divina! Que merda!

Os dias passam arrastados. Sem sair do hospital, Octávio acompanha o quadro da mulher avançar para um coma profundo. Em um domingo à noite, o diretor do hospital praticamente arrasta Octávio à lanchonete do prédio.

— Você tem que comer, meu amigo. Martha precisa do marido bem.

— Eu não posso. Eu não consigo. Não é justo que eu me alimente, enquanto ela está lá!

O diretor coloca a mão sobre o ombro de Octávio.

— Eu compreendo. Olha, é importante que você dê andamento à... à menina, Octávio. Ela precisa descansar!

Octávio, com os olhos marejados, questiona:

— Você quer que eu enterre a minha filha? Que eu faça isso sem a mãe dela estar presente? É isso?!

— Não, Octávio. Só estou dizendo que você conhece o processo. A neném precisa...

Octávio bate na mesa do café e grita:

— Eu sei! Eu sei! Droga!

Então, levanta-se e sai apressado, de volta para a sala de espera da UTI. No caminho socorristas se esbarram apressados. Correm em direção ao quarto de Martha.

— O que houve? O que está acontecendo?!

Ninguém responde. Enfermeiras avançam pela porta, e Octávio reconhece o sinal agudo de emergência.

— O que foi? Me diz!

Um médico, de dentro da sala, responde:

— Convulsão seguida de parada cardíaca.

Octávio tenta entrar na sala, mas é impedido por dois enfermeiros.

— Sai! Me solta!

É a segunda parada cardíaca de Martha. Depois de momentos de alta tensão, a equipe médica consegue controlar a situação. Porém, com o passar dos dias, o estado da paciente só piora. Ela definha e responde mal ao tratamento.

"É o fim... Lais morreu... Martha está indo... Acabou-se tudo para mim!", pensa, saindo do hospital pela primeira vez em semanas, sem saber o porquê.

Caminha pela calçada trançando os pés. Está magro, abatido, descabelado e com a barba por fazer. Ainda que acomodado em um dos quartos do hospital, não tem dormido, comido e vivido. Somente subsiste.

"A Martha está indo, meu Deus. Eu sinto. Já vi isso acontecer. É hoje. Tenho certeza. A minha vida desabou. Tudo acabou completamente", lamenta em pensamentos amargos e esbarra em outros transeuntes que o olham assustados.

Neste dia, especialmente, faz frio. Na esquina, uma pequena figura de um metro de altura surge correndo. Veste um grosso casaquinho vermelho e uma tiara, também rubra, na cabeça. Tem a pele branca e o cabelo castanho claro, que vai até a altura do meio do pescoço. Os olhos, igualmente castanhos, são emoldurados por uma delicada franja de poucos fios.

A garotinha com cerca de sete anos vai na direção de Octávio gritando:

— Papai! Papai!

O médico para e observa aquele pequeno anjo avançando, até que alguém atrás dele diz:

— Lalá!

Ela passa de braços abertos por Octávio e agarra o homem que a espera na calçada logo atrás.

— Papai!

Octávio vira-se e acompanha a confraternização familiar. Não há inveja, apenas curiosidade.

— Lalá, cadê a mamãe?

A menina segura o próprio queixo, como se refletisse, e responde:

— Está lá atrás... tá vindo.

O homem aperta a filha no colo:

— A gente vai ficar junto hoje?

— Não, papai! Hoje eu vou ficar com a vovó e o vovô, lembra?

O homem sorri, encantado com a memória apurada da garotinha:

— Ah, é verdade. E a mamãe? Vai ficar com você e com os vovôs ou vai ficar com o papai?

Estranhamente, ela vira a cabeça e olha para Octávio:

— Se você me levar pra vovó e pro vovô, a mamãe vai ficar com você, papai. Se você não me levar, a mamãe é quem vai me levar lá. Mas aí ela vai querer ficar na casa dos vovôs comigo.

Octávio espanta-se com a garota olhando para ele e esfrega os olhos. Percebe que, na verdade, foi um golpe de vista, uma impressão. A menininha está, de fato, falando com o pai. Segundos depois, a mãe surge na esquina, e os três se afastam.

Octávio respira fundo e corre de volta para o hospital. Na recepção, diz para a atendente:

— Eu sou o Dr. Octávio. Estou aqui como acompanhante da minha esposa. Quero saber dos trâmites burocráticos para o sepultamento da minha filha. Como faço?

No dia seguinte, na presença dos pais de Martha, colegas, amigos como: Fernanda de Vita, Silvia Bruno, Renato Stein e professor Firmino e pessoas muito próximas da família, Octávio enterra a pequena Lais Moss Albuquerque. Alguns médicos e amigos do hospital também comparecem. Não há cerimônia, apenas um respeitoso procedimento fúnebre. Caixão fechado, não há velório.

Um a um, os presentes confortam Octávio e saem. Sozinho diante da recém-enterrada filha não-nascida, o médico chora:

— Filha, me ouça! Cumpri seu desejo de manter mamãe e papai juntos. Jamais vamos te esquecer, meu anjinho. E vou contar esta história para sua mãe quando ela acordar. Papai promete!

No caminho de volta ao hospital, enquanto dirige, Octávio reflete sobre o fato de a esposa estar entre a vida e a morte. Ele sabe que há grandes chances de retornar àquele mesmo cemitério em breve. O cemitério onde estão sua filha e seus pais. Todos os inocentes lá, menos ele que é quem mais errou e pecou.

"É, filhinha, o papai deixou você com a vovó e com o vovô...", pensa e, ainda que meio distraído, freia abruptamente para três pessoas atravessarem a rua. Reconhece a família do dia anterior. O trio caminha pela faixa de pedestres. No colo do pai, a pequena garotinha segura um lindo balão verde e olha para Octávio. A menina acena para o médico e solta o balão que sobe ao céu. O carro de trás buzina, e Octávio volta a andar. Segundos depois, o celular toca. É alguém do hospital:

— Dr. Octávio? Desculpe ligar hoje... estamos cientes do momento que o senhor está passando, mas é que... bom... sua esposa, a Sra. Martha... ela...

Octávio sua frio e interrompe:

— O que tem? O que aconteceu com a Martha?! Fala logo!

— Ela saiu do coma. Venha para cá!

Octávio não contém as lágrimas.

A Venda de Uma Boa História

Setembro de 2018. Há muito tempo não se via um velório com tamanha comoção.

O Salão Negro da Câmara dos Deputados, em Brasília, serve como espaço público para a despedida de Carlos "Pajé" Rodrigues. Homem, pai, empresário e figura pública. Liderança política, ambientalista, cidadão de bem, patriota, indígena de origem humilde e político de carreira meteórica.

O espaço parece pequeno diante da multidão, que se enfileira para uma breve passagem ao lado do caixão aberto. Os populares têm apenas alguns segundos para se despedir.

Enquanto jornalistas cobrem os melhores ângulos, celebridades, políticos, profissionais de ONGs, militares, representantes de diversas tribos e até personalidades internacionais comparecem para se despedir de uma das únicas unanimidades nacionais. Um herói brasileiro.

— Lá se vai o único capaz de unir a direita e a esquerda — comenta um visitante na fila do velório.

Vez ou outra, alguém do público, que passa pelo caixão, dá seu testemunho à imprensa, dizendo o quanto Carlos Rodrigues ajudou determinada comunidade, ou transformou a realidade dos mais necessitados.

A esposa do falecido é automaticamente alçada, pela mídia, como Viúva do Brasil. Assim que caminha para fora do salão da Câmara, Nathalia Gouveia Rodrigues, jornalista de renome inquestionável, posiciona-se atrás de uma mesa para uma breve coletiva. A estrutura, aparentemente improvisada, foi minuciosamente planejada por ela e pelos filhos para manipular ainda mais a imprensa, os eleitores e o povo brasileiro. Sem esperar perguntas, Nathalia começa o discurso:

"Amigos e amigas da floresta, da mata, do Brasil e do exterior. Irmãos, como meu amado esposo gostava de dizer, muito obrigada pela presença, pelas palavras de carinho, pela atenção e pelo amor. Eu e meus filhos estamos nos sentindo abraçados nesse momento de dor."

Câmeras e microfones posicionados. Curiosos juntam-se em profunda consternação, enquanto a viúva segue com olhos marejados:

"Como sabem, meu amado marido, em seu intenso desejo de fazer o certo com as próprias mãos, estava investigando denúncias de exploração ilegal de madeira e minerais na Amazônia... isso mesmo! Na Amazônia que ele tanto amava. A denúncia vinha de um irmão de floresta, um indígena puro e digno, alguém com quem meu marido sempre se identificou. Eu pedi tanto. Eu implorei para que Carlos não se envolvesse diretamente. Ele não precisava. Ele podia acionar autoridades ou a polícia, mas, quem disse que ele conseguia deixar na mão de outros? Ele era assim... um verdadeiro herói. Queria entender o que se passava para poder ajudar de maneira efetiva e com todo carinho e proteção. Porém, no dia... naquele terrível dia, eu me lembro que Carlos estava feliz. Ele estava satisfeito com o rumo que nossas vidas estavam tomando. Estava feliz com a família, com os negócios, com as perspectivas que surgiam em relação à proteção da Amazônia. Ele marcou para ir junto com o colega indígena, que se chamava Cauê, ao encontro de uma líder, também indígena, que segundo denúncias, estava atuando em favor dos exploradores da mata e contra a natureza. Meu marido, como todos sabem, era um sonhador, um idealista e um realizador. Era homem de ação. Ele tinha esperanças de trazer para a razão a líder indígena que apoiava o desmatamento. Ele custava a acreditar que uma pessoa não se arrependesse e não fosse digna de perdão. Como foi amplamente coberto por todas as emissoras de televisão, meu marido marcou a reunião em seu escritório aqui em Brasília, mas, infelizmente, foi vítima de uma emboscada no estacionamento do prédio. No ímpeto de salvar Cauê, seu amigo indígena, de um atentado planejado pela tal líder, ligada a garimpeiros e madeireiros ilegais, Carlos foi baleado no pescoço. Testemunhas dizem que enquanto a vida de meu marido se esvaía, ele teve tempo de dizer que amava o Brasil e o povo brasileiro. Assim era Carlos Rodrigues que, agora, descansa ao lado do Pai Eterno."

E emenda:

"O estranho nisso tudo é que o tiro, que ceifou a vida de um pai de família, veio de uma arma oficial. Isso mesmo. Um policial atirou em meu marido. Investigações trabalham com a hipótese de disparo acidental, mas há de se questionar a razão de um policial de São Paulo conduzir um processo investigativo aqui em Brasília. Para mim, isso cheira a irregularidade. Tudo ainda está muito estranho. A investigação estava sendo conduzida por um tal de delegado Oswaldo, Oswaldo Roche. E, desta forma, estamos totalmente sem saber o que exatamente pode ter acontecido. O amigo, o indígena denunciante da prática predatória e exploradora, o querido Cauê, acabou morto também. E a tal líder ligada aos criminosos, a mulher cuja identidade ainda é desconhecida, segue foragida.

O sonho do meu marido era criar uma convivência pacífica e sustentável, além de combater os abusos dos madeireiros e garimpeiros ilegais. E esse preço foi pago com a própria vida. Rogo às autoridades que encontrem essa mulher, nossa única esperança para elucidar o caso. Ela saiu do local ferida em uma ambulância e, estranhamente, nunca mais foi vista. E, que respondam à pergunta que eu faço, ou melhor, que o Brasil faz: por que aquele policial estava lá? Agora, peço que seja respeitado o luto da minha família. Meus filhos e eu estamos sem comer, sem dormir... perdemos o chão. E o Brasil perdeu um grande líder. Esse grande protetor. O paizão da Amazônia, símbolo maior da luta pela salvação da floresta contra exploração predatória. Descanse em paz, Carlos Rodrigues, meu eterno amor."

O desempenho impecável de Nathalia diante das câmeras é repetido inúmeras vezes durante a semana em jornais e redes sociais. Trechos são traduzidos e veiculados na imprensa mundial. Um cantor de renome reúne-se com artistas proeminentes de todo o mundo para gravar uma canção chamada "Guardião do Mundo". O videoclipe apresenta cenas de Carlos Rodrigues em discursos inflamados, em incursões pela floresta e em imagens pessoais com os filhos ainda crianças. O mundo todo chora. Carlos é colocado, por muitos, ao lado de Chico Mendes e Dorothy Stang na luta pela floresta. Parques e ruas são batizados com o seu nome.

Quem controla a história, controla a verdade. E Nathalia Gouveia era mestre nesta arte.

Sou Martha Albuquerque

Outubro de 2019, sala de convenções do renomado hotel na região da Avenida Berrini, em São Paulo. O ambiente luxuoso e com acesso controlado recebe banqueiros, executivos do mercado financeiro, gestores de *venture capital* e investidores-anjo. Organizado por um dos *asset managements* ali presentes e divulgado pela assessoria de imprensa do Dr. Octávio Albuquerque Jr., o evento apresenta um negócio revolucionário. O objetivo do encontro é captar recursos para a execução do ambicioso plano de negócios da nova empresa. O interesse por parte dos grandes investidores é enorme.

Até os mais acostumados às experiências extravagantes se impressionam com as cadeiras, que mais parecem poltronas, o café de boas-vindas, servido com o mais alto grau de bom gosto, a luxuosa vitrine trancada, que exibe em seu interior cópias do prospecto do negócio e estojos, cujo conteúdo não é possível identificar.

Enquanto aguardam a apresentação do plano de negócios e se servem do *brunch*, os convidados cumprimentam-se com simpatia, aliada a um natural rancor competitivo. Estudam-se, comparam-se e exibem-se como se competissem nos mais ínfimos detalhes. Um dos convidados, um homem em seus 60 anos para mais, que representa um fundo de investimentos, gaba-se por já saber o que os espera.

— Todo mundo aqui conhece o Dr. Octávio e a mulher dele, não? Vocês conhecem, óbvio. O cara não sai da mídia, seja para o bem ou para o mal.

Os demais riem e observam o monólogo daquele homem baixo, acima do peso e excelente perfume:

— Eu aposto que ninguém aqui fez a lição de casa antes de vir, não? Eles vão pedir aporte pra alguma loucura, tenho certeza. Diferente de vocês, andei pesquisando. Eles botaram grana num segmento praticamente morto da área médica. Segmento de baixo valor agregado, que não dá prejuízo, mas que fica naquele zero a zero de merda! Não tão sabendo?

Neste instante, uma voz anuncia ao microfone:

— Vamos começar. Solicitamos aos senhores que ocupem seus assentos demarcados. A apresentação se iniciará em breve.

Indiferente aos preparativos, o investidor bocudo segue comentando:

— Encontrei o Dr. Albuquerque uma vez em um sebo em Paris. Eu estava procurando um livro raríssimo, única edição existente, com dedicatória do autor. O doutor estava lá, bem perto do livro. Eu me aproximei, mas ele pegou o volume antes de mim. Só deu uma folheada e largou o exemplar na mesa. Eu, mais que depressa, peguei na hora aquela raridade. Isso faz uns quatro anos, mas ficou na minha memória, porque ele é famoso e porque quase perdi um livro que vale ouro.

Os convidados ouvem o relato, até que um deles dispara:

— E quanto vale esse livro?

— Se eu disser que comprei por uns 500 euros há uns quatro anos e, hoje, deve valer uns 50 mil euros, vocês acreditariam em mim? Nem o cara do sebo sabia o que tinha nas mãos.

O falatório é interrompido pela abertura formal do encontro. A organização do evento está à cargo do L.Y.M Trust Bank, banco com sede em Dubai. Um executivo explica à plateia como foi que garimpou a joia bruta que será exibida em instantes:

— Cabe a nós, senhores, apoiar estes empreendedores que apresentarei a vocês. Empresários, cujo objetivo é tornar o nosso mundo melhor e mais feliz, transformando ideias num diamante valioso. Com vocês, a Sra. Martha Albuquerque, CEO, e o Dr. Octávio, cientista chefe da ALMO Bioscientific!

Imediatamente, Martha e Octávio entram no palco de maneira altiva e cumprimentam, à distância, a plateia de forma simpática. Octávio acolhe Martha, que esboça certa dificuldade, tanto ao caminhar quanto para se sentar à mesa de apresentação. O silêncio toma conta da plateia que, intimamente, pergunta-se até que ponto é a extensão dos ferimentos dela. Afinal, mais de cinco meses já se passaram desde o traumático atropelamento. Um acidente com cicatrizes e mágoas. Martha usa uma tipoia, e seu olhar expressa dor. Mostra-se firme a ponto de lançar breves e educados sorrisos à plateia. Ainda assim, sua beleza jovial está presente no semblante, que encanta o público. Após auxiliar a esposa, Octávio deixa o palco e se acomoda na primeira fila ao lado dos convidados.

Martha inicia a apresentação, desculpando-se por estar sentada e, à medida em que fala, deixa evidente sua posição de poderosa líder empresarial. Didaticamente, expõe sua proposta ao mercado. O negócio concebido é completamente disruptivo, inédito no campo da saúde.

"Chegou o momento da Revolução da Longevidade com qualidade de vida, preservação da saúde e epigenética. Acredito que conferir inteligência e juventude às pessoas pode ser considerado o "Santo Graal" que a humanidade busca incessantemente. Estas projeções estão amplamente embasadas nas expectativas dos mercados de saúde e beleza. Bilhões de dólares são gastos anualmente em procedimentos cirúrgicos que visam o rejuvenescimento, cosméticos que retardam o envelhecimento e suplementos alimentares e vitamínicos que revigoram o bem-estar físico."

O silêncio da plateia é total. Os olhos e os ouvidos dos investidores estão presos em Martha.

"Contratamos a renomada IDK Intelligence, especialista em pesquisa de mercado e inteligência competitiva, para dimensionar potenciais compradores e respectiva demanda. Notem que as projeções apresentam apenas o que seriam as vendas a uma parcela ínfima deste mercado no primeiro ano, até atingir 10% de participação em seis anos. Projeção que consideramos extremamente conservadora. Adicionalmente, a análise de sensibilidade mostra que temos a oportunidade de atingir o *breakeven* com 50% das estimativas de resultados projetados para o terceiro ano. Isso é muito bom. E esta outra análise de sensibilidade apresenta as projeções, de acordo com o aporte de 50 a 150 milhões de reais, em intervalos de 10 milhões, e a alavancagem de participação dos senhores por aporte, se aderirem ao projeto, é claro. Todo este material e informações adicionais, vocês poderão receber mediante a assinatura do acordo de confidencialidade ao término do encontro, caso se interessem. E quem aderir ao projeto, ainda levará uma linda peça com a nossa logomarca para selar, o que acreditamos, ser o início de uma parceria vitoriosa".

Martha sorri com simpatia, causando uma reação positiva na audiência. A plateia olha-se, murmura e observa com espanto a bela e jovem executiva trazendo à luz uma solução impressionante com resultados muito bem embasados.

"Notem que, o saber sem limites e o aumento considerável na expectativa de vida, elevarão a humanidade a outro patamar. Todos vocês poderão ser protagonistas nesta revolução disruptiva ao meu lado, ou melhor, ao nosso lado."

A executiva olha e sinaliza para o marido com um sorriso cativante.

"Proponho aqui o real adiamento do envelhecimento e a enorme ampliação das capacidades cognitivas. Inteligência e longevidade em apenas um medicamento, absolutamente seguro."

Uma vez mais, Martha olha para a primeira fila da plateia e sorri. Desta vez, anuncia:

"E não estamos sós. Temos ao nosso lado uma das mentes mais brilhantes do país. Gênio da Cardiologia e da Biotecnologia, meu marido, o Dr. Octávio Albuquerque Jr.."

Martha aponta para Octávio, que se levanta da primeira fila. Ele vira-se para o público, acena, sobe ao palco e assume o microfone.

O discurso de Octávio é mais técnico. Enquanto Martha inflamou a plateia com emoção e promessa de ganhos, o médico apresenta dados científicos e pesquisas. Este é o perfeito equilíbrio persuasivo do casal.

"Meus amigos, acredito que todos estejam familiarizados com a Teoria das Inteligências Múltiplas do Dr. Howard Gardner. Aquela que apresenta nove tipos de inteligência que, combinadas em maior ou menor grau, formam o intelecto. Em outras palavras, ninguém é especialista em tudo. Linguística, Lógica, Música, enfim, tudo se manifesta em graus diferentes em cada conjunto encefálico. O futuro, contudo, reserva desafios e cobra destaques multidisciplinares."

Na tela, gráficos de barra mostram as áreas de inteligência e os valores percentuais, entre 10 e 30, indicam as capacidades intelectuais de um determinado indivíduo. Então, Octávio pressiona um botão e todas as barras sobem acima de 70%. A plateia surpreende-se e Octávio diz:

"A pergunta é: e se você pudesse ser, acima da média, em todas as áreas?"

Na sequência, um vídeo apresenta experiências realizadas com ratos, macacos e cães. Tudo dentro do rigor da lei e com acompanhamento dos órgãos legais e de defesa dos animais. Dividida em duas metades, a tela mostra o mesmo animal, antes e depois de ser submetido à droga. A porção esquerda da tela apresenta os animais em comportamentos normais, já a metade direita ilustra o mesmo animal resolvendo problemas complexos como: sair de labirintos, apertar botões em função de sons ou imagens de complexidade variada, responder a comandos de voz e até utilizar ferramentas para obter alimento.

"Por meio do isolamento dos ácidos graxos ômega 3 e 6, metilfenidato, pirodinas-acetanidas e dextroanfetaminas, criamos um nootrópico impressionantemente eficaz e capaz de ampliar exponencialmente a capacidade cognitiva do usuário. Além de permitir sinapses de longo prazo, a droga efetivamente regenera e cria novos neurônios, algo absolutamente inédito!"

Os executivos ficam estarrecidos com a novidade, digna de um Nobel de Medicina. Não satisfeito com a reação positiva da audiência, Octávio acrescenta:

"Por meio da cafeína, glicerilfosforilcolina L-alfa e inositol, a droga também opera positivamente no tratamento de transtornos obsessivos compulsivos (TOC), transtorno de déficit de atenção e hiperatividade (TDHA), síndrome do pânico e Alzheimer. E agora, vou falar da ação sobre os telômeros. Como sabem, os telômeros são as extremidades dos cromossomos. São resistentes e não-codificantes, servindo exclusivamente como proteção do DNA. O problema é que, com o tempo, essa pequena capa se gasta e faz com que envelheçamos. E se criássemos uma proteína capaz de repor e reforçar essas extremidades? Foi por meio desta pergunta que chegamos a este resultado magnífico."

Octávio mostra na tela, em computação gráfica, a ilustração fiel do que falou. Os investidores não cabem em si de empolgação.

"Apresento aos senhores, Macrozyni EVO2, o novo estágio da evolução humana!"

O evento encerra-se com Octávio e Martha mostrando a eficácia da solução inovadora. Ao lado da equipe de desenvolvimento, o casal organiza a sessão de perguntas e respostas. Dependendo da complexidade dos questionamentos do público, eles convocam os pesquisadores e os especialistas do time deles para esclarecer.

A dupla deixa claro que a droga necessita passar por testes em humanos antes de ir ao mercado, o que será possível com a injeção de capital. Para a faixa de captação mais alta considerada no plano de negócios, ou seja, para o valor de 150 milhões de reais, seria aceita uma diluição de, no máximo, 20%. Cerca de oito executivos não aguardam o encerramento desta etapa e já se dirigem à sala lateral para tratarem dos pormenores do aporte financeiro.

Os demais permanecem na sala com as rodadas de perguntas e respostas:

— Dr. Octávio, a empresa já existe, correto? De onde veio o capital?

— Sim, a empresa já existe, e opera com capital próprio. Grande parte das nossas vidas e posses estão nesta companhia, que já está completamente constituída e operante, aguardando apenas os senhores como sócios.

Todos riem. Outro possível investidor pergunta:

— Pelos gráficos e informações, inicialmente foram capitalizados 5 milhões. Quanto precisam para concluir os estudos e levar a droga ao mercado?

Desta vez, é Martha quem responde:

— Seria sadia uma captação superior a 75 milhões, mas, como apresentei na análise de sensibilidade, estamos trabalhando com cenários que vão de 50 a 150 milhões, sendo que um aporte de 50 milhões já apresenta viabilidade. Neste cenário, a participação de novos entrantes não é atrativa devido à reduzida participação oferecida, dado que nos sai mais barato nos capitalizarmos via linhas de crédito e mantermos 100% do negócio.

Um outro executivo ergue a mão:

— Quando a empresa começará a operar em *breakeven*, incluindo a depreciação?

Octávio diz:

— De acordo com o diagrama da página 18, seis meses após o lançamento da droga ao mercado, esperamos atingir o ponto de equilíbrio operacional. O que significa dois anos e meio de gastos pré-operacionais até o lançamento. Porém, como já dissemos anteriormente, essa é uma projeção conservadora.

Quando todos parecem satisfeitos e propensos para o investimento, aquele executivo de baixa estatura, que desdenhou de Octávio no início do encontro, começa a falar sem pedir a palavra:

— Doutor, doutor! Eu pesquisei sobre você, sua esposa aí e seus investimentos. Eu até me lembro de uma ocasião em que nos encontramos. Na verdade, eu vi o senhor, mas creio que não tenha me visto. Bom, enfim, tenho duas perguntas: a primeira é por qual motivo vocês investiram em empresas de um segmento na área médica considerado de baixo valor agregado que, como eu falei aqui para os meus colegas, não dá prejuízo e nem lucro. Pesquisei e vi que vocês compraram alguns *players* internacionais... gente pequena desse ramo que tem, a meu ver, baixa escala. E a segunda pergunta é: se a droga deixa as pessoas mais inteligentes, por que vocês mesmos não tomaram ainda? Ou será que tomaram?

Uma parte pequena da plateia ri. É o grupo influenciável e propenso a mudar de ideia. Martha ensaia responder, mas é Octávio que, calmamente, toma a palavra:

— *La simplicité est la sophistication suprême.*

Todos se olham confusos. O homem segue com seu olhar desafiador a Octávio que, percebendo a dúvida geral, explica:

— Em primeiro lugar, muito obrigado por me lembrar. Eu sabia que já havia visto o senhor e, realmente, foi naquele sebo em Paris. Esta frase que acabei de enunciar é a dedicatória escrita no livro que o senhor pegou na mesa em que eu o deixei, lembra? O autor escreveu essa dedicatória que, na verdade, é uma frase de Leonardo da Vinci: "A simplicidade é a sofisticação suprema".

— Mas, doutor, o senhor apenas folheou rapidamente o livro, eu tenho certeza, não deu tempo para ler nada e...

— Continuando a responder sua pergunta. Eu e minha esposa aproveitamos os rendimentos que tivemos em ações da nossa carteira e investimos nessas empresas pequenas, mas de excelência na qualidade de seus produtos. Empresas relativamente baratas que fabricam equipamentos de proteção individual, na verdade, máscaras de proteção cirúrgica, por exemplo. Também nos tornamos sócios de fabricantes de respiradores mecânicos. Foi só isso. Estamos cientes de que é um mercado sem grandes lucros ou alto valor agregado, mas este investimento não tem relação alguma ou impacto no que estamos tratando aqui. E, por último, não. Nós não experimentamos a droga. Afinal, ela ainda não foi testada em humanos, e queremos seguir todos os protocolos com legitimidade.

Assustado com a memória e raciocínio de Octávio, o homem impertinente dá-se por satisfeito. Todos se dirigem à outra sala para tratar do investimento. Octávio faz uma última provocação no microfone:

— Com certeza, o dono do sebo sabia o valor daquele livro raro. Ele havia me pedido trinta mil euros. Então, deixei lá.

Neste momento, alguns presentes riem da mentira deslavada contada pelo investidor no início do evento. Octávio prossegue:

— Vou fazer uma brincadeira em público, aqui, um humilde truque de adivinhação, tendo como testemunhas os presentes: estamos em outubro de 2019. Em abril do ano que vem o senhor virá me pedir sociedade nestas empresas de baixo valor agregado, em que Martha e eu investimos. Eu já lhe adianto: venderei ao senhor 10% do capital a um preço de, no mínimo, dez vezes o que eu paguei, e ainda vou querer aquele livro como brinde na negociação. Fechado?

Todos riem, inclusive o homem. Um sorriso amarelo pela vergonha. Octávio completa:

— Foi apenas uma piada, para descontrair.

Octávio errou na previsão. Foi em março — e não abril — de 2020 que aquele homem bateu à porta do médico pedindo parte nos negócios de máscaras e respiradores. Correu, no mercado, a fofoca sobre a sorte do médico por ter adquirido as empresas que, após uma inesperada pandemia mundial, tornaram-se verdadeiras galinhas dos ovos de ouro.

O livro raro ficou lindo na estante da família Albuquerque.

Sem Deixar Vestígios

A vila, de difícil acesso, em área de reserva indígena no coração da Floresta Amazônica, se prepara para dormir tranquila. Ladeando um rio com peixes e próximo a um campo, onde carros de moradores são estacionados, o pequeno povoado serve de refúgio para indígenas, indigentes, fugitivos e alternativos. O local não é indicado como passagem ou para curtas estadias. Geralmente, os moradores ficam anos e constituem família. Como ocorreu com Cauê, um dos três sobreviventes da extinta tribo Moxiruna ao lado dos irmãos Iaúna e Iaruanã.

Dez horas da noite de outubro, período da seca na região amazônica brasileira, um garotinho chamado Lino brinca perto da área dos carros. Com uma mão, segura a lanterna dada pela mãe no último Natal. Lino usa tanto o objeto, que o estoque de pilhas em sua casa é reposto mensalmente. Ele nunca solta sua lanterna.

Repentinamente, uma luz muito forte, mais forte do que a lanterna e do que a própria lua, ilumina o estacionamento. Lino entende na hora: "São carros!". Imediatamente, mais luzes chegam aos pares. São oito luzes no total. Quatro grandes carros cheios de homens. Lino lembra-se do ditado falado pelas crianças mais velhas: "Quanto mais passageiros, mais moedas!".

O garoto corre em direção aos automóveis, que param de maneira irregular. Muitos homens aparecem e Lino vai em direção a um deles.

— O senhor tem uma moeda? Eu posso tomar conta dos carros.

O homem agacha-se na altura do olhar do menino e pergunta:

— A vila fica para qual lado?

Lino percebe pelo tom, pela roupa, pelas armas e gorros, que aqueles homens não lhe darão moedas. Com muito medo, ergue o braço, estica o dedo e aponta para a direção correta. Os homens seguem, em passos rápidos e silenciosos, a indicação do menino. O homem pergunta para Lino:

— Você conhece o Cauê?

Lino concorda com a cabeça.

— Você é filho ou parente dele?

Desta vez, o menino nega. Em menos de um segundo, o homem puxa da bota uma faca de caça e passa com grande velocidade no pescoço mirim, que não grita por não ter mais cordas vocais. O peito do menino esquenta com o calor do próprio sangue, que desce do pescoço ao chão. Lino nem chega a sentir dor, apenas cai na terra, acalentado pelo calor do próprio sangue. "Cobertor quentinho", pensa antes de seu coração parar e seus olhos se fecharem.

E tudo por causa de Cauê.

A lanterna permanece acesa na pequena mão.

"Bom que fique acesa. Preciso dar fim nesse corpo antes de ir embora", pensa o homem que se levanta e corre para alcançar os colegas.

Assim que chega à vila, ao som do latido dos cães vira-latas, o chefão do grupo invade a casa que acredita ter sido de Cauê. Uma mulher e os dois filhos se assustam. As crianças correm para trás da mãe, que abre os braços para protegê-los. Em vão.

— Você é a viúva de Cauê? Ainda não sabe que ele morreu? A notícia não chegou aqui?

A mulher não responde. As crianças choram.

— Foda-se! Por causa do seu marido, essa vila inteira acaba hoje.

O homem arrasta a mulher pelos cabelos, para fora do casebre, aos gritos. Os comparsas estão fazendo o mesmo com os moradores das outras casas. Todos são colocados sentados no chão úmido, com as mãos na cabeça, inclusive as crianças.

Homens armados formam um círculo ao redor dos cativos, assim ninguém ousa se levantar, reclamar, correr ou lutar, a não ser os cães, que são alvejados quando avançam.

Em minutos, todas as casas são esvaziadas. Então, o líder dá um assovio alto, e cinco capangas entram nas casas e as reviram. Barulho infernal. Mexem, bagunçam e arrancam todo tipo de objeto e mobília de suas posições originais. A cada casa revistada, um saco de lixo preto é trazido com possíveis objetos de valor, que não são muitos. Dois homens levam os sacos para os carros, enquanto um terceiro passa pelos moradores sentados e tira anéis, pulseiras, colares e relógios.

O chefe dá dois assovios altos. Aos olhos incrédulos dos moradores, que assistem à violência, os capangas pegam toda a mobília das casas e as jogam no rio. Absolutamente tudo!

Um dos capangas aproxima-se do chefão e cochicha algo. Ciente de seu poder, o comandante da gangue acena positivamente, e o homem sinaliza a dois outros que estavam mais afastados. Os três dirigem-se ao grupo de moradores rendidos e cada um arrasta uma mulher para o meio do mato. As moças, algumas menores de idade, gritam e esperneiam.

O líder berra:

— Isso aqui é culpa do Cauê. Ele é o responsável pelo fim deste chiqueiro e da vida de vocês!

Mulheres e crianças começam a chorar. Uma garota com um bebê no colo diz:

— Tenha piedade, moço, pelo amor de Deus. Meu filho é só um bebê e eu tô grávida.

O chefe observa a moça por alguns segundos. A garota vê um fio de esperança e suplica:

— Se não puder me poupar, salva pelo menos o bebê.

— Valdemar, pega a criança aqui — o capanga aproxima-se para cumprir a ordem — Dona, entrega o bebê pro Valdemar. Tem mais algum bebê aqui?

Mais duas mulheres ficam em pé.

— Mosca, Silvério, façam o favor! — Dois outros homens vão até as mulheres e pegam os bebês — Podem jogar no rio!

As mulheres gritam alucinadas. A que está mais próxima do chefão pula sobre ele que, imediatamente, atira no peito da mãe desesperada.

— Quem aqui é mãe do menininho da lanterna?

Uma mulher ergue a mão tremendo.

— Tá na hora de encontrar seu filho!

O homem assovia longamente, e todos começam a atirar nos moradores sentados. Alguns tentam correr, mas todos são alvejados. Nem todos morrem na hora, e o líder deixa que seus liderados brinquem com os sobreviventes, atirando neles, esfaqueando-os ou até arrastando-os vivos para o rio.

E tudo por causa de Cauê...

— Não é para gastar bala! Deixa os feridos para as piranhas. Joguem todo mundo no rio. Não quero que sobre ninguém, nem cachorro! Tem que parecer que eles fugiram dessa porra! É assim que o patrãozinho e a patroa mandaram!

Um dos capangas pergunta para confirmar:

— Uns bebês tão vivos, porque as mães protegeram eles das balas com o corpo.

— Joga no rio, caralho! Coloca no chão e chuta pra voar lá pro meio! Se tá com dó, faz assim: coloca num saco e bate o saco com força no chão até não ter mais choro. Aí joga no rio... vai logo, seu merda!

Os três capangas voltam, do mato, com as garotas violentadas que, ao verem o estado da vila, começam a chorar. O líder atira na cabeça de duas, que caem como bonecas. Quando vai atirar na terceira, o capanga que se divertiu com ela impede:

— Espera, chefe! Ela não.

O chefe abaixa a arma e olha com desconfiança. O capanga explica:

— Essa aí é completinha. Chora, mas aguenta firme. Vamos levar ela pra rapaziada fazer festa e, no nascer do sol, a gente mata. Pode ser?

O homem pensa um pouco e pergunta:

— Você vai trazer o corpo dela aqui pro rio depois?

— Aí não, né? É muito longe, chefe. A gente não pode pedir pro baiano cimentar ela lá na obra? Depois a gente paga uma pinga pra ele.

O líder dos assassinos assente:

— Então tá. Joga a vadia no carro e avisa todo mundo que eu vou primeiro, porque não pego mulher esculhambada.

— Fechou, chefe!

Após os corpos serem atirados no rio e a vila estar completamente limpa de objetos pessoais e documentos, os carros dos moradores são, também, lançados ao rio caudaloso de águas escuras.

Não haverá vestígios de que um dia aquelas pessoas sequer existiram. Ninguém vai procurar por elas, ninguém buscará informações. Para todos os efeitos, elas desapareceram. Estranhamente, os poucos registros destas pessoas em cartórios, postos de vacinação e escolas comunitárias da redondeza serão destruídos. Arquivos de computador também serão apagados, restando apenas redes sociais inúteis.

— Agora, só falta eu alimentar as piranhas com o garoto informante.

E tudo por causa de Cauê!

Está Tudo Bem

Quatro meses após o fim da guerra contra Iaruanã, ano novo, vida nova, Octávio só quer paz e que nada mude em sua vida. Seria muito pedir para que as coisas permanecessem como estão para sempre? Perdido em pensamentos reconfortantes no escritório de sua casa, o médico sente-se tranquilo depois de uma fase de profundas angústias.

Neste instante, ouve o grito de Martha vindo da cozinha. Corre preocupado. A esposa está na mesa, sentada com a cabeça apoiada na mesa. Parece desmaiada. Sem entender nada, Octávio se aproxima e a chama, enquanto toca seu pulso. Está normal.

— Martha!

Ela ergue a cabeça aparentemente tonta. Octávio questiona:

— O que aconteceu?

— Eu...eu... eu estava aqui em pé mexendo no armário e fui ficando fraca. Tudo foi se apagando. Consegui apenas gritar seu nome e me jogar na cadeira. O que será que é?

Octávio pega um pote de azeitonas pretas que estava sobre a pia:

— Come algumas destas, enquanto eu pego minhas coisas. Vamos ver sua pressão.

— Eu odeio azeitonas! Você sabe.

— É remédio, querida! Come pelo menos umas duas, por favor. Mastiga bem, é importante.

Martha pega o pote com cara de nojo. Octávio corre para outro cômodo e retorna, segundos depois, com sua maleta. O médico coloca o esfigmomanômetro em cima da mesa e procura pela caixinha de alumínio que guarda o estetoscópio. Está bem no fundo. Pega o pequeno estojo, abre e, para sua surpresa, o instrumento não está na caixa. Em seu lugar, há um dispositivo de teste com duas linhas indicativas. De tão preocupado, Octávio não consegue entender:

— Amor, onde está o estetoscópio?

Martha levanta-se com agilidade e sorri.

— Nossa, você já tá bem?! A pressão melhorou? Não consegui achar o meu estetos...

Octávio olha novamente para o dispositivo de teste com duas linhas indicativas e lê "beta-HCG". Olha outra vez para Martha. A esposa abre os braços e lágrimas brilham em seus olhos. Octávio sorri e a abraça.

— É sério?!

— Sim, papai.

— Quanto...quanto tempo?

— Oito semanas. Eu também fui pega de surpresa. Está feliz?

Octávio ri alto. Gargalha até.

— Feliz? Hoje é um dos dias mais felizes da minha vida, meu amor!

O casal beija-se. Octávio manda algumas mensagens no celular.

— Oito semanas já dá para fazer sexagem fetal... É um teste de sangue. O que acha?

Martha concorda. Devido à influência de Octávio no hospital, o teste é realizado rapidamente. Na noite daquele mesmo dia, o casal se coloca diante do computador para conferir o resultado.

— Menina! Eu sabia! — Otávio é pura felicidade.

Martha o abraça:

— Será a nossa garotinha, nossa princesinha!

— Espero que puxe a mãe em tudo!

Ambos riem.

— Um brinde com suco? — brinca o marido, indo até a geladeira.

Enquanto se servem, Martha pergunta:

— E o nome? Como nossa princesinha vai se chamar?

— Eu nunca pensei nisso. Mas agora que você falou... Sabe, eu gostaria de homenagear uma pessoa que fez parte da nossa infância. Uma pessoa que gostamos muito.

— Quem?

Octávio vai até a janela e suspira saudoso.

— Você se lembra da mãe do Oswaldo?

Martha sorri:

— Claro! A dona Lais... dona Lais, uma querida! Adorei! Nossa filha será Lais!

Radiante, Octávio pega o celular, seleciona "Oswaldo" como um doido, e coloca o aparelho no ouvido. Um toque e uma gravação de secretária eletrônica. Após o sinal, o médico diz:

— Cara, você tinha que ser o primeiro a saber. Eu vou ser pai e minha filha se chamará Lais. Isso mesmo! Vai ser uma homenagem à sua mãe, amigão!

Martha abraça Octávio por trás assim que ele encerra o áudio.

— Ele deve ouvir! Estou muito feliz!

— Tenho certeza que sim! Deve estar ouvindo... e eu também, querida. Eu... eu sinto que precisamos distribuir ao mundo um pouco desta nossa felicidade.

— Como assim?

— Não sei. Acho que usar o que temos, o que sabemos. Presentear a humanidade, expandir o que sabemos, levando benefícios...

— Uma empresa, talvez?

— Isso, Martha. É por aí que eu penso!

— Octávio, há muito venho pensando sobre o que temos em mãos. Sei que podemos criar uma empresa de biotecnologia para dividir os benefícios da inteligência e da juventude!

— Nossa!

— Você já parou para pensar no valor desse conhecimento? No valor da sua descoberta? No valor da sintetização do elixir em uma droga, que podemos levar ao mercado com outra roupagem? Com boa comunicação, excelente marketing e sem qualquer contraindicação, isso vai revolucionar o mundo!

— Sim! Vamos analisar o assunto com calma. Precisamos pensar muito bem em tudo, antes de qualquer comunicado ao mercado. A gente, ou melhor, eu preciso estudar bem cada uma das fases desse projeto. Fazer testes, licenciar produtos e pensar de maneira global. Vamos levar algo inovador para o mercado mundial!

— Vai ser perfeito! Pode contar com a gente!

— A gente?

— Sim. Comigo e com Lais, né?

Quem Disse Que Acabou?

Brasília no fatídico setembro de 2018. O conhecido e temível Carlos Rodrigues fala ao telefone com raiva:

— Doutor, entrega o celular e a carteira para ela. Faz tudo o que ela mandar. Se falhar, a cadela morrerá. Até breve!

Não havia deixado qualquer alternativa para Octávio, que sai em disparada rumo ao cativeiro, que Iaruanã havia preparado para ele e Martha. A exemplo do que ocorreu com o pai de Octávio, seu desejo e suas ações convergiam para o aniquilamento de toda e qualquer pessoa que pudesse ameaçar seus planos.

Assim que Iaruanã desliga, pensa: "Vou ao segundo andar ver se já prepararam a cela e tudo mais pra chegada do doutorzinho. Hoje é dia de diversão. Vou caprichar no ritual com a mulher dele".

Antes de subir, Iaruanã recebe outra ligação. É seu filho Rodrigo, o mais velho, de 31 anos, vice-governador do Amazonas:

— Fala, pai. Tudo bem? Tá onde?

— Tudo bem. Estou no escritório novo.

— Ah, sei. Pai, preciso de uma ajuda sua.

— Agora não dá. Fala rápido que tenho um rolo pra resolver.

— Rolo? Bom, é o seguinte: eu vim pra Brasília atrás de verba, lembra?

— Sim, eu sei. Eu vi pela TV que você tá aqui perto da gente e nem veio visitar sua mãe ainda!

— Desculpa. Prometo que dou uma passada lá depois. Então, as tais verbas... Você acredita que os filhos da puta não tão querendo liberar? Verba federal! Merreca.

— Rodrigo, faz assim. Me passa o nome dos caras, e eu prometo que eles vão liberar. Eu desenrolo isso para você bem rápido. Dou o meu jeito. Agora, como falei, preciso resolver outro problema aqui no escritório. Na verdade, me livrar de um.

— Problema? Precisa de mim? Eu vim pra cá com o Sabre e mais dois. Quer ajuda?

Iaruanã não resiste e ri.

— Rodrigo, eu tenho um exército aqui. Não é isso. É merda da sua tia. Coisa antiga que voltou por causa dela, mas que já tá encaminhado. Fica sossegado e não esquece de ligar pra sua mãe.

— Tem certeza, pai?

— Esqueceu quem eu sou? Eu vou viver pra sempre, filho!

Ao desligar o telefone, Rodrigo muda de ideia: "Não tá certo. Vou até lá".

Pouco tempo depois, chegando à rua do escritório, Rodrigo vislumbra carros de polícia e teme pelo pior.

— Encosta ali. Aconteceu alguma coisa! — diz a Sabre, capanga fiel de seu pai em Manaus que, agora, protege Rodrigo.

No estacionamento em frente ao prédio, um drama dantesco: um policial está guardando a arma. Um tiro foi disparado. Pela pesada porta, uma moça magra e bonita passa chorando e abraça o policial atirador.

Rodrigo sai do carro e, em pé, enxerga dentro da garagem. Há o corpo de um homem desconhecido, sujo de sangue e com pinturas moxirunas. Parece morto. "Provavelmente, caiu daquela janela quebrada", deduz e se aproxima da cena. Outros curiosos também tentam chegar mais perto, o que aumenta a confusão.

Por um ângulo lateral, Rodrigo vê uma mulher ferida respirando com dificuldade. É sua tia Iaúna. Um frio percorre a espinha. Mais ao lado, enxerga um homem caído e outro debruçado sobre ele, tentando ajudá-lo. O ferido sangra abundantemente pelo pescoço. É seu pai, Iaruanã.

Em desespero, o jovem político vai em direção à cena, mas um policial o segura, imaginando tratar-se apenas de um curioso. Rodrigo poderia derrubar o agente da lei com facilidade, mas seus olhos e todo o seu intelecto, aperfeiçoado pelos anos de ingestão do elixir e pelos estudos nas melhores escolas do mundo, fixam-se somente em seu pai. Ele pensa: "Últimas palavras, ele está proferindo suas últimas palavras".

Relativamente perto, Rodrigo identifica nos lábios ensanguentados do pai:

— Carvalho branco... Albuquerque significa "carvalho branco".

O homem sobre seu pai se afasta e se dirige a Iaúna. Rodrigo o reconhece: "É o doutor. É o tal Octávio Albuquerque Jr. Meu pai estava dizendo 'Albuquerque'. Filho da puta! Esse aí era inimigo do meu pai, e a puta da minha tia deve ter trazido esse pilantra pra cá. Agora já era... meu pai morreu. A culpa é desse doutor, mas também daquele policial ali. Preciso ver quem ele é".

Sabre aproxima-se. Bastaria uma palavra do patrão para o capanga sacar a arma, disparar nos adversários e instalar o inferno no local. Mas a vingança é um prato que se come frio.

O policial que atirou em Iaruanã vê Rodrigo e vai até ele:

— Bom dia. Eu conheço o senhor, não?

Rodrigo responde em lágrimas:

— Sou Rodrigo Gouveia Rodrigues, vice-governador do Amazonas e filho do Deputado Carlos Rodrigues, policial...

— Oswaldo. Oswaldo Roche. Olha, seu Rodrigo, precisamos conversar...

Uma ambulância se aproxima e causa tumulto. Os policiais afastam outros curiosos, e Oswaldo dirige-se a Octávio e a Martha, enquanto Iaúna é atendida por paramédicos.

Um policial começa a empurrar a pesada porta do estacionamento do escritório para fechá-la. Rodrigo cochicha algo para Sabre. Em seguida, a dupla corre até o portão. O capanga ajuda o policial a fechar, e Rodrigo identifica-se:

— Policial, conforme eu disse àquele agente, que parece ser o seu superior, eu sou o vice-governador do Amazonas e filho de uma das vítimas aqui. Peço que aguarde aqui fora para eu ter uns minutos com o meu pai.

O policial esboça uma resposta, mas Rodrigo insiste:

— Quer verificar a minha prerrogativa? Eu sou filho de uma das vítimas, sou do poder executivo e exijo meus direitos. Quer consultar o seu superior?

O policial até pensa em perguntar a Oswaldo, que está conversando com Octávio e Martha, mas Sabre não aguarda a reflexão do agente da lei e termina de fechar o portão com o homem para fora.

Rapidamente, Rodrigo observa os detalhes e friamente dá ordens:

— Sabre, tranque todas as portas internas. Não quero ninguém subindo. O escritório lá em cima deve estar uma merda só. Ninguém sobe, entendeu? Ninguém! Depois, ligue para os advogados de meu pai aqui de Brasília e mande todos virem para cá. Fala para largarem tudo, o caralho que for, é para virem agora!

O capanga assente e vai se afastando. Rodrigo faz uma última solicitação:

— Tá com o tubo aí?

Sabre pega o silenciador no bolso do casaco e entrega a Rodrigo.

— Precisa da arma também, chefe?

— Não, não. Vou usar uma das minhas, mesmo, que é arma de policial. Agora corre, que temos menos de cinco minutos!

Sabre vai para as áreas internas e, com rapidez, localiza as chaves, apaga as luzes e tranca as portas internas. Rodrigo, no térreo, aproxima-se do corpo do indígena Cauê, que se encontra estirado no chão com sinais de espancamento. Está cercado de estilhaços da janela.

"Esse aqui deve ser o culpado de tudo. Safado, índio filho da puta. Foi jogado lá de cima. Não quero gente bisbilhotando lá, tem que parecer que ele morreu aqui embaixo mesmo", pensa. Em seguida, dispara dois tiros silenciosos na cabeça de Cauê.

Rodrigo vai até o corpo do pai, segura sua mão e sussurra:

— Guardião... meu pai... Vá em paz ao encontro de Guaraci. Quem fez isso vai pagar caro. Todo mundo que tá envolvido nisso vai pagar com dor e sangue, guardião. Eu prometo. Vou começar com esse índio filho da puta. Amigos e parentes dele, até a última geração, vão ser apagados da história. Ele será um nada, assim como você é tudo. E não vai parar nesse lixo, não. Eu vou dar um fim em todos. Mas agora, preciso cuidar da sua imagem, pai. Cuidar da imprensa, da política e de tudo que você construiu. Vá em paz, guardião. Seu império vai crescer e frutificar, nem que seja regado com mais sangue!

Rodrigo faz uma breve prece no idioma esquecido dos moxirunas. Sabre aparece e sinaliza que teve sucesso no que lhe foi solicitado. Neste instante, o pesado portão é aberto por policiais. Oswaldo aproxima-se com outros:

— É altamente irregular deixar um civil na cena do crime. A perícia vai chegar em breve para examinar o prédio e...

— De jeito nenhum! — Rodrigo levanta-se, enxugando as lágrimas.

Oswaldo olha para o filho de Iaruanã com curiosidade. Rodrigo prossegue:

— A cena do crime se restringe a esse pátio. O restante do prédio não foi acessado e não deve ser maculado.

Oswaldo espanta-se:

— Como assim? Tenho duas testemunhas confiáveis que acabaram de sofrer tortura no segundo andar por parte desse...

Oswaldo aponta para o corpo de Iaruanã, mas Rodrigo se coloca à frente do policial em tom de ameaça, quase o empurrando, com o ódio brotando dos olhos inchados pelo choro.

— Esse homem recém-falecido? Esse deputado federal? Esse mundialmente reconhecido defensor da Amazônia? Esse descendente de indígenas, assassinado por um homem branco?

— Ora, ele estava...

— Senhor Oswaldo Roche...

— Delegado!

— Delegado Oswaldo Roche! O senhor e seus homens devem se restringir a esse pátio. Meus advogados estão vindo nesse instante, enquanto representantes de ONGs indígenas e o jurídico da Câmara também já se dirigem para cá. Aconselho o senhor a esperar, Sr. delegado Oswaldo Roche. Espere e agradeça que eu ainda concedi este pátio para a perícia, Sr. delegado Oswaldo Roche.

— Aquele homem caiu lá de cima. Houve atracamento no segundo andar, veja a janela.

— Provavelmente, uma bala estilhaçou o vidro. O Sr. delegado Oswaldo Roche vai perceber que está tudo apagado no escritório, as portas estão fechadas. Eu lhe asseguro que toda ação se deu aqui no pátio. Esse cara estendido tomou dois balaços na cabeça e morreu aqui! Será que as balas foram disparadas de sua arma, Sr. delegado Oswaldo Roche? Será?

Oswaldo bufa, pega o celular e se afasta. Ele sabe que há um jogo de poder em ação, mas também há o saldo da vitória para ele, Octávio e Martha.

Um policial aproxima-se de Oswaldo e diz:

— Chefe, ele ficou dizendo "Delegado Oswaldo Roche, Delegado Oswaldo Roche". Acho que ele tá zombando!

— Não, aspira. Ele só estava mostrando que sabe quem eu sou. E que não vai esquecer do homem que matou o pai dele. Venha, vamos acelerar a perícia. Eu vou ver o que posso fazer juridicamente em relação à interdição do prédio, mesmo o cara sendo vice-governador de sei lá de onde.

Rodrigo observa, com frieza, o policial se afastando.

— Sabre, assim que terminarmos aqui, temos um trabalho importante ainda pra hoje.

Por último, realiza uma ligação e, assim que é atendido, dispara:

— Oi, mãe, sou eu. Me ouve... A gente precisa ser forte agora. Muito forte! É importante que se acalme e venha imediatamente para o escritório do papai. Teremos tempo para lamentar, mas agora é hora de trabalho. Temos muito serviço pela frente. Venha que estou te esperando.

— Mas o que houve?

— Venha agora! Aqui eu falo com você.

Rodrigo e Nathalia, por meio dos telefonemas certos, conseguem impedir o acesso ao prédio. Também são bem-sucedidos em consolidar sua versão dos fatos. A indígena ferida, presente à reunião, levaria a culpa pela morte de Cauê. O policial seria acusado de matar o deputado, mas, se dependesse de Rodrigo, não chegaria nem a ver o dia seguinte.

Quem controla a história, controla a verdade.

Ninguém Segura Martha – A Primeira Rodada

O mercado estremece com a notícia de que a ALMO Bioscientific captou mais de 150 milhões de reais na primeira rodada de investimentos. Foram duras e exaustivas reuniões, em que Martha mostrou seu lado firme nas negociações, e manteve a diluição das participações dela e de Octávio no limite de 20%. Isso significa, atribuir aproximadamente 800 milhões de reais ao valor da empresa. Alguns investidores não gostaram. Acharam muito alto para um plano praticamente ainda no papel, mas a executiva se comprometeu com resultados promissores, para aliviar o estresse dos investidores-chave. Com a chancela do nome do Dr. Octávio Albuquerque Jr., como mentor do negócio que apontava para os bilhões de dólares em curto espaço de tempo, Martha conseguiu avançar a passos largos na captação.

A ALMO, junção dos sobrenomes Albuquerque e Moss, passa a ser notícia, não só pela captação, mas pela promessa de levar ao mercado uma droga revolucionária. Enquanto os detratores chamam o Macrozyni EVO2 de panaceia, a maioria da mídia o trata como "graal da medicina moderna" ou "pedra filosofal da farmacêutica".

Depois de estampar reportagens de capa nas principais revistas de medicina e em vários portais de negócios, e já plenamente recuperada fisicamente do acidente, Martha relaxa em casa ao lado do marido. Ela serve para Octávio e para si, um bem-preparado dry martini, bebida favorita do casal.

— Nem vou ligar a TV. Se eu quiser ver você, é só olhar para o lado — brinca Octávio.

— Eles nos enxergam como afortunados, como prodígios, mas não andaram pela escuridão como nós andamos.

Octávio concorda e sorri com o canto da boca. A esposa prossegue:

— A história nos colocará como beneméritos cientistas e empresários que trouxeram ao mundo um remédio capaz de aumentar a expectativa de vida sensivelmente, além de melhorar o raciocínio...

— E não é o que somos?

— Em parte, sim. Mas, numa parte bem pequena, porque a maior parte de mim é aquela que está dando ao mundo um remédio que tinha tudo para ser potencialmente melhor. Apenas 30% da capacidade total do Noo 2.0 original está compondo o Macrozyni... 30%. Somente nós dois tomamos o composto completo!

— Martha, já falamos sobre isso, lembra?

— Sim, sim! Eu sei! Serão 30% que farão total diferença, eu sei, querido. Haverá toda uma geração de cientistas, artistas, filósofos, pensadores, graças a apenas esses 30% a mais na capacidade cerebral.

— Exato. Se lembra que avaliamos o que ocorreria se a droga fosse 100%?

— Claro que me lembro. Criaríamos uma geração de dominadores com capacidade plena de destruição!

Octávio ri e ergue o copo em um brinde solitário. Martha comenta:

— Pelo menos a parte da longevidade está em 100%.

O casal larga os copos e vai para o quarto. No caminho, Martha coloca a mão sobre o ventre. Não há um dia em que a jovem não se lembre do real motivo de toda aquela empreitada. Nunca foi por dinheiro ou poder.

“Proteção e segurança!”, pensa.

Todos os dias Martha se recorda da dor física e emocional causada pelo acidente, pela perda da filha e pelo coma. A sua dor. Talvez uma pessoa comum entrasse em uma justificável depressão, mas não ela. Ela é Martha Moss Albuquerque. Forjada em fogo.

O motivo de tudo aquilo estar sendo construído é fazer frente a quem tentou assassiná-la e o marido. A quem conseguiu assassinar sua filha não nascida. A gana pelo poder não passa pela mesquinhez ou simples ganância, mas pela revolta e pela necessidade de ser mais forte e mais poderosa do que os agressores. Assim, nunca mais será agredida.

E ninguém mais segurará a ALMO, ou melhor, Martha Moss Albuquerque. Seu caminho está aberto.

Chamem Meus Amigos

O local da morte de Iaruanã e Cauê torna-se um verdadeiro circo midiático. Quando Nathalia chega, naquele fim de manhã, fortemente ensolarado com o calor seco de Brasília, há ainda mais carros de polícia, um bom número de jornalistas e incontáveis curiosos.

Todos ao lado de fora.

Nathalia aproxima-se do prédio, desviando das pessoas que se acotovelam e, assim que encosta no pesado portão, envia uma mensagem ao filho. Em menos de um minuto, Sabre libera, entre os guardas que ali estavam também, um diminuto espaço no portão para que a recém-viúva passe. Lá dentro, ela faz o que seria a terceira pior pergunta daquele dia.

— Cadê ele, filho? Cadê seu pai?!

Rodrigo corre e acolhe a mãe em um forte abraço. Nathalia desaba em lágrimas, antes de ouvir a resposta.

— Levaram ele. Levaram para o necrotério. Mas, por favor, seja forte! Preciso de você agora, da sua firmeza, da força da mulher que me criou.

O tempo que Nathalia leva para se recompor é assustadoramente rápido. Ela não é uma mulher qualquer. Ela foi a escolhida por Iaruanã. É extremamente corajosa e atuante.

— Eu já chamei os melhores advogados criminalistas aqui do Distrito Federal, mãe. Não vai aparecer nada que a gente não queira que apareça. Tudo vai sair conforme nossa determinação.

Eles ouvem bater forte do lado de fora do portão de ferro. Nathalia assusta-se:

— O que é isso?! Quem está batendo desse jeito?

— A polícia está tentando subir. Querem devassar o escritório. Tão procurando pelo em ovo. Já mandei o pessoal arrumar tudo lá em cima. Mesmo assim, não vou permitir que ninguém ponha os pés no escritório sem mandado. Já deixei claro que tudo aconteceu na porra do estacionamento, mas ninguém me ouve! Esses desgraçados informaram até a imprensa.

A palavra imprensa é um gatilho na mente de Nathalia. É sua área de domínio absoluto. A bela mulher recompõe-se completamente e enxuga as lágrimas:

— Não se preocupe. Qualquer "foca" que estiver aí na porta, querendo um pedaço de história, será alimentada pelo que eu disser. Tem três grupos relevantes de mídia no Brasil. Eu trato constantemente com os presidentes dos três. E nossas conversas sempre terminam com esses homens, que se dizem poderosos, falando duas palavrinhas mágicas: sim, senhora.

Rodrigo, mesmo conhecendo a capacidade da mãe, espanta-se com a maneira com que ela vai de mulher abalada para um ser frio e estrategista. Nathalia respira fundo.

— Você está certo, Rodrigo. Temos de honrar a memória de seu pai sendo exatamente como ele foi e nos ensinou. Somos protagonistas. Me diz, o que aconteceu de verdade?

O rapaz não tem todas as informações, mas consegue explicar grande parte dos acontecimentos, por ter observado os detalhes da cena. Ele fala sobre Cauê ter sido arremessado pela janela e de como resolveu a questão com dois tiros disparados por uma arma policial. Fala do fato de Iaúna ter se envolvido e da presença de Octávio e Martha.

Depois de ouvir atentamente o filho, Nathalia faz a segunda pior pergunta que poderia fazer naquela manhã.

— E o que faremos com o Albuquerque?

— Diretamente, nada. Ele é um figurão, mãe. Claro que daria para sumir com ele, mas triplicaríamos os nossos problemas. A melhor maneira de derrubar um cara desse é administrar tudo à distância, ir pelas beiradas e destruí-lo aos poucos. Bom, dá pra ir rápido também, isso depende da guarda dele. Se estiver aberta, juro que vai ser muito ligeiro.

O brilho da inteligência no olhar de Rodrigo chama a atenção de Nathalia:

— Eu vejo seu pai em você. Ainda vivo, ainda ativo. A astúcia do meu Carlos vive em você, Rodrigo — ela se emociona — Mas não será perigoso? E se ele e a esposa abrirem o bico?!

— De maneira nenhuma. Eles não falarão absolutamente nada. Não podem nos contradizer, porque o que sabemos sobre eles é uma verdadeira bomba na reputação do doutorzinho. O importante agora é combinarmos o que será dito à imprensa, ou melhor, ao mundo! Eu vou cuidar pessoalmente das possíveis testemunhas envolvidas e dos herdeiros de Cauê. Deixa essa parte comigo.

Nathalia respira fundo e solta a pior pergunta que poderia fazer naquele momento:

— E o assassino? Não faremos nada com o responsável direto pela morte do seu pai? Ele vai se livrar dessa assim, numa boa?

Rodrigo não responde. Apenas faz um sinal com a mão, e o capanga se aproxima.

— Sabre, eu não quero zé ruela na operação. Quero só os melhores. Quero aqueles que não têm escrúpulos, aqueles que já sitiaram cidades do interior, aqueles que trabalharam como contenção em facção, e aqueles que já foram militares e policiais. Só os melhores caras que trabalham pra você, os mais treinados, está entendendo? Tem que ser limpo, rápido, tem que ser agora!

O funcionário não diz nada, só concorda com o leve movimento da cabeça. Secretamente, ele aprecia a missão que o patrão está lhe confiando. Em seu íntimo, isto é o que mais lhe agrada fazer. Rodrigo vira-se para a mãe e continua explicando:

— Esse sim pode dar com a língua nos dentes. Por isso, temos que resolver essa questão ainda hoje. O delegado tem que ir pro inferno imediatamente.

Volta-se para o Sabre e decreta:

— Sem falhas!

Martha é Forte — A Segunda Rodada

16 de março de 2021. Em uma plataforma online, executivos aguardam a entrada da responsável pela reunião virtual.

— Será que ela vai demorar? — pergunta um dos homens visivelmente cansado. Ele está sentado no escritório de sua opulenta casa.

— Não se preocupe. Eles vão entrar no horário. Neste último ano, deu para entender bem o jeitão deles. Não pecam nem por excesso, nem por falta. Estarão aqui no minuto exato marcado para começar a reunião. Nós é que chegamos cedo — responde outro de camisa polo sentado em uma luxuosa varanda.

— Você tem razão. É que eu estou mal. Ainda com sequelas, vocês bem sabem. Não recuperei o fôlego e continuo sentindo dores bem estranhas na região lombar. A dor de cabeça, graças ao bom Deus, passou! Mas, falando sobre eles. Martha e o Dr. Octávio têm se mostrado cumpridores mesmo daquilo que alinhamos. Parecem éticos, competentes e pontuais...

Outro homem, que estava em silêncio em um escritório, cuja paisagem da janela revela outro fuso horário, intervém com ironia:

— Competentes e pontuais, sem dúvida. Tomara que também sejam éticos, e que a governança da empresa funcione.

Neste segundo, a plataforma on-line sinaliza a entrada dos protagonistas da reunião. Todos ficam em silêncio. A *webcam* do escritório, no apartamento dos Albuquerque, mostra o elegante e jovem casal atrás de uma mesa colonial de madeira escura e, ao fundo, uma moderníssima e destoante tela de 70 polegadas.

Todos se cumprimentam, comentam brevemente sobre a pandemia que assola o globo e, em seguida, iniciam a reunião. Os investidores foram convocados pelo banco contratado pela ALMO Bioscientific.

— Vamos lá. Tentarei ser breve — Martha toma a palavra — Solicitei esta reunião para apresentar os resultados e o próximo plano de investimento. A motivação, obviamente, vai além de uma prestação de contas. Quero endereçar algumas solicitações individuais que os senhores têm me apresentado no decorrer dos últimos dias, e que é uma oportunidade única para vocês que apoiam o projeto da ALMO desde o início.

Os homens na ligação virtual mostram-se incomodados. Aparentemente, a grande maioria havia procurado o casal para algum ajuste ou proposta diferente do usual. Certamente, imaginavam que tais pedidos fossem ficar longe das vistas dos demais investidores.

— Como sabem, a ALMO é um sonho meu e de Octávio, que agora se torna finalmente um unicórnio, com a captação inédita de mais 300 milhões de dólares em plena pandemia.

Alguns executivos querem falar, mas Martha os impede:

— Peço a gentileza de manterem os microfones mudos e aguardarem. É essencial que apresentemos tudo sem interrupções, por favor.

Octávio pressiona um pequeno controle em sua mão, e a tela de seu escritório passa a ilustrar, com gráficos e números, tudo o que sua esposa enuncia. A tela é compartilhada simultaneamente com todos na chamada.

— Com os recursos captados, como os senhores bem sabem, fomos o assunto da última quinzena em praticamente todos os noticiários. Até colunas de fofoca vieram nos procurar para matérias sobre nossa vida de casal. A assessoria de imprensa calculou que ficamos em segundo lugar como o assunto mais falado, perdendo apenas para, obviamente, a pandemia. Isso tudo se deu graças ao sucesso dos testes com animais e a captação bilionária.

Um vídeo exibe animais realizando tarefas que requerem inteligência básica. Diferente da apresentação há quase dois anos, quando os animais eram mais lentos nas performances e apresentavam erros frequentes, desta vez a velocidade e a assertividade no cumprimento dos testes deixam clara a inteligência desenvolvida pelos ratos, coelhos e cães.

Octávio assume a apresentação:

— Por conta dos resultados da nossa proposta disruptiva e competência administrativa, podemos dizer que somos a bola da vez. Como já foram informados nos últimos relatórios, já apresentamos resultados financeiros positivos e estamos antecipando o que foi compromissado com os senhores.

Martha intercede:

— Vejam, nessa tela, o plano detalhado de como isso vem ocorrendo. Além do desenvolvimento final da Macrozyni EVO2 com testes humanos e do seu iminente lançamento comercial, estamos indo ao mercado com uma estratégia que considero campeã.

Exibe-se em destaque a palavra "aquisições".

— Iniciamos processos de compra de farmacêuticas nacionais e estrangeiras de pequeno e médio porte, que atuam em diversos segmentos. Todas com produtos únicos, monopolistas e patenteados. Aliás, não adquirimos empresas, cujas patentes dos produtos carros-chefes expirem em menos de 6 anos. Ou seja, são marcas conhecidas, já consolidadas e claramente líderes de mercado.

Ao adquirirmos tais companhias, encerramos seus departamentos de pesquisa, uma vez que hoje contamos com a melhor estrutura de P&D do país. Unificamos, também, as áreas administrativas e de *backoffice*, operando em um Centro de Serviços Compartilhados, o nosso CSC. O objetivo é reduzir os custos operacionais ao mínimo. Em homenagem ao meu marido, gosto de dizer que estão sendo aquisições "cirúrgicas".

Os investidores riem. Martha prossegue:

— Empresas com produtos de prateleira líderes e de baixa concorrência, como vitaminas e suplementos para imunidade. E companhias que têm drogas controladas com patentes de longo prazo. Elas foram adquiridas e o preço dos medicamentos foi reposicionado. Isso mesmo. Ajustamos os preços desses produtos, dependendo da elasticidade da demanda. Dessa maneira, a receita destas empresas cresce a cada dia e, para nós, não há preocupação em perda de *share*. As pessoas que fazem uso dos produtos precisam de qualquer forma do medicamento. No caso do mercado de rejuvenescimento e complemento vitamínico, elas dificilmente deixam de consumi-lo. Por mais incrível que pareça, houve aumento de receita também em unidades vendidas da maioria dos produtos, como apresenta este gráfico de receita, em unidades e em dólares, nos últimos 12 meses. Aqui, com certeza, nosso marketing mostra força.

O aumento exponencial de receita, que garante liquidez recorde e resultado econômico muito acima do esperado, soa como música aos ouvidos dos presentes à reunião virtual. Ninguém parece preocupado com a postura extremamente agressiva da ALMO no mercado de *Healthcare*. Martha prossegue:

— Para medicamentos que apresentam concorrentes incômodos, adotamos a estratégia de baixar sensivelmente o preço. Confesso que, por vezes, reduzimos a valores próximos ou abaixo dos preços de custo. Essa é uma tática de médio prazo. Os concorrentes ficam fragilizados e, sem a receita de seus carros-chefes, acabam suscetíveis à aquisição.

Um dos investidores pensa: "estratégia de baixar o preço dos produtos sensivelmente é o meu ovo. Isso aí é um nome bonito pra *dumping*. Se fosse nos Estados Unidos, a Comissão Federal de Comércio ia estar no pé deles. Como é no Brasil... Vou ficar na minha. Os resultados estão vindo fortes!".

Martha finaliza a primeira parte da reunião, mostrando o quanto já foi realizado do plano original, e apresenta o novo planejamento. Octávio fala:

— Para concluir, é preciso dizer que estamos sendo pressionados por alguns dos senhores, de maneira particular, para a realização de um novo aporte em função dos resultados. Além disso, novos investidores nos buscam todos os dias interessados em fatias da ALMO. Confesso que eu, como médico, tenho uma visão positiva da colaboração espontânea, mas Martha me mostra que não é, de maneira alguma, interessante diluir ainda mais nossa participação. Desta forma, queremos deixar claro que não vamos aceitar mais aportes, até apresentarmos os resultados, em função desta última tranche de investimentos. Vamos manter o foco no crescimento das receitas e da lucratividade. Daqui a um ano, voltaremos a avaliar a necessidade da entrada de novo capital. Porém, esperamos outra base de *valuation* da empresa, é claro.

O microfone é aberto para que todos opinem, e não há ninguém que discorde do que foi apresentado. É inquestionável o sucesso da ALMO Bioscientific, da competência da gestão comandada pelo brilhantismo estratégico de Martha e da governança da empresa. Tudo confirmado pelo conselho fiscal e pelo conselho de administração.

Precisamente uma hora após o início da reunião, Martha e Octávio agradecem a todos, finalizam a participação e deixam a chamada. Os demais vão, aos poucos, se despedindo e saindo, não sem antes elogiar o que foi apresentado.

O executivo irônico que está em outro fuso horário, pensa antes de deixar a sala virtual: "Porra! Essa Martha é foda!".

Dona Cristininha

Rodrigo e Nathalia tomam café da tarde na residência dos Rodrigues em Brasília alguns meses após a morte de Carlos.

— Você não deveria ter vindo. Você é um homem muito ocupado.

— Com o que aconteceu, você sabe melhor do que ninguém que tenho passe livre para amargar o luto. Meus eleitores esperam isso de mim. O meu estado inteiro está torcendo pela minha recuperação. Tomar um café com a minha mãe, em um domingo, não é um disparate. O povo está do nosso lado, dando o suporte que precisamos. Você não sente isso?

— Sim, sim. Tenho recebido mensagens e presentes do mundo inteiro. Você não imagina quantas honrarias farão em nome do seu pai. A luta de Carlos será até enredo de escola de samba.

— Eu soube. Você viu as últimas pesquisas?

Nathalia ri, e deposita a xícara de porcelana no pires sobre a mesa.

— Eu recebi os resultados dos editores antes de serem publicados, filho. Claro que vi e estou muito orgulhosa. Você é praticamente uma unanimidade nacional. Se a eleição fosse hoje, e você saísse para presidente, você seria eleito em primeiro turno.

— Só espero que essa popularidade se mantenha até 2022.

— Manter? De jeito nenhum! Ela vai aumentar, e muito.

A agradável conversa é interrompida por um empregado.

— Dona Nathalia, temos uma visitante. Ela insiste em entrar e diz ser parente. Não dá para acreditar, porque ela está muito mal vestida, mas é muito teimosa, e diz que não poderia ficar ao lado de fora do muro esperando a senhora. Que era inseguro. Ela sabe seu nome! Não encostei nela e disse para ela entrar. Coloquei ela no ante portão da entrada. Ela tá lá esperando. A senhora pode ver nas câmeras?

Nathalia espanta-se. Rodrigo coloca a mão sobre o coldre velado na cintura.

— Ai que saco! Logo hoje que estou tomando café com o Rodrigo e queria um pouco de paz.

Tão logo completa a frase, a jornalista olha o monitor das câmeras e emudece por alguns segundos.

— É Iaúna. É ela sim! Mande entrar já! Rápido!

Rodrigo olha assustado para a mãe, enquanto o empregado conduz a visitante inesperada pelos jardins, até a porta de entrada da casa. Veem uma Iaúna completamente desarrumada, suja, cheia de picadas de inseto, com feridas nos braços e nas pernas, cabelo falho, olheiras e dentes em péssimo estado.

O filho de Nathalia encara o empregado que, entendendo o silencioso recado, deixa o local para cuidar de seus afazeres. O funcionário sai envergonhado por não ter reconhecido a irmã do falecido patrão.

Iaúna havia tido um imenso trabalho para aparecer naquele estado lastimável. Estava, portanto, propositadamente irreconhecível. Ainda que sem residência fixa nas últimas semanas, a indígena gozava de excelente saúde e condições financeiras. Entretanto, com o intuito de pedir proteção e cuidados à família, havia realizado um cuidadoso processo de destruição da própria imagem para despertar pena, empatia e validar sua narrativa de miséria.

As roupas que usara no dia da morte de Iaruanã foram cuidadosamente tratadas para ficarem sujas, maltrapidas e com o pior dos odores. Graças a alguns óleos atrativos esfregados nos braços e pernas, e a longos passeios nas matas próximas, a indígena tinha colecionado centenas de marcas de picadas de pernilongos, que a ajudariam a sustentar toda a história que contaria à cunhada e aos sobrinhos.

O que havia dado mais trabalho a ela fora a falsificação da ferida em sua perna. Para simular uma infecção real, a indígena coletara larvas de mosca de animais mortos. Após fazer um pequeno corte em sua coxa, Iaúna implantara três pequenas larvas que haviam sido retiradas no dia seguinte, mas que já haviam causado o efeito desejado.

Ela sabia que a família de seu irmão não cairia em qualquer golpe, e que seria necessário muito esforço para convencê-la.

— Tia? O que aconteceu?! Por onde estava?

Com os olhos parados como um zumbi, Iaúna balbucia:

— Soooocooorrooo...

E cai sobre o piso, cuidadosamente encaixado em pranchas de madeira nobre da Amazônia. Rodrigo e Nathalia a socorrem e gritam para que o empregado volte e chame rapidamente um médico.

Horas depois, já cuidada das mazelas que inflingira a si mesma, Iaúna, repousando na confortável cama de um dos quartos de hóspedes, é visitada por Nathalia e Rodrigo.

— Iaúna? Está acordada?

Nathalia aproxima-se com olhos piedosos. Rodrigo, ainda que tocado pela situação em que a tia chegou, parece ainda reticente. A jornalista explica:

— O médico tratou de suas feridas e passou algo para as picadas. Ele disse que você está desidratada, desnutrida e que tinha restos de larva de mosca neste machucado da perna! Eu aproveitei para chamar uma enfermeira. Ela lhe deu um banho, jogamos fora a sua roupa... mas...

Rodrigo, impaciente, interrompe a mãe:

— Tia, o que aconteceu?

— Eu... eu tentei fazer meu irmão e o... o Tavinho pararem de brigar. Naquela manhã eles estavam com muito ódio. Ódio que não leva a nada. Então, tomei um tiro perto do coração. Não foi por querer. Iaruanã... ele era o meu guardião! Eu vi... Depois eu vi na TV o que aconteceu com ele. Mas naquele dia, ele não teve culpa! Pelos deuses, ele não teve culpa!

Em seu íntimo, Iaúna se divertia com o fato de ter protegido seu querido Octávio contra o disparo do irmão, e ainda ter sobrevivido.

— Eu fui levada em uma ambulância. Não tava tão mal assim, o tiro tinha sido superficial. Não sei, a bala não entrou fundo. Aí, pensei que um monte de jornalistas iria querer saber o que aconteceu e que eu poderia ser presa no hospital. Não sei... Acho que ouvi um dos médicos da ambulância dizer que eu ia morrer. Fiquei com medo! Não sei se ele quis dizer que iria me matar. Tava tudo muito confuso, mas eu sabia que não podia ficar lá, naquela ambulância, eu sabia que não podia ir para o hospital. Isso eu sabia! Então, aproveitei o momento certo, quando a ambulância parou em um farol e consegui pegar os enfermeiros distraídos. Depois, foi o motorista. Eu estava confusa e com muita dor, meus queridos. Só queria fugir. Dei cabo de todos! Estava exausta e não podia ficar à vista.

Muito emocionada com o relato, ela não se segura e chora copiosamente. Ao controlar um pouco as lágrimas, volta a falar:

— Então, a gasolina estava no fim. Joguei a ambulância de um viaduto que nem sei qual era e comecei a vagar pelas ruas. Antes, tirei a bala com o que eu achei na ambulância. Passei álcool. Acho que vai ficar cicatriz... Fiquei vagando pelo cerrado, fugindo, comendo mato. Eu sou criada na floresta, esse deserto aí não é nada pra mim. Eu comi um carcará. Acho que foi o que me salvou. O espírito do carcará tá comigo agora. Eu sei. Foi o que me salvou, porque eu aprendi a sobreviver no cerrado e voltei pra Brasília. Tudo a pé, porque ninguém me deu carona. Dormi ao relento... Evitei a polícia. Até que te vi falando na TV — olha para Nathalia — Ouvi o que você falou do meu irmão... Foi muito bonito. Você falou de mim também. Aquilo não é verdade, mas eu te entendo. Você fez o certo, falou o que precisava falar. Nessa hora, eu só pensava em encontrar vocês, minha tribo, minha família.

Rodrigo é o primeiro a ceder ao drama:

— Meu Deus, tia. Você podia pegar um telefone público, o celular de alguém emprestado. Por que não nos chamou?

Todas as possíveis perguntas já haviam sido estudadas por Iaúna antes da visita. Nathalia ficaria orgulhosa da cunhada por um *media training* tão acurado.

— De que jeito?! Sou uma velha, uma velha horrível e deformada. Sou toda queimada. Os mendigos fugiam de mim! Acho que minha aparência me salvou de ser violentada pelos tarados na estrada. Eu tive medo. Fiquei irracional com tudo o que me aconteceu. Em choque, eu acho. Imaginei que vocês podiam ter problemas se eu telefonasse. Vai saber se a polícia não estaria de olho. Me perdoem!

Nathalia também fica tocada:

— Perdoar? Não há nada a ser perdoado. Você é a nossa família. É irmã do meu falecido marido. Cresceu com ele na tribo. É a herança viva dele e do seu povo, Iaúna. Por favor, não pense mais besteira. Você está em casa agora. Segura e, em breve, com muita saúde.

Iaúna sabe exatamente qual palavra dizer a cada um, e em qual momento, para despertar a emoção correta. Desta forma, Nathalia e Rodrigo, ainda que fortes e frios, estavam fragilizados pela perda recente de Iaruanã e chocados com a maneira com que Iaúna chegou. Ela surgiu, diante da família, como um farrapo humano. O plano da indígena estava surtindo o efeito perfeito.

Nathalia senta-se na cama e pega a mão de Iaúna:

— Vai ser muito difícil. Vai ser complicado demais, mas eu vou limpar sua imagem, seu nome. Você vai ver...

— Não! Jamais! Não posso! Eu morri num incêndio, lembra? Iaúna morreu há algum tempo. A índia que presenciou o duelo final do irmão com Cauê também morreu com eles. Não sou... eu não posso mais ser essa mulher. Preciso da ajuda de vocês, por favor. Se não der, me falem e eu vou embora! Eu sou uma desgraçada mesmo!

Nathalia aperta ternamente a mão de Iaúna.

— O que você quer, Iaúna? O que podemos fazer por você?

— Não sei. Talvez uma transformação completa. Quero virar outra pessoa. Uma pessoa real, com documentos, que pode fazer um crediário. Alguém que possa comprar qualquer coisa sem precisar da autorização dos outros. Não quero só usar dinheiro vivo. Quero ser uma mulher que não tenha vergonha de mostrar a cara. Uma pessoa que pode até ser, não sei, amada.

— Você diz fazer plástica?

Iaúna finge que não tinha pensado na ideia.

— Plástica? Será?! Uma boa maquiagem não resolveria?

Nathalia empolga-se com a ideia implantada cuidadosamente em sua mente por Iaúna. Seu sonho, como profissional de imprensa, era montar uma persona do zero. A jornalista vê este desafio como algo interessante.

Para que as cirurgias sejam possíveis com uma nova identidade, Rodrigo providencia documentos novos para sua tia. Desde novo registro geral, até número para a Receita Federal. Ela passa a ter nova identidade. Com extrema facilidade, certidões oficiais amazonenses são emitidas. Tudo real. Os cartórios certos confeccionam registros retroativos de nascimento, documentos de identificação e habilitação, registros de vacina, diplomas de todos os graus de ensino, inclusive um curso técnico. Históricos médicos forjados são inseridos em bancos de dados oficiais, boletins de ocorrência com amenidades são emitidos com datas passadas, bem como alguns cheques protestados, e já resgatados, são inventados para que não exista a menor dúvida de que se trata de uma pessoa real. Tudo isto conquistado pela facilidade em ser o vice gestor do Amazonas.

Nos dias posteriores, Nathalia e Rodrigo não só planejam, mas também custeiam tudo o que há de mais caro e moderno em cirurgias plásticas, reconstrução, harmonização facial e enxertos de pele. Iaúna é submetida a *liftings* permanentes, preenchimentos no rosto e no corpo, reconstruções ósseas de nariz e mandíbula, substituição de dentes, implantes de cabelo e todas as transformações que a ciência moderna permite. Sua pele é clareada por meio de tratamentos ácidos e de laser e seu corpo remodelado em lipoescultura. Enfim, ela se torna outra mulher. O resultado não é perfeito. Porém, ela havia se transformado completamente e adquire uma aparência que a agradou bastante.

— Tia, pensei em um nome indígena, que tal? Pode ser Irene, Yara, Janaína...

— Nada de Irene. Irene foi o nome que usei para me disfarçar quando estava com seu pai — Suspira e olha para cima, como se pudesse ver os céus — Cristina! Eu quero me chamar Cristina

Albuquerque. Faço questão de ter esse nome. É o único que eu aceitaria além do meu próprio.

— Albuquerque? Tem certeza?! Esse é o sobrenome daqueles malditos! Eu tenho ódio desse nome! Vamos colocar algo indígena. Algo que lembre nossas origens.

— Ah, não sei, Rodrigo.

— Por exemplo, poderia ser um sobrenome que significasse sua nova fase: Purangy!

— Purangy?

Iaúna sorri com a ideia:

— Mas, faço questão do Albuquerque. Será um meio de corromper o nome deles. O que acha?

Na verdade, ela desejava exatamente o contrário: prestar uma homenagem à mulher e à família que sempre admirou.

— Está bem! Cristina Albuquerque Purangy. Tia, os brancos vão achar que tem a ver com pureza.

Os dois caem na gargalhada.

— Taí, querido sobrinho. Gostei!

A equipe contratada por Rodrigo conduz Iaúna até um estúdio na Ceilândia, onde a indígena é fotografada com diversas roupas em um fundo verde. São desenvolvidas fotos falsas de viagens de Iaúna, ou melhor, de dona Cristina Purangy, como ela foi registrada nas redes sociais. As fotos são postadas em perfis comprados, que já existiam há anos.

Os Rodrigues acolhem, protegem e dão o suporte necessário para a plena recuperação de Iaúna que, com a concordância da família, jamais poderá se identificar como sendo a irmã de Iaruanã. O resultado é tão espantoso, que parece um milagre. Cristina Albuquerque

Purangy é uma mulher com um passado real e palpável, pronta para viver uma vida nova, sem abandonar seu passado indígena. Um passado que estava dentro dela e não mais em seu exterior. O dom dos moxirunas permaneceria eternamente em seu ser.

— Bem-vinda, dona Cristininha — diz Iaúna ao seu reflexo no espelho, em um apertado e sensual vestido curto. Estranhamente, o espelho parece piscar em um flash amarelado. Ela acredita ter visto um vulto e se afasta assustada. Passado o susto, vira-se para trás e não vê nada. Algo inexplicável para a indígena, que considera aquilo uma simples visagem.

A transformação de Iaúna só não foi completa, por conta das cordas vocais danificadas pela fumaça do incêndio na casa da Santa Cecília. Com sorriso feliz pela conquista, reaproxima-se do espelho e repete em voz alta:

— Bem-vinda dona Cristininha, eu sou uma com você...

Tem Que Ser Hoje

O delegado Oswaldo Roche e dois de seus melhores agentes estão nas ruas de Brasília a caminho do aeroporto, após a ação violenta daquela manhã, no escritório de Iaruanã.

— Chefe, o Senhor acha que vai dar bucha por causa do meliante? — O policial refere-se a Iauranã, morto por Oswaldo com um tiro no pescoço.

— Pior é que vai. O cara era deputado. Era um safado, mas era conhecido no mundo inteiro como santo, como o senhor da paz e do amor. Eu não sei o que vai acontecer comigo. Provavelmente, vão pedir meu cargo, mas tô tranquilo. Quem faz o certo fica em paz.

O carro blindado segue pelas avenidas vazias. O voo, que levará os policiais de volta para São Paulo, não é comercial, e sim um fretado. Cansados depois de tanta tensão, os três não veem a hora de chegar em casa.

O percurso segue tranquilo até que uma van escura, com dois ocupantes, em grande velocidade, entra na frente do veículo da Polícia Federal, na tentativa de obstruir a passagem.

— Emboscada! Emboscada!

O carro em que Oswaldo se encontra derrapa e fica propositadamente atravessado na avenida formando uma barreira. Os policiais saltam pela porta oposta e se protegem, enquanto, de outra van, quatro encapuzados saem com fuzis.

Um dos agentes pega o celular e liga para pedir apoio enquanto saca o revólver. Oswaldo e o outro policial destravam suas armas.

Os agressores disparam contra o carro. Os pneus furam e o carro rebaixa. "Idiotas, facilitaram pra gente", pensa Oswaldo contente por não ter que se preocupar com o vão inferior do veículo. O delegado deita-se e atira no joelho de um dos homens, que cai gritando. Oswaldo dá mais um tiro e finaliza o agressor.

— Um caiu. Faltam três!

Som de derrapagem. Os policiais olham para trás. Outra van chega com mais homens. A equipe da Polícia Federal está cercada e, agora, sem uma barreira de proteção. Oswaldo aproveita a pausa e corre para a calçada, escondendo-se atrás de um carro estacionado. Um dos policiais retira uma escopeta, guardada debaixo do banco do carro que os levava ao aeroporto. O outro corre no sentido oposto ao de Oswaldo e é fuzilado pelos encapuzados.

O delegado percebe que está no vértice de um triângulo de balas, no qual, no centro, está o carro que o levava. Neste instante, o policial sobrevivente coloca-se de pé e dispara nos seis homens recém-chegados no segundo carro. Três caem. "As balas vão acabar, merda!". Com a escopeta, o policial consegue matar os dois atiradores do primeiro carro, mas é alvejado pelas costas por um dos três sobreviventes da segunda van.

Oswaldo dispara contra os três, mas não acerta nenhum. Abaixa, espera alguns segundos e levanta-se novamente. Os homens atiram. "Foi por pouco", pensa abaixando-se novamente, mas com o cenário construído em sua mente: "Três atiradores sobreviveram e estão vindo. Dois na minha direção, e um continua perto da van. O agente ferido ainda está vivo, mas tem poucas chances". A adrenalina queima suas veias e lhe deixa tão alerta que consegue ver uma possibilidade em meio à chuva de balas.

O delegado corre para trás de um segundo veículo de passeio, estacionado no mesmo lado da calçada, porém, perto da van, cujos atiradores foram mortos.

— Ele vai tentar pegar um fuzil! — grita um dos atiradores.

Oswaldo ergue a cabeça e vê que, agora, os três se dirigem a ele. O policial, caído com a escopeta, em um último esforço, atira bem no meio das costas de um dos bandidos, o que está mais perto. Os outros dois viram-se para o policial e fuzilam-no.

Em seguida, ambos avançam em direção ao carro estacionado. Um deles faz um sinal para que o outro contorne o carro, para cercar o delegado. A dupla salta junta, cada um em uma ponta do carro. Quando eles chegam à calçada, se surpreendem. O delegado não está mais lá.

— Piscou, perdeu! — grita Oswaldo, saindo de trás da van preta dos atiradores, já mortos. Ele havia aproveitado a distração dos dois inimigos ao matarem o policial caído e correra para trás da van. Agora, armado do fuzil de um dos homens, dispara contra os bandidos, que caem atirando, mas morrem instantaneamente.

Todos os atiradores morreram, mas, um dos dois últimos a morrer, consegue, involuntariamente, acertar Oswaldo. Um único tiro em seu abdome. O delegado larga o fuzil, encosta na van e escorrega para sentar-se no chão, ancorado num poste. Som de sirene. É o socorro. Dará tempo?!

Oswaldo coloca a mão nas costas, e percebe que a bala atravessou seu corpo. "Sangue escuro, merda. Perfurou, acho que foi o fígado, merda!"

A hemorragia é intensa. Não vai dar tempo de esperar o socorro. "Devo ter 30 segundos, no máximo...29, 28..."

O policial apanha o celular no bolso. "Não quebrou, que bom!". Destrava a tela e dá uma última olhada no papel de parede do aparelho. É sua amada esposa. Sangue começa a escorrer de sua boca, vertigem.

"15...14..."

Pensa na mãe também. O sangue nas mãos atrapalha o manuseio do aparelho. Pressiona o atalho para chamar um contato próximo, um contato constante, alguém que saberia dar a notícia com o devido cuidado. Dois toques no telefone e a ligação cai na caixa postal. Deixa um recado.

Não consegue desligar. Já não há mais forças. Deita o braço com o celular no chão e, assim, vai concluindo a contagem: "Sete, seis, cinco..."

"Quem faz o certo fica em paz." Uma lágrima surge no canto do olho direito. Não ouve mais os sons de sirene e apenas diz baixinho:

— Um.

Fecha os olhos...

Os Bons Não Precisam Morrer Jovens

Octávio e Martha chegam a um hotel, após prestar depoimento em uma delegacia em Brasília. Estão exaustos, mas felizes:

— Acabou, querido?

— Acabou!

Sentam-se na cama para tirar os sapatos e, neste momento, Octávio se lembra de ligar o celular.

— Tenho uma ligação perdida. Oswaldo ligou e deixou mensagem.

— Ouça. Vamos ouvir o que o nosso herói tem a dizer.

— Nosso herói?! Ele foi o cara que tirou aquela praga da Terra. Só por isto merece um troféu! Além de ajudar a gente e a humanidade!

Octávio coloca em viva-voz e aciona o recado:

— Tavinho, meu amigo... meu irmão. Ferrou, cara. Não deu. Não deu pra mim. Avisa minha mãe, minha mulher... cuida delas por mim. Se cuida também. Beijo na Martha e em você. A gente se vê...

Octávio olha assustado para Martha. A voz do amigo está péssima. Algo de muitíssimo grave ocorreu. Tenta ligar para ele algumas vezes, até que um homem atende:

— Alô?

— Oswaldo? Cara, que recado foi aquele?!

— Quem tá falando?

— Eu que pergunto. Quem fala no telefone do Oswaldo?

O homem do outro lado da linha faz uma pausa:

— Senhor, eu sou policial. Estou com o celular e outros pertences do delegado. O senhor é amigo dele?

— Eu sou. Sou amigo dele! Onde está o Oswaldo? Posso falar com ele?

— Infelizmente, aconteceu um incidente. Se o senhor é amigo dele, pode pedir para alguém aqui de Brasília vir até o Instituto Médico Legal?

— Pro IML?! Eu... eu estou em Brasília. Estou indo imediatamente para aí. Ele... e ele está bem? Onde ele está?

— Lamento, senhor. Por favor, venha o mais rápido possível.

Octávio desliga o telefone. Martha já está em prantos. O cansaço imediatamente desaparece, e o casal vai ao encontro do corpo do grande amigo de infância. O herói. Oswaldo Roche. Sua mulher já havia reconhecido o corpo, chorava e foi imediatamente consolada por Martha e Octávio. Isolado devido ao ferimento grave que sofreu, tem muito sangue no corpo e na face, que lhe escorrera da boca. Também passaria pelo exame de corpo de delito e, portanto, as provas não poderiam ser contaminadas.

Houve um funeral simples em São Paulo, mas muito bonito. Todos os colegas e amigos estavam presentes e consolaram a viúva, que parecia resignada. Exigiu caixão fechado, pois queria que todos os presentes tivessem a lembrança de seu marido vivo. Ninguém soube, naquele momento, com quem Oswaldo e os policiais trocaram tiros, pois, antes de as autoridades chegarem, o local havia sido limpo. Apenas os carros, os corpos dos bandidos e as cápsulas disparadas estavam na avenida. Era como se uma equipe clandestina houvesse se movimentado para recolher as evidências do confronto antes da chegada da polícia. As câmeras de rua só registraram a movimentação de vans pretas, mas o local exato do tiroteio não era coberto por imagens.

Um crime no lugar certo, considerado perfeito e devidamente sem registros.

PARTE DOIS

Muito Além do que imaginamos

A Vida Sempre Segue?

Maio de 2019. Dia ensolarado de outono.

Assim que o elegante casal se afasta da banca de jornal do seu Dario, uma nova cliente entra. O dono da banca, ainda encantado com a beleza esguia de Martha, surpreende-se com a recém-chegada. Depois de observar as revistas à disposição e de se apresentar, ela pergunta:

— O senhor teria alguma coisa sobre jardinagem?

— Tenho, sim. Deixa-me ver... aqui, ó. Tenho estas três.

"Essa dona aí é mais o meu tipo. A outra é muito nova e magrela, essa aí tem curva e experiência", pensa Dario, dando a volta nas pilhas de jornais e se aproximando da mulher. O cheiro do perfume forte e marcante espalha-se por toda a banca, mas não incomoda o jornaleiro.

— Vou levar todas. Quanto lhe devo?

— Deixa eu ver... são 83 reais. Se for melhor para a senhora, quando quiser, eu separo os novos números assim que chegarem e mando entregar na sua casa.

— Obrigada, quanta gentileza. Toma aqui, pode ficar o troco, senhor...?

— Seu Dario. Seu Dario da banca, como os meus fregueses me chamam. A senhora?

— Cristina Albuquerque, mas pode me chamar de dona Cristininha.

— Ah, tá bom, dona Cristininha. Vou colocar suas revistas numa sacola.

A mulher parece tentar ser elegante, mas peca pelo excesso. É uma vizinha reclusa, divide sua estadia entre São Paulo e Brasília. Costuma pagar as compras no comércio local em dinheiro vivo e é excelente conhecedora de plantas e ervas.

Assim que se vira, observa o casal que atravessa a rua. Não é a primeira vez que ela vê a gestante e o renomado médico. Na verdade, ela os observa à distância há algum tempo.

No fim da rua, há um SUV, blindado e sem placa, estacionado. Dona Cristina deixa cair a sacola com as revistas no chão. Os três volumes espalham-se pela calçada.

— Ai! — a mulher grita com o próprio descuido.

O casal vira-se para olhar de onde veio o barulho e a breve reclamação. Olham para dona Cristina e para as revistas. O carro no fim da rua arranca.

— Moço, você pode pegar as revistas no chão para mim? — pede dona Cristina ao homem, que rapidamente retorna alguns passos para apanhar o conteúdo de maneira solícita.

Os segundos de afastamento do marido foram suficientes para que a esposa fosse atingida violentamente pelo veículo, que passou em altíssima velocidade.

Dona Cristina grita ao ver a gestante ser atirada diversos metros à frente. O marido larga as revistas no chão e corre para ajudar a esposa. O motorista aguarda alguns segundos observando a cena e, então, arranca em alta velocidade.

Inicia-se uma de buzinas, transeuntes e curiosos. Dona Cristina pega as revistas no chão sozinha e, com horror e consternação, percebe que, se não fosse a providencial queda das compras, não seria somente a esposa a estar gravemente acidentada, como também o marido.

Um misto de revolta e culpa invade seu coração, enquanto se aproxima da cena para verificar o que se passa naquela trágica situação, além do sentimento de manipulação que passou a ter.

— Isso não pode estar acontecendo! Meu Deus! Ela não, Deus! Leva a mim! Minha filha, não. Me leva! Elas não!

Além do sangue, há um forte cheiro de traição no ar.

Preparando a Sucessão

Tão logo completa 15 anos, Rodrigo é levado à Amazônia paraense por Carlos. É dezembro de 2002. O avião particular dos Rodrigues pousa no Aeroporto Interestadual de Altamira. Pai e filho são conduzidos por um motorista para uma área afastada da cidade. Desde a primeira vez que Iaruanã chegou ali pelo rio, o lugar já tinha se desenvolvido bastante.

— Filho, você já é um homem. Pense nessa pequena aventura que faremos como um rito de passagem, de transformação.

O garoto, que herdou os traços harmônicos da mãe, a força do pai e a obstinação do casal, sorri. De alma pura e espírito tranquilo, o adolescente não é atormentado pela rebeldia tão comum naquela idade. Ele ainda possui um grande respeito pelos pais, a quem sempre tratou com educação e carinho.

— Aonde iremos?

— Hoje, vamos só em uma madeireira. Aquela onde tudo, que construí, começou.

Após 40 minutos de viagem em uma estrada sem asfalto, o veículo chega a um enorme terreno cercado por muros altos. Há dois portões largos para a circulação de caminhões e, de fora, Rodrigo enxerga o prédio de três andares.

O motorista dá um único toque na buzina, e um capataz fortemente armado aparece para abrir o portão. Iaruanã baixa o vidro e pergunta ao funcionário:

— Quem está aí hoje, Canoa?

O homem baixo, careca e de pouquíssima higiene responde, sorrindo com a dentição descuidada:

— Salve, patrão. Tô eu...

— Você eu tô vendo, porra! Quem mais tá aí?

— Sim, sim... patrão. Tá o Cidinho, o Bombom-de-Alho, o Faz-Nada e o Gerson.

Iaruanã avalia mentalmente a lista de empregados. Antes que fale algo, percebe o riso de Rodrigo.

— O que foi?

— Que nomes são esses?! Bombom-de-Alho? Faz-Nada?

Iaruanã volta-se para o capataz:

— Certo, Canoa. Vou começar a mostrar tudo para o meu filho.

O deputado fecha o vidro do SUV, que passa pelo portão.

— Você gostou dos apelidos? Então ouça o meu conselho: nunca fique perto do Bombom-de-Alho. O desgraçado tem um bafo maldito.

Rodrigo ri alto.

— E o Faz-Nada?

— Chamamos ele assim porque é o capataz do Gerson, o gerente da madeireira, que toca a operação. Então só manda, não faz porra nenhuma.

Mais risadas. O carro encosta na lateral do prédio em uma vaga próxima à porta principal. Pai e filho descem. Iaruanã comenta com o motorista:

— Você dirigiu bem até aqui. Vou agradecer ao Sabre por indicar você.

— Obrigado, patrão.

— Agora, vê se dá um trato no carro que ficou imundo. E depois fica aí dentro. Nada do que acontecer aqui é da sua conta.

O motorista concorda e observa o ilustre Carlos Rodrigues entrar no escritório com o filho.

Lá dentro, a dupla encontra Cidinho, Bombom-de-Alho, Faz--Nada e Gerson. Mais do que funcionários, eles são homens de confiança de Carlos. E estão ali naquele dia por um motivo muito especial. Os demais trabalhadores foram dispensados.

No centro da sala, há um homem amarrado à cadeira. Está ensanguentado, com os olhos inchados e roupas rasgadas. Geme de dor. Rodrigo espanta-se.

— Esse aqui, Rodrigo, é o Barão da Madeira! — o tom de voz de Iaruanã é de deboche.

Os funcionários encostam nas paredes e dão passagem ao patrão, que se aproxima do homem amarrado.

— Chegou na região há uns cinco anos — Carlos segue falando para Rodrigo com didática — Começou a extrair madeira de modo legal, nas áreas ditas permitidas pelo governo. Comprou caminhões novinhos, envelopou os caminhões, pagou impostos, contratou funcionários, registrou os merdas, deu treinamento, fez plano de carreira e organizou até festa de fim de ano. Não foi?".

Iaruanã dá um murro bem forte na boca do estômago do prisioneiro e o agarra pelo cabelo.

— Ele criou planos de reflorestamento, apresentou, na câmara, proposta de asfaltamento da estrada, patrocinou escolas com o ensino básico completo, projetou uma universidade em Altamira e queria, sim, já afirmo que queria, a valorização da comunidade do entorno. Então, eu o procurei para comprar toda a operação. Eu queria pagar bem. Avisei a ele que não era assim que se trabalhava por aqui; falei que os funcionários iam ficar enjoados, frescos e se tornariam um bando de preguiçosos. Falei que ele estava chamando a atenção das autoridades para a operação de empresários antigos e consolidados daqui, como eu. Ele escutou?!

Ninguém responde.

— Vocês, meus homens, sentem falta de festinha de fim de ano? Sentem falta de bonificação e plano de carreira? Alguém aqui quer tirar férias?!

Os homens permanecem em silêncio total.

— Podem falar. Tranquilo! Quem aqui quer receber crachazinho? Fala, Gerson, você quer? E você, Faz-Nada? Quer vale-refeição, hein? Responde, Cidinho! Abram a boca! Menos você, Bombom-de-Alho. Vamos, respondam!

Os homens balançam a cabeça negativamente e respondem baixinho quase ao mesmo tempo:

— Eu não.

— Não, senhor!

— Deus me livre!

Iaruanã sinaliza para que deixem ele e Rodrigo sozinhos com o homem. Só quando os capangas saem, Carlos solta o cabelo do prisioneiro. Ele vai até o filho que exibe feições de quem está muito assustado, mas, ao mesmo tempo, admira a força do pai.

— Filho, nós vamos acabar com ele juntos. Não será uma simples morte, não. Hoje, você vai aprender algo muito importante para mim e para a nossa linhagem. Você vai ser iniciado no mais importante ritual moxiruna. Não é por acaso que estamos na lua cheia. É nela que acontece o ritual do deus Céu!

Iaruanã pega o celular e faz duas ligações rápidas. Uma para a esposa e outra para os capangas que acabaram de deixar o escritório. Ciente do banho de sangue provocado pelo ritual que está prestes a começar, pede que ninguém vá à madeireira nas próximas horas.

— Pai, o que você vai fazer?

— Preciso de algumas horas com você nesta primeira etapa da sua iniciação. Preste o máximo de atenção para aprender.

Rodrigo concorda.

— Antes de qualquer coisa, você viu e ouviu o que te mostrei deste homem? Ele nos invadiu com suas operações, tentou tirar o que é nosso. Nos atacou, quis arrancar nossa terra e atrapalhou nossos negócios. Os moxirunas não aceitam ser atacados. Ao ataque adversário, respondemos com defesa feroz até a morte! Essas mortes não são em vão. Respeitamos o inimigo e, por isso, realizamos o ritual que irei te apresentar. Ele nos permite absorver a inteligência e a sabedoria dos invasores pela ingestão de seus corações e cérebros.

— Que horror!

— Não é horror, Rodrigo. Horror é o que o homem branco fez comigo, com minha irmã, com nossa tribo, com nossos ancestrais. Isso sim é horror! Eles tentaram acabar com os moxirunas, mas, enquanto eu existir... enquanto você e seus irmãos existirem, os moxirunas seguirão fazendo história.

As horas seguintes são surpreendentes para o adolescente. Presenciar o ritual moxiruna sendo executado pelo pai, com o prisioneiro, o assusta e o encanta. Metódico, Iaruanã explica o passo a passo ao filho, mas não o deixa tomar o elixir. Respeitosamente, Rodrigo questiona:

— Um dia, a mamãe deixou escapar que você deu a ela o elixir assim que ela viu você fazer o ritual!

Iaruanã responde sujo de sangue:

— Sim. Inclusive, foi aqui mesmo que assumi de vez a liderança de toda a operação. Sua mãe é minha bem-amada, mas não é portadora de nossa tradição. Você, pelo contrário, deve dominar todos os detalhes para aprender a fazer e a replicar para as futuras gerações moxirunas.

Com o cair da noite, os homens retornam à madeireira, mas procuram não incomodar o chefe. Iaruanã deixa o filho no escritório e telefona para Nathalia.

— E como foi tudo aí?

— Perfeito! Na verdade, inesperadamente perfeito. Ele não se impressionou a ponto de repudiar o que viu. Ele acompanhou tudo com cuidado e sentiu a força da tradição. Agora ele tá lá em cima refletindo e vendo como funciona o controle de embarque da madeira nativa através dos caminhões, até as barcaças no rio Xingú. Como é tudo controlado por GPS, ele está encantado com os vídeos que mostram a movimentação dos caminhões e barcaças. Em mais alguns dias de trabalho aqui, já vai se sentir o dono.

— Pera aí, Carlos! Quanto tempo vocês esperam ficar por aí, hein? Sei que não ligam para isso, mas temos Natal e Ano-novo. Muitas festas pela frente. Esperava que voltassem para Brasília nesse final de semana.

— Não... não exatamente — Só agora ele revela o restante do plano de viagem para a esposa — Ficaremos mais alguns dias. Preciso mostrar tudo para o Rodrigo, inclusive as incursões no meio da mata. Ele já terminou as provas, foi muito bem e vamos aproveitar as férias da escola. Fica tranquila que voltamos para a festa dos brancos. Aliás, preciso voltar para mostrar minha cara e fazer os discursos de boas festas na cidade.

Após convencer a esposa e encerrar a ligação, Iaruanã volta para sua sala. Rodrigo segue compenetrado na tela.

— E aí, tá gostando?!

— Sim e não — o rapaz aproveita que o pai se aproxima e aponta no mapa — Olha aqui. Tem um caminho mais curto para chegar ao rio Xingú, mas os caminhões só entram nele depois de desviarem por essa rota. Eles não vão direto ao rio. Por que fazem esse baita desvio? Aliás, veja que alguns caminhões vão direto, outros desviam por essa rota. O que tem aqui, pai? Você sabe?

— Não sei ao certo. Preciso ver... Essa aí é uma área que foi cortada há muito tempo.

— Eu vejo que tem um retorno, mas não faz sentido ir até este ponto que não sei onde é, nem para que serve, para depois voltar. Se tivesse floresta, faria sentido, mas não tem nada lá. Pelo menos é o que parece no mapa, e confirma com o que você tá dizendo.

Rodrigo entrega as anotações que fez com a estranha rota para o pai.

— Depois eu vejo isso com calma — Iaruanã afaga orgulhoso os cabelos do jovem — Agora é tarde e você precisa descansar. Amanhã teremos um dia longo.

Na manhã seguinte, pai e filho partem para uma área mais densa da floresta. Vão de carro até onde é possível. Depois, caminham em silêncio por horas. Rodrigo reconhece, pelas descrições feitas por Iaruanã ao longo dos anos, os pontos onde o velho moxiruna viveu: o acampamento dos garimpeiros, vilas por onde passou, rios e morros.

— É aqui... aqui que acamparemos! — sentencia o indígena já no fim do dia.

De madrugada, uma hora antes de o sol nascer, Iaruanã desperta Rodrigo. É chegado o momento de colocá-lo, frente a frente, com a face obscura da floresta. É preciso enviar o filho para o teste de sobrevivência.

— É como eu lhe disse, Rodrigo: vá, encontre a gruta dos nossos antepassados. Busque água e comida. Não faça fogueira de jeito nenhum! Eu vou saber se você fez. Por isso, não faça. Coma o que caçar ou pescar. Vá!

Sem revelar ao filho, Iaruanã deixa um olheiro escondido a grande distância, observando os passos de Rodrigo por um binóculo, e reportando ao pai, que permanece no acampamento. Diferente da época de Iaruanã, quando o ritual durava quatro luas, com Rodrigo não deverá se estender por mais do que uma semana, em função das obrigações cerimoniais de final de ano dos homens brancos.

Rodrigo encontra a gruta com facilidade. Porém, por ter sido criado na cidade, sente dificuldade em se estabelecer ali. A umidade, o frio e a escuridão das rochas marcadas por desenhos rupestres dos moxirunas, que parecem sombras ameaçadoras, causam arrepios. Caçar, pescar, limpar os animais e alimentar-se de carne crua não são atividades fáceis, ainda que o jovem tenha sido treinado no decorrer da infância. Com o passar dos dias, contudo, algo desperta dentro de Rodrigo. Um saber ancestral manifesta-se em seus sonhos e em seu dia a dia. É como se ele e o ambiente se unificassem. A partir daí, encontrar comida tornou-se mais fácil e natural, assim como a coleta de frutas e de água na floresta.

Informado sobre o desempenho do filho, Iaruanã passa para a segunda parte do desafio, que é o de espalhar pequenas armadilhas no entorno da gruta.

Rodrigo aciona uma destas arapucas acidentalmente, mas não se fere com gravidade. O descuido serve como sinal para que ele preste mais atenção. Depois de tratar o ferimento com ervas, como Iaruanã lhe ensinou, o adolescente consegue desarmar as demais armadilhas colocadas pelo pai.

No fim do último dia, Rodrigo retorna ao acampamento. Lá, encontra o pai coberto de pinturas indígenas e Gerson, capanga-líder da madeireira. Ao ver o filho se aproximando no período combinado, com o corpo magro, os músculos mais definidos, todo arranhado, com hematomas e um pequeno ferimento, Iaruanã é tomado por uma forte emoção.

— Bem-vindo, meu filho. Parabéns!

O jovem olha com orgulho para o pai. Sente-se diferente, amadurecido e forte.

— Que bom te ver! O que o Gerson faz aqui? Nossa reunião não é secreta?

Iaruanã coloca a mão sobre o ombro de Gerson, e o vira de costas para que o filho veja que o capataz está com as mãos atadas.

— Rodrigo, graças à sua percepção de que havia algo de errado nas rotas de escoamento da madeira, descobri que estávamos sendo roubados, e que informações estavam sendo passadas a concorrentes pelo Gerson. Diante dessa descoberta, devemos ser gratos a ele por ceder seu corpo ao rito do deus Céu. Hoje, você o guiará ao mundo dos mortos e, através dele, você receberá a suprema inteligência. É mais do que merecido.

Rodrigo concorda sem hesitação.

Nos minutos seguintes, pai e filho trabalham juntos na realização inicial do ritual. A mistura de ervas com outros ingredientes é dada a Gerson, que fica entorpecido e sonolento. Diferente do ritual rápido em seu escritório, Iaruanã faz tudo de maneira muito lenta e solene, inclusive entoando cantos.

Rodrigo e Iaruanã deitam Gerson sobre uma pedra chata. Entorpecido pelo chá alucinógeno, o prisioneiro é amarrado em estacas. O pai dá ao filho uma faca de pedra bem afiada. Rodrigo inicia a operação: rasga a camisa do incauto e, ainda com alguma dificuldade e insegurança, abre o peito do homem, dilacerando a parte frontal mais à esquerda da caixa torácica.

O coração surge ainda pulsante. O órgão é retirado e colocado em uma cuia. Em seguida, a pedra é trocada por uma lâmina de bambu afiadíssima. O cérebro de Gerson é retirado.

Lenta e respeitosamente, Rodrigo realiza com cuidado o ritual e toma o elixir para tirar proveito máximo do efeito. É amarrado a uma mesa pelo pai para que não se machuque com as convulsões e passe, as próximas duas horas, em outra dimensão. Assim, o jovem é, finalmente, iniciado no mais importante ritual moxiruna.

Nas duas semanas seguintes, as visitas do jovem a cada um dos empreendimentos do pai tornam-se frequentes. Elas são importantes para que ele entenda as particularidades de cada uma das operações da organização. Os funcionários, capangas, motoristas e seguranças passam a conhecer, a temer e a respeitar o filho do patrão, aquele que um dia herdará tudo.

Diferente do pai, Rodrigo é mais inteligente, curioso, estudioso e sofisticado. Por outro lado, é parecido com Nathalia e Iaruanã, ao demonstrar poder através da intimidação e de ter sede insaciável pela conquista.

A Sucessão em Detalhes

Passados dez anos do primeiro ritual de Rodrigo, o Deputado Federal Carlos Rodrigues e sua bela esposa Nathalia abrem a casa para amigos e contatos de trabalho. Mais de meia centena de políticos e empresários comparecem à festa na mansão da família em Brasília em um domingo à tarde.

Por mais que Nathalia tenha insistido para que a recepção ocorresse à noite e tivesse um tom mais elegante, Iaruanã fez questão de realizar um churrasco.

— Por trás dessa capa de finesse, todo mundo fica feliz com um rega bofe, meu amor — Iaruanã brinca com a esposa.

Carnes e bebidas de primeira qualidade são servidas. Imposição da esposa, que cedeu ao encontro diurno, mas não abriu mão de manter a reputação de excelente anfitriã.

Nayara e Pedro, os filhos mais novos do casal, chegam cedo e trazem alguns amigos. A ideia da moçada é aproveitar o sol na piscina e ouvir música alta.

Já Rodrigo, aos 25 anos, demora para chegar. Sua ausência é notada por aliados e correligionários de Iaruanã, que comentam com o deputado a importância da presença do filho nas fotos e nas rodas de conversa.

— Carlos, sabe do Rodrigo? Há um tempo que eu não o vejo. Pensei que eu o encontraria aqui.

Iaruanã pigarreia, coloca a mão no ombro do aliado político e responde com rara franqueza:

— Olha, Diógenes, nossos filhos, mesmo que homens, ainda são crianças diante dos nossos olhos. Às vezes, tenho vontade de colocar Rodrigo de castigo.

Os dois riem. Segundos depois, um grave ronco de motor é ouvido. Do jardim onde ocorre a festividade, não é possível ver, mas a dedução óbvia é que se trata de uma motocicleta de alta performance. Provavelmente importada.

Iaruanã comenta com ironia:

— Falando no jovem diabo...

A porta de madeira que separa a garagem do jardim é aberta com força e bate na parede. Rodrigo entra. De óculos escuros, está acompanhado de uma belíssima mulher com traços exóticos. Pelas roupas, fica evidente que o filho de Iaruanã vem direto de uma festa.

Todos acompanham sua chegada com admiração e curiosidade. Nathalia se aproxima e sussurra:

— Demorou! Onde estava?

Rodrigo beija a bochecha da mãe:

— Você sabe, eu e a Latifa ficamos até mais tarde numa festa e estamos virados!

Nathalia sorri para Latifa. A moça é o amor da vida de Rodrigo. Em seu íntimo, a jornalista é grata pela relação. Desde que começou a namorar a grande herdeira de um dos maiores califados árabes, Rodrigo acalmou os ímpetos juvenis e amadureceu. Para coroar, Latifa é linda, elegante, educada e inteligentíssima.

A garota sorri de volta. Rodrigo pergunta:

— Tão servindo o quê de bebida, mãe?

Nathalia sinaliza discretamente para Nayara, que observava tudo da piscina, fazer sala à Latifa. Discretamente, puxa Rodrigo para um canto longe dos olhares gerais. As meninas da turma de Nayara e Pedro suspiram em vão por Rodrigo.

— Filho, estávamos preocupados. Você se lembra que hoje ficamos de te apresentar pra umas pessoas relevantes no meio político, não? Não adianta ter parado com as lutas, mas ainda estar assim, levando essa vida. Nós...

— Tá certo! — Encosta na parede e tira os óculos — Eu entendi. Tem aspirina? Minha cabeça vai explodir. Não tô a fim de conhecer ninguém hoje.

Repentinamente, Iaruanã se aproxima da dupla:

— Nathalia, leve Rodrigo para cima. Quero que ele tome um banho, se recomponha, vista uma roupa mais adequada, e me espere no escritório. Você também, meu amor. É tão raro estarmos todos juntos, que quero aproveitar para falar algo importantíssimo. Tem que ser agora.

A esposa tenta argumentar, mas o deputado é incisivo:

— Tem que ser agora! Os convidados sobreviverão a 20 minutos da nossa ausência.

Nathalia e Rodrigo obedecem e, minutos depois, os três se encontram no escritório. Sentado em um sofá de couro, o filho hidrata-se com água de coco, enquanto a mãe aguarda em uma cadeira. Iaruanã entra sorrindo e tranca a porta atrás de si.

— Hoje é um dia importante.

Rodrigo o interrompe:

— Tá, desculpa. Não me atraso de novo.

— Não, Rodrigo. Não é isso — fala olhando nos olhos do rapaz — É um dia importante, mas não por causa do monte de carrapato lá embaixo. É um dia importante para a nossa família e para nossos negócios. Quero falar com vocês antes de voltarmos para a festa. Já antecipo que vai rolar muito dinheiro para garantir que você chegue aonde desejamos. E está na hora de vocês entenderem de onde vem alguns recursos, onde estão e como são controlados. Precisamos aproveitar que nós três estamos reunidos e que, hoje, começa finalmente a sua vida pública. Rodrigo, senta aqui do lado da sua mãe.

O jovem obedece e, com certa dificuldade, se acomoda na cadeira de madeira ao lado de Nathalia. Iaruanã senta-se do outro lado da mesa e entrega uma folha para cada um.

Surpresos, Nathalia e Rodrigo leem as informações, sem entender. A jornalista é a primeira a questionar:

— Tá, Carlos. São endereços e valores. Casas e apartamentos no Pará e aqui. E os valores são bem altos. O que isso significa? São propriedades nossas?

Iaruanã apenas sorri. Nathalia arrisca:

— Vai vender esses imóveis por tais valores para termos dinheiro para investir e para justificar a origem? É isso?

Iaruanã suspira e olha para Rodrigo, na esperança de que o filho acerte o sutil jogo de adivinhação. Por sua vez, o rapaz deduz:

— Não, mãe. Os valores são muito altos para esses imóveis. Eles não podem valer tanto assim, nem se fossem feitos de ouro. Ia dar muito na vista forjar a venda destes imóveis nestes valores. É outra coisa.

— Isso mesmo! — Iaruanã fica admirado com o raciocínio certeiro do filho.

O jovem pensa por dois segundos e arremata:

— É dinheiro! Ele tá mostrando pra gente quanto tem de dinheiro guardado em cada um desses locais, que já são dele. Não é isso, pai?

Iaruanã dá um soco na mesa de empolgação.

— Perfeito, Rodrigo! É isso mesmo!

— Como assim?! — Nathalia espanta-se — Não me lembro de você ter comprado essas casas e apartamentos.

— Escolhi alguns imóveis em pontos estratégicos de Belém, Altamira e daqui de Brasília. Em cada um deles, eu venho guardando dinheiro em espécie. Muito dinheiro.

Alguns números ao lado dos endereços passam de 8 dígitos.

— Meu amor, não é arriscado guardar tanto dinheiro desse jeito? Quem mais sabe disso?

— Os imóveis estão em nome de "laranjas", que se venderam barato, e nem sabem do que se trata. Estão longe. Agora, nós três sabemos, Sabre e um ajudante de extrema confiança.

— De confiança mesmo?! — Rodrigo está com os olhos esbugalhados.

— De confiança, confiança, só vocês, claro. Mas, vocês sabem que eu confio minha vida ao Sabre. Sou padrinho dos filhos dele e tenho ele e esse seu capataz sob minha vigilância constante. Se sumir um real de um dos *bunkers*, ou eles ostentarem padrão de vida incompatível com o salário, vou questionar e eles vão prestar contas no inferno.

Nathalia não consegue tirar os olhos da folha de papel.

— Esses valores estão atualizados? Como você faz para contar essa montanha de dinheiro?

— É por peso, meu amor. Por peso — Iaruanã se volta para Rodrigo — Só tem nota de 50 e 100. A gente sabe, por peso, quanto tem, mais ou menos. Não dá pra contar nota por nota. Claro, pode ter alguma mínima diferença entre o valor verdadeiro e o que está aí no papel. Mas, se tiver, é pequena. Em cada um desses *bunkers* tem uma balança.

Rodrigo e Nathalia estão admirados.

— Se precisar de grandes valores rapidamente, é só passar em um desses *bunkers*, pesar, anotar e estará tudo resolvido. Entenderam?

Rodrigo ri e repete:

— *Bunkers*?

Nathalia pega o papel da mão do filho com delicadeza, coloca uma folha sobre a outra, vai atrás da mesa ao lado do marido, e insere as folhas na picotadora que destrói os sulfites.

— Mãe, eu ainda estava olhando.

— Enquanto vocês falavam, fui lançando tudo no meu tablet. Querido, há algum registro dessas informações em outro local?

— Não. Os imóveis estão em nome de pessoas jurídicas, abertas em nome dos "laranjas" somente para isso, e nada está anotado em lugar nenhum — Olha nos olhos da esposa — Tenho um plano de ação, que quero passar para você, mas posso fazer em outra ocasião. É muita informação para hoje.

De maneira decidida, Nathalia diz:

— A partir de agora, eu vou tocar toda essa parte, ok? A única fonte confiável de informações será o meu tablet. Depois pego o nome das empresas e dos "laranjas", e não se toca nesse assunto com ninguém! Combinado?!

— Combinado! — Iaruanã e Rodrigo respondem ao mesmo tempo.

Nathalia olha nos olhos do filho:

— Nem para Latifa! Está bem? — Diante da concordância do filho, que está com os olhos arregalados, Nathalia reforça — Mesmo seu pai demorou um pouco para nos contar. Não é mentira ou traição, é estratégia para que todos fiquemos seguros. Podemos combinar de irmos juntos, nós três, nos apartamentos aqui de

Brasília nesta semana, que tal? Tanto dinheiro junto deve ser algo interessante de se ver.

Iaruanã assente e Rodrigo brinca:

— Apartamentos, não, mãe. São *bunkers*. *Bunkers*!

O Que Iaruanão Não Sabia

Iaúna corre pelas ruas de Brasília. Mesmo na seca da Capital Federal, uma chuva fina começa a incomodar. A indígena não quer ser vista por ninguém, muito menos pelos empregados de Iaruanã. Atravessa a rua nervosa, passa os olhos rapidamente pelas lojas e vê o que busca. No letreiro amarelo e preto se destaca a palavra: chaveiro.

Entra no estabelecimento com pressa. O homem estranha a invasão da mulher:

— Pois não?

Iaúna sorri com o rosto desfigurado. Enfia a mão na bolsa e apanha um molho cheio de chaves. É um círculo grande feito de arame, com cinco jogos de chaves menores. No círculo maior, há uma etiqueta com as letras BSB. Nos menores, etiquetas com endereços.

— Eu quero uma cópia de cada chave. Preciso que tudo fique organizado dessa mesma maneira.

O homem olha a estranha mulher e as chaves sobre o balcão:

— Tem mais de dez chaves aqui.

— Quinze. Três para cada endereço.

— Então, quinze. No fim da tarde eu entrego tudo.

— Preciso que fique pronto em uma hora no máximo. Preciso que o senhor comece já!

O homem ri. Antes que ele retruque, Iaúna coloca a mão na bolsa e retira um volumoso maço de notas de dinheiro.

— Isso aqui é o quanto o senhor ganha para fazer a cópia de cento e cinquenta chaves. Estou lhe dando dez vezes mais por chave, para que o senhor se dedique apenas às minhas quinze chaves. Tudo em apenas uma hora. Tem outros chaveiros nessa rua, não tem? E aí, faz o serviço para mim?

— Calma...calma, dona. Que isso?! Eu faço, sim. Vou até baixar a porta. A senhora pode voltar para pegar as cópias em uma hora.

— Vou até o bar aqui do lado esperar — Está tão satisfeita que não para de sorrir — Não me afasto dessas belezinhas de jeito nenhum!

O chaveiro espera Iaúna sair e baixa a porta. A indígena vai ao bar, pede um café, pão de queijo, água e se senta. Enquanto aguarda, recorda-se de como chegou até ali.

Lembra-se de três dias atrás, quando foi com o irmão procurar um imóvel para morar. Estranhamente, entre os endereços apresentados pelo irmão, foram intercaladas algumas visitas inesperadas a imóveis que não estavam no foco da busca por moradia. Nestes locais, Iaruanã pedia que ela aguardasse no carro ou, quando muito, na portaria dos prédios.

Curiosa e dona de uma excelente memória, potencializada por anos de uso do elixir, a indígena conseguiu ver um padrão nessas misteriosas paradas. Foram cinco endereços onde Iaúna foi proibida de entrar: duas casas e três apartamentos. Em todos, Iaruanã demorou entre 15 e 20 minutos. Para acessar os locais, carregava um molho de chave estranho que deixava no console da porta do luxuoso carro. Sempre o mesmo molho e, após cada visita, o irmão de Iaúna retornava de bom humor. No vai e vem, muitas vezes trazia ou levava pacotes.

Certo dia, Iaúna arriscou perguntar o que ele tanto fazia naquelas casas.

— Não é da sua conta!!! O dia que eu resolver te dar alguma coisa que me pertence, eu te falo. Por enquanto, vamos achar um lugar para você morar. Estou vendo, nesses locais, se tem apartamentos disponíveis com colegas ou se as casas estão desocupadas.

Em uma nova visita aos imóveis misteriosos, Iaruanã pediu, mais uma vez, para que a irmã aguardasse na portaria e não subisse. Oportunista, a indígena aproveitou a chance para fazer amizade com o porteiro. Insinuante, perguntou o nome dele, mostrou as pernas bem torneadas e percebeu que o trabalhador a observava com desejo.

— Deve ser muito difícil trabalhar aí, não é?

— Não, não é difícil, não. É só controlar o portão e os interfones e...

Iaúna debruçou-se na janela aberta e deixou parte do colo nu visível ao homem.

— Acho que é uma tarefa de muita responsabilidade, Sr. José Carlos.

— Pode me chamar de Zeca! Tira o senhor!

— Ah, Zeca, é você quem organiza o acesso ao prédio? Você é o chefe da segurança, não é?!

Envaidecido, o porteiro sorriu e coçou a cabeça tímido.

— Zeca, você teria um copo d'água? Estou com tanta sede! Tá quente demais aqui fora.

O porteiro serviu Iaúna que, ao pegar o copo de plástico, tocou carinhosamente na mão do trabalhador.

— Me diz, querido, meu irmão vem sempre nesse prédio?

Visivelmente com medo, José Carlos retraiu-se. Notando a mudança de postura do porteiro, Iaúna aproximou-se dele e passou a cochichar.

— Não se preocupe, eu não vou falar nada pra ele. Só estou perguntando, por que quero ver se ele pode me trazer aqui mais vezes. Quem sabe eu não venha no seu turno, e a gente se encontre, não é?

Acreditando em Iaúna, o porteiro começou a soltar as informações que a mulher buscava. José Carlos relatou que Iaruanã visitava o prédio com frequência, sempre sozinho e em horários variados. Segundo ele, não havia ninguém morando lá e, algumas vezes, o deputado chegava com algumas caixas que eram descarregadas no elevador pela garagem do subsolo.

— Então Dona Irene...

— Dona não! Tire o dona, por favor. Para você, sou Irene.

— Tá certo, Irene. Ele me disse que guarda tranqueiras que ganha ou brinquedos e livros que os filhos não usam mais. Usa como depósito, sabe? Ele é muito legal comigo. Já me deu uma boa grana e sempre me pede para ficar calado sobre a presença dele por aqui. Sabe como é, né? Ele é político e não deve querer que as pessoas fiquem falando que ele tem esse apartamento.

— Sim, meu irmão é muito gente boa! Adoro ele!

Com plena atenção, Iaúna guardou o máximo de detalhes. Durante os minutos finais da conversa com o porteiro, ela perguntou:

— Zeca, na próxima vez, prometo que vou trazer um docinho pra você, tá bom? Você gosta?

— Claro que gosto. Brigadeiro, quindim...

— Eu tava pensando em beijinho. Gosta?! Falam tão bem do meu beijinho.

O homem riu, e ela foi embora com Iaruanã. Enquanto seguia no automóvel, pensou: "Se fosse brinquedo ou tranqueira, meu irmão me deixaria subir. Aí tem... Vou descobrir o quê".

Entre goles de café e mordidas no pão de queijo, Iaúna, com um sorriso maroto nos lábios, lembra de como o "tolinho" de seu irmão a deixou chegar às chaves.

Numa noite, houve um jantar agradável na mansão dos Rodrigues. Em certo momento, Iaruanã desceu à adega contrariado para buscar um vinho bem doce, do tipo que a irmã aprecia.

No meio da conversa com Nayara, Pedro e Nathalia, Iaúna se levantou da mesa:

— Vou aproveitar que meu irmão foi pegar o vinho pra ir ao banheiro. Já volto.

Iaúna saiu da sala de jantar e, sem que ninguém percebesse, desviou o caminho e desceu as escadas atrás do irmão. Lá, presenciou Iaruanã aspirando um pó branco e viu que havia deslocado uma pesada pedra de uma das paredes da adega. O vão da parede ocultava o estoque do produto que consumia e o molho de chaves que o irmão carregava todo o dia. Ao lado desse conjunto de chaves, havia mais dois molhos semelhantes.

Na madrugada, quando todos da mansão se encontravam recolhidos, Iaúna foi à adega, afastou a pedra com fundo falso e confirmou o que havia visto: os molhos de chaves carregavam as etiquetas BSB, Belém e Altamira. Cada chave estava marcada com um endereço.

No dia seguinte, Iaúna se levantou cedo e se colocou na cozinha. Estava preparando algo com coco ralado, açúcar cristal e cravos-da-índia. Quando Nathalia despertou, encontrou a cunhada enrolando beijinhos.

— Nossa, fazendo doces a essa hora? Que bom!

— Sim, mas vou deixar separado os de vocês e vou levar uns para uma amiga.

— Obrigada, Iaúna! Mas você já fez amizades em Brasília?

— Na realidade, é uma amiga de São Paulo que está aqui de passeio. Ficamos felizes de nos ver e marcamos de nos encontrar num café no Lago Norte.

— E hoje você vai continuar procurando casas com o Carlos?

— Sim, sim.

Alguns minutos depois, Iaúna partiu de táxi até o prédio em que José Carlos trabalhava. O porteiro não coube em si de alegria ao ver a mulher tocando o interfone. Ainda assim, atendeu com falso profissionalismo:

— Pois não?

— Ah, para com isso, Zeca, sou eu! Irene! Me deixa entrar, vai! Tenho uma surpresinha!

Ao lado de fora da portaria, pela janela, Iaúna ofereceu seus beijinhos ao porteiro que, seduzido pelos agrados da mulher, aceitou experimentar os doces que continham, além de açúcar e coco, uma quantidade mínima de Zolpidem. Originalmente desenvolvido para tratamento de insônia, o composto altera a percepção e deixa o paciente desorientado e suscetível a comandos.

Cerca de dez minutos depois, Iaúna percebeu que o porteiro estava sonolento e distraído.

— Vou rapidinho lá no apartamento do meu irmão, tá bom? É só para pegar um negócio. Ele até me deu a chave, veja!

Vendo a chave, José Carlos respondeu sem qualquer discernimento:

— Sim, claro. Voa pra lá e volta para torre! Tô aqui no controle.

Para que ninguém desconfiasse, a indígena recolheu todas as evidências de sua visita à portaria e ordenou ao porteiro:

— Espere eu voltar. Fique de olho no portão e abra para visitantes! Fique no controle, certo?

— Sim, no controle, dona tesuda.

A irmã de Iaruanã subiu até o andar marcado na etiqueta da chave e encontrou, assim que abriu a porta, inúmeras caixas de papelão no chão. Imediatamente, trancou a porta. Dentro das caixas, havia blocos de dinheiro. Pilhas e mais pilhas de notas de 50 e 100 reais. Ela nunca havia visto tanto dinheiro junto.

Levantou a cabeça e contou rapidamente a quantidade de caixas que enxergava e começou a rir. Então, este era o segredo do irmão. Se aquele apartamento proibido tinha tanto dinheiro assim, não era difícil deduzir que os outros quatro endereços de Brasília e os de Belém e Altamira também eram verdadeiras minas de ouro!

— Ah, Iaruanã... Você quer me alugar uma casinha, mas esconde uma verdadeira fortuna nos seus imóveis, hein?! — Sua voz ecoa nos cômodos vazios — Chegou a hora de fazer valer sua missão, meu guardião.

Ela deixou tudo intacto. Assim que desceu, notou que José Carlos estava semiconsciente na portaria.

— Ei! Zeca! Acorda!

— Ahn? O quê? Torre! Operante!

— Me diz...me fala! Esse prédio tem câmera de segurança?

— Não, tem não... ou... pera, tem sim. Só nas áreas importantes. Tem aquela ali que aponta pro portão e outras no lobby.

— Você pode apagar a minha visita? Faria isso por mim? Faria isso por nós?

— Claro, claro. Eu consigo. Melhor, né? Se seu irmão descobre que estamos de namorico, pode ficar bravo. Pode deixar, apago sim, é fácil! É só eu voltar aqui, ó, voltar a gravação dessas horas e gravar por cima. Viu?

Iaúna sorriu.

— Faz assim, Zeca. Espera eu ir embora e recomece a gravar pra eu não aparecer na filmagem, tá? Sou tímida. Esqueça que eu passei aqui hoje, senão meu irmão vai ficar bravo comigo e com você e vai proibir de nos vermos! Já pensou? Aí eu não consigo mais te dar beijinhos.

— Beijinho! Beijinhooooo! Tá boooom! Volta, sim!

A lembrança da descoberta das chaves, dos *bunkers* e do dinheiro se esvai quando a porta do chaveiro é erguida novamente. Iaúna paga a conta do bar com pressa e corre para pegar suas chaves

O trabalho ficou perfeito! As cópias estão idênticas e adesivadas. A indígena, ainda no centro comercial de Brasília, precisa ser rápida. É essencial devolver o molho ao buraco oculto na parede da adega e aguardar o momento certo de visitar cada um dos endereços. Será necessário um bom plano. Um plano que deverá envolver ajuda de gente, de gente capaz, veículos e muito mais do que simples beijinhos.

Martha é Muito Mais Forte

Junho de 2019. São duas paradas cardíacas até que o organismo se estabilize.

Após sair do coma, Martha passa por dias de letargia, até emergir completamente para o estado de consciência. São momentos de preocupação e medo por parte de Octávio, que teme que a esposa retorne condenada a uma vida vegetativa.

— Onde está Lais? — tocando na barriga, é a primeira frase que pronuncia na cama do hospital.

Lágrimas discretas inundam os olhos de Octávio. Pacientemente, ele inicia a explicação detalhada sobre a perda do bebê. Martha ouve tudo atentamente e cai em choro angustiado por se sentir completamente impotente diante da tragédia.

O dia passa lento com o casal se alternando entre frases curtas e o completo silêncio. Martha, entre reflexões e lapsos de choro, pergunta sobre o corpo de Lais, sobre o sepultamento. Curiosidades em dor. Há amor e acolhimento no ambiente. Há também muita tristeza e luto, que não desaparece tão cedo.

Martha recupera-se no hospital entre pinos, aparelhos de estabilização e amarração óssea. Contudo, outra coisa parece incomodá-la ainda mais: as constantes saídas do marido do quarto. Telefonemas misteriosos sendo atendidos no corredor e muitas mensagens de celular trocadas durante o dia e a noite.

Antes que a executiva reclamasse e pedisse explicações, o próprio Octávio revela, durante uma conversa noturna, a natureza de tanto mistério:

— Eu acho que deveria esperar você sair do hospital, mas, ao mesmo tempo, eu te conheço e sinto que tocar nesse assunto mais para a frente seria reabrir feridas desnecessárias.

Com muito esforço, Martha ajeita-se na cama:

— Do que você está falando?

Octávio vai até a porta do quarto e a abre. Para o espanto da esposa, Renato Stein entra. A presença do procurador é inesperada pela relação tensa que ele e o marido cultivaram a vida inteira. Mas no ano anterior, Stein havia providenciado, em caráter de urgência, um mandado que permitiu que Oswaldo invadisse o escritório de Iaruanã em Brasília.

— Renato?!

O visitante cumprimenta Martha com um aceno e, em seguida, se aproxima com uma sacola repleta de chocolates finíssimos.

— O Tavi... o Octávio disse que você não ia poder comer doces, mas você sabe que eu sempre faço o contrário do que ele fala. Além disso, sei que você adora esses aqui.

Martha sorri, agradece e pega o presente. Octávio ri também. Renato Stein prossegue:

— Eu queria ter vindo antes. Lamento as notícias.

— Muito obrigada, mas tem algo de errado, não é? Você não veio apenas para me prestar o seu pesar.

— Sente-se, por favor — Octávio oferece uma cadeira ao visitante, que prontamente aceita, e volta-se para a esposa — Você deve ter me visto ocupado. Bem, estive falando com o Stein todos esses dias...

— Praticamente o dia inteiro! — completa o procurador.

— Isso mesmo! Praticamente, o dia inteiro. Martha, você sabe que, ultimamente, Renato e eu estamos bem mais próximos. Deixamos velhas rivalidades idiotas para trás e descobrimos muitos pontos em comum. Bom, logo após o acidente, fui procurado por um sujeito.

— Como assim?! Que sujeito?

Renato Stein toma a palavra:

— O nome, na realidade o codinome, dele é Índio.

— Índio? — Martha está espantada.

— Ele... bom... ele quer... — respira fundo e olha para Octávio — Quer falar você o que esse tal Índio quer?

O médico aproxima-se da mulher e pega em sua mão.

— Meu amor, o seu atropelamento não foi um acidente. Foi proposital e criminoso.

A mulher acamada arregala os olhos e solta a mão do marido. Octávio conhece aquela expressão. É o prenúncio de uma tempestade.

— Como assim?! E o que tem o Renato com tudo isso? Foi esse tal Índio que causou o acidente?

O marido respira fundo:

— Quando eu retornava do velório de nossa filha, esse homem estranho... estranho e perigoso, baixo, de tez morena e de cabelos bem lisos, lembrando bastante um indígena, usando roupas simples, me abordou em uma padaria. Ele estava me seguindo. Ele se identificou como Damião, mas falou que atendia pelo apelido de Índio. Veio me pedir ajuda. Disse que queria dinheiro e proteção em troca de informações. Ele revelou que o seu atropelamento foi causado por homens dos Rodrigues. Era para nós dois termos morrido naquele dia. Índio deixou claro que se fosse preso, seria morto na delegacia. Ele precisava de contato com um promotor e de uma prisão especial até um possível julgamento. Ele disse que falaria tudo. Contou que podia revelar muito mais sobre os crimes dos Rodrigues. Revelar e provar.

Renato aproxima-se da cama e coloca a mão no ombro de Octávio, como se pedisse a palavra. O doutor, nervoso, cede.

— Esse Índio não foi o responsável por nada, mas ele acompanhou as conversas. O próprio Rodrigo, como foi dito ao Octávio, foi o mandante do atropelamento. Ele queria matar vocês dois. E é aí que eu entro. Ele tá jurado de morte porque participou de algumas atividades com o chefe dos capangas da família Rodrigues, mas esse chefe morreu no confronto com Oswaldo, e agora querem queimar o arquivo de todos que atuaram com ele. Mas seu marido, muito sabiamente, me colocou no circuito. Eu me encontrei com o Índio e o protegi. Estamos coletando evidências lentamente. O rapaz não era muito importante na organização, mas já apresentou algumas informações importantes."

Martha olha para baixo, lágrimas apertadas lhe escorrem, em um misto de raiva e horror. Octávio retoma:

— Graças ao que o Índio já disse, Stein solicitou imagens de câmeras e, assim, deu para ver que, no dia do atropelamento, o carro estava circulando o quarteirão desde muito cedo.

Martha parece não acreditar no que ouve. O pesadelo do casal não tem fim.

— Pensávamos que tudo estaria terminado após a morte daquele monstro, mas, pelo jeito, estávamos enganados. Enfim, eu entreguei para o Stein o dossiê do meu pai, aquele que a Eduarda Duchêne nos entregou em casa.

— Martha, o Índio está providenciando fotos comprometedoras de algumas madeireiras. Eles têm um grupo de conversas no celular onde postam vídeos e informações aterradoras. Até mataram gente nessas madeireiras!

A paciente permanece em silêncio, enquanto Octávio e Renato conversam sobre mais detalhes da investigação. Cerca de dez minutos depois, Stein despede-se e vai embora. Martha aproveita que está a sós com o marido e dispara:

— Chega de sermos atacados por essas pessoas sórdidas! Chega de vivermos acuados e com medo! Eles quase nos mataram! Eles levaram a nossa filha! Seus pais morreram por causa dessa família! Olha, claro que será ótimo se o Renato conseguir colocar a Justiça contra eles, mas, do nosso lado, temos que agir! Francamente, Octávio, a Justiça não será suficiente para impedir novas maldades dessa gente.

— Entendo, mas, agir como?! Já não estamos agindo? Ou quer que eu saia por aí matando gente?

— Não é isso que estou dizendo.

— O que é, então?

— Temos que crescer. Ficar fortes! Ganhar poder econômico e influência. É nesse campo de batalha que esses sujos lutam e, para piorar, sempre fora da lei! Somente essa língua que eles entendem! Vamos investir, trazer investidores poderosos e aumentar nosso capital de poder na ALMO! Colocaremos toda a nossa força intelectual, conhecimento científico e networking nisso! Faremos da ALMO a mais poderosa empresa de biotecnologia do mundo! Eles não enfrentarão gigantes, querido, e nós seremos os gigantes nessa história! Temos, em nossas mãos, um produto incrível. Se criarmos um plano de negócios agressivo, do jeitinho que o mercado financeiro gosta, ah, te digo, conquistaremos o mundo!

O médico espanta-se com o olhar da esposa. Há raiva, há gana, há vontade. Martha sabe o que quer e qual caminho trilhar. A guerra está declarada! E a estratégia traçada.

Más Notícias para os Albuquerque

Em sua luxuosa casa no Bairro dos Jardins, nas imediações da Avenida Europa, Antônio Luís olha para o relógio ao lado da cama: passou um pouco da meia-noite. A esposa dorme pesadamente virada para o outro lado. Ele já não a ama mais. Talvez, nunca a tenha amado. Ele só trocou a antiga por essa mais nova e que parecia menos chata, não porque fosse, mas muito mais pela novidade. Com o passar do tempo, ela envelheceu também, e ficou claro o quanto as coisas podem piorar.

"Acho que já tá na hora de trocar de esposa novamente", ri com o pensamento. Diferente do casamento anterior, desta vez há uma linda filha como fruto da união. E, esta, ele tem certeza de que ama. A criança dorme no quarto ao lado.

Antônio Luís nunca pensou que chegaria tão longe. É líder influente na área logística, mesmo nunca tendo dirigido nem mesmo um simples caminhão. Graças à lábia, à capacidade persuasiva, à inteligência e à persistência, construiu, nos últimos vinte anos, a imagem de defensor de novas ideias, de agregador de pessoas e de contestador do sistema. Um sistema do qual faz parte, e está mais mergulhado do que muita gente.

Dedicou a vida a desaprender. Trocou a fluência em inglês e espanhol que tem, desde criança, por um jeito mais simples e caricato de passar mensagens aos irmãos de estrada, por celular ou radioamador. Roubou o codinome de algum filme sobre comboios e, assim, segue manipulando e realizando lobbies pelo Brasil afora. Protege osinteresses dele e daqueles que se aliam a ele.

De vez em quando, confronta alguns poderosos, mas, no fim das contas, está ao lado deles, conspirando contra os mais humildes e manipuláveis. Quando precisa de apoio da mídia, briga publicamente com alguns vereadores, prefeitos, deputados, governadores e até senadores. Recentemente, ganhou certa publicidade defendendo os transportadores de madeira contra os madeireiros e extratores. Imaginando o final já conhecido: um dos poderosos o procura na surdina, fecha algum acordo milionário e, repentinamente, com habilidade e astúcia, Antônio Luís altera o próprio discurso sem comprometer sua imagem de bom homem.

Nesta noite, acorda repentinamente e, mais uma vez, com fome. "Meu Deus, de novo isso? Tá virando rotina". Sai da cama devagar para não acordar a mulher. Desce as escadas no escuro, em direção à cozinha. É hora de um lanche noturno. "Talvez seja hora de mudar de hábito, estou engordando", reflete, enquanto segue até a janela para observar a rua.

O carro blindado e com o vidro fumê está parado na garagem, no local de sempre. Os dois seguranças vigiam o perímetro no interior do veículo. Acena para eles, mas, diferente do costumeiro, eles não piscam o farol do carro para confirmar que está tudo bem. Amanhã, Antônio Luís irá questioná-los. O combinado é sempre corresponder aos acenos como medida para tranquilizá-lo. "Devem estar dormindo, os filhos da puta".

Atravessa a porta da cozinha e, antes que chegue à geladeira, as luzes se acendem sem seu comando. Antônio Luís vira-se para o interruptor e vê um sujeito alto, completamente calvo, com roupas pretas e um saco plástico de mercado na mão. O homem sorri. Antônio Luís ensaia correr para o outro lado, mas dá de cara com outro homem. Desta vez, é um rapaz magro, com músculos definidos saltando para fora da camiseta e um revólver na mão.

— Senta! — sussurra o homem apontando a arma.

Antônio Luís ergue os braços e obedece ao invasor.

— Olha, pode pegar tudo o que quiserem, só poupa a minha vida e a da minha família!

O homem com o revólver ri e senta-se na cadeira em frente a Antônio Luís, comendo um delicioso pedaço de bolo, que roubou da geladeira. Então, dá ordem ao outro:

— Fica de olho na escada, Mamute! E você, tiozão, pode baixar o braço.

Antônio Luís obedece:

— Tem... tem dólar e alguns eletrônicos lá em cima e vocês podem...

— A gente tem cara de ladrão?! Olha bem pra gente. A gente tem cara de ladrão, é? — o rapaz armado parece ofendido.

— Não, não. Desculpe.

— Mas a gente é! — O homem cai numa gargalhada controlada para não acordar mais ninguém na casa.

O sujeito calvo coloca a sacola de mercado sobre a mesa da cozinha entre Antônio Luís e o comparsa.

— Pega! — ordena o invasor mais falante, aquele que parece ser o chefe da dupla.

— O quê? — pergunta Antônio Luís.

— Pega o que tá na sacola, porra!

Assustado e tremendo muito, o refém obedece e retira de dentro do saco algo enrolado em um pano.

— Desenrola essa merda!

Antônio Luís abre o pano rapidamente e vê um dedo decepado com um anel. Assustado, deixa cair no chão, sujando o piso de sangue. O homem com a arma reclama:

— Não, porra! Olha aí, sujou o chão. Vou ter que limpar! Puta que pariu, que merda!

— De... de... desculpe. Eu limpo, pode deixar que eu limpo. É que me assustei.

— É o seguinte, tiozão. Esse dedo aí é de um dos seus seguranças que estavam lá no carro.

— Meu Deus! Vocês mataram eles?

— Deram mole, fazer o quê? Simulamos que o pneu furou, começamos a trocar e fingimos que não tínhamos macaco. Os idiotas vieram nos ajudar. Deviam estar entediados. Não tinham porra nenhuma pra fazer. Que merda, né? Se foderam!

Antônio Luís começa a entrar em desespero.

— Vamos desovar os corpos depois — O homem armado fala com calma e didática. — Mas você nem precisa se incomodar com isso. Tudo bem?

Sem qualquer argumento, Antônio Luís concorda aterrorizado. Ele sabe que finalmente a conta chegou. Algum desafeto o fará pagar. Só teme pela família e pelo sofrimento no processo.

— Olha, eu posso dar muito dinheiro pra vocês! Quem mandou fazer isso comigo? Eu... eu cubro a oferta!

Os homens riem mais uma vez.

— Tiozão, o homem que mandou fazer isso se chama Rodrigo Gouveia Rodrigues. O senhor conhece ele aí dos rolos políticos, não?

Antônio Luís concorda e diz com lágrimas no rosto:

— Conheço, mas eu posso negociar com ele. Posso parar de falar sobre o transporte irregular da madeira. De repente, faço algo bem positivo pra ele.

— Ele sabe, ele sabe. Ele mandou falar que ele até ia negociar com você como outros já negociaram. Ele gosta do seu tipo. Fala que gente como você tem serventia sempre. Só que você deu azar, tiozão. Ele tá precisando armar um flagrante e culpar uns figurões aí de uma empresa.

— Mas, eu posso ser útil e...

— E vai mesmo ser útil. Não esquenta, não. Vai ser muito útil. Mas, vai ser na morte e não na vida. É o seguinte — Puxa uma outra sacola para si e tira de dentro dela dois potes brancos pequenos — É pra você tomar primeiro cinco comprimidos desse pote aqui. Ma... macro...ah, sei lá. É pra tomar cinco desse aqui. Depois, você vai tomar esse outro aqui e vai apagar. Não vai doer nada. Vai ser que nem dormir, só que você vai acordar no inferno.

Antônio Luís olha para os potes, mas não faz nada. O rapaz com a arma levanta-se, pega um copo na pia, enche de água da torneira e coloca diante do dono da casa.

— Vai, toma!

Antônio Luís não se mexe. O rapaz do revólver enfia a mão no bolso, tira uma nota de 100 reais e entrega ao comparsa:

— Toma, Mamute. É isso. Você acertou quando apostou que ele travaria e só iria pra frente com ameaça. Então, vamos lá: é o seguinte, Sr. Antônio, seu grande filho de uma puta que começou a me dar trabalho. Com suas atitudes nos últimos dias, o senhor ofendeu e quase prejudicou o meu patrão. Assim, ele nos enviou aqui para lhe dar uma chance de ser útil. Diferente do senhor, a gente tem palavra e vai te dar uma escolha. Eu e o Mamute ali, não queremos machucar mais ninguém. A gente não gosta de violência. A gente é da igreja, sabe? Se o senhor tomar esses remédios aqui que a gente trouxe, rapidinho o senhor apaga e a gente vaza daqui. Agora, se o senhor criar dificuldade, eu o Mamute vamos levar o senhor lá pra cima pra assistir a gente se divertir com sua esposa e com a sua filha. Elas tão dormindo, né? Então, o Mamute aprendeu um monte de truque na cadeia, coisa que o senhor e sua esposa nunca nem ouviram falar e nem sabem que dava pra fazer na cama. Coisa que nem em filme pornô eles têm coragem de fazer e que é proibido em um monte de país. O Mamute é difícil, viu? Se ele começar, não vai parar até de manhã. E depois que ele castigar bastante sua filha e sua esposa, a gente vai matar as duas. E só depois vai matar o senhor ou, talvez, se ainda tiver energia, o Mamute vai fazer umas maldades com o senhor também. Essa é a opção número dois.

Antônio Luís chora desesperado, pois vê que perdeu o direito à vida.

— Não, pelo amor de Deus! Façam o que quiser comigo, mas deixem elas em paz! Promete? Por favor!

O rapaz com a arma tira outra nota de 100 reais do bolso e entrega ao comparsa:

— Toma aqui, Mamute. Você apostou que ele ia implorar e eu disse que não. Hoje tá complicado, viu? Então, Sr. Antônio, acho melhor a opção número um, aquela que o senhor toma esses remedinhos do jeito que eu falei. Como disse, a gente tem palavra. Ninguém nunca vai saber que a gente esteve aqui e ninguém vai encostar nas preciosas lá em cima. Nem vamos subir as escadas.

Temendo que o invasor mude de ideia, Antônio Luís começa a ingerir, um a um, os comprimidos. O bandido armado observa e diz:

— Isso, isso, devagar. Engole com calma, respira. Mais um gole d'água. Vai. Isso mesmo.

Aos poucos, a visão de Antônio Luís começa a ficar turva. Antes de desmaiar, ouve o homem com a pistola dizer:

— Vai em paz. A gente vai limpar essa meleca que você fez no chão e umas digitais que deixamos e, depois, já vamos vazar. A gente tem palavra. A gente tem palavra...

No dia seguinte, graças ao esforço eficiente da assessoria de imprensa de Nathalia Gouveia Rodrigues, todos os jornais, programas de TV e portais de notícia repercutiram que um conhecido líder da área logística foi encontrado morto, pela manhã, vítima de overdose do medicamento Macrozyni EVO2 da farmacêutica ALMO.

Repetidamente, as notícias, de que Antônio Luís era vaidoso e buscava a juventude a todo custo, passam a pipocar em inúmeros veículos de comunicação. Plásticas, implantes, cirurgias de emagrecimento e agora drogas. Drogas que se mostram perigosíssimas e viciantes para pessoas cuja busca pela juventude é uma obsessão.

Em prantos, a esposa conta aos repórteres como encontrou o corpo do marido ao lado da cartela de medicamentos vazia. Abalada, ela diz que o remédio o matou, e isto repercute por todo país.

Muitos veículos de imprensa estampam em suas manchetes a mesmíssima frase: "Macrozyni EVO2 tem as vendas suspensas até segunda ordem".

Meus Bunkers

A viúva Nathalia Rodrigues e os filhos Rodrigo, Pedro e Nayara chegam cansados à mansão do Distrito Federal. O enterro do Deputado Carlos Rodrigues foi extenuante física e emocionalmente.

Rodrigo vai ao bar e serve-se de uísque, enquanto seus irmãos trocam algumas rápidas palavras com a mãe e vão embora. Nathalia toma um banho rápido e, enquanto se veste, pede à copeira para servir algo para Rodrigo que deve estar com fome. Porém, a mulher responde:

— O Rodrigo tá na sala, mas disse que não vai demorar muito, não.

— Por favor, fale para ele me esperar. É importante.

A mulher cumpre o pedido. Ainda que cansado, Rodrigo espera a mãe retornar para conversarem, o que ocorre minutos depois.

— Obrigada por me esperar. É importante conversarmos, mas eu precisava desse banho.

— Eu também estou cansado.

— É o seguinte: precisamos realizar uma auditoria com extrema urgência!

— Mãe, eu já cuidei disso. Os advogados estão empenhados em...

— Não, Rodrigo, você não entendeu. É outro tipo de auditoria. É uma do tipo que só nós dois podemos fazer.

Inteligente, o rapaz compreende que a mãe se refere a valores não declarados por Carlos Rodrigues e advindos de fontes que fogem aos olhos do fisco.

— É verdade! Precisamos visitar os locais que papai chamava de...

— *Bunkers*! — Nathalia pega o *tablet* sobre a mesa e o desbloqueia — Isso aqui tá bem-organizado. A gente precisa ver se tudo continua bem guardado.

— Não é mesmo algo que dá para terceirizar — Pega gentilmente o aparelho das mãos da mãe e observa os valores — Nós temos que checar pessoalmente. Acho melhor não irmos juntos.

— Claro. Ainda mais agora que estamos sendo observados pelo mundo todo. Já tem gente falando que tem muito dinheiro vivo do seu pai espalhado por aí. Ele deixou provas e me deu orientação de como escapar dessa situação se o caso se espalhar pela grande mídia. Qual o melhor jeito de tratarmos desse assunto?

Rodrigo pensa por alguns segundos.

— Primeiro, vamos cancelar toda a agenda do próximo mês. Colocaram a gente em muitas presepadas nestas semanas: eventos, homenagens e entrevistas. Cancela tudo. Estamos de luto! Dizemos que estamos abalados ou mandamos a Nay e o Pedro em nosso lugar.

— Sim, mas tem mídia importante aí, mídia de visibilidade.

— Mãe, essas aí eu consigo remarcar. Agora, o importante é desmarcar tudo e a gente ir separadamente em cada um dos *bunkers*. Os de Brasília é melhor deixarmos por último, porque tá perto. Qualquer um reconhece a gente aqui e podemos fazer a auditoria neles a hora em que acharmos melhor. Em até um mês a poeira baixou e aí reavaliamos.

Seguindo a inquestionável lógica de Rodrigo, nos dias seguintes, a dupla comunica à imprensa a necessidade de reclusão. Assim, dividem-se para verificar o dinheiro: Nathalia vai para Belém e

Rodrigo fica responsável pelos *bunkers* de Altamira. Em comunicação constante, mãe e filho concluem que tudo está em perfeita ordem, tanto em relação à segurança e discrição, quanto ao montante inventariado por Iaruanã. Para surpresa deles, os valores aumentaram muito desde o último levantamento feito pelo falecido deputado.

O verdadeiro choque dá-se em dezembro, quando decidem ir juntos aos *bunkers* da Capital Federal e percebem que uma grande parte do dinheiro desapareceu. Um a um, os imóveis são visitados, e a chocante conclusão aparece: os registros que Iaruanã deixou, e as contagens físicas, mostram que cerca de 60 milhões de reais sumiram.

Nathalia entra em desespero:

— Como é possível?! Quem mais sabia desse dinheiro? Será que seu pai pode ter se descuidado nos registros, usou o dinheiro e esqueceu de me falar? É muito dinheiro para sumir assim!

O filho de Iaruanã observa as poucas notas espalhadas no chão. Em seguida, seu telefone toca e ele atende. É um gestor de uma das madeireiras:

— Rodrigo, aqui é o Márcio.

— Pode falar, Márcio. O que você quer?

— Rodrigo, a gente precisa alinhar alguns pontos...

Rodrigo interrompe:

— Posso te ligar depois? Estou resolvendo uma coisa com a minha mãe e...

Desta vez, é o gestor que interrompe Rodrigo:

— É que tem uns papéis na minha madeireira e preciso ver como vou tocar isso aqui, já que seu pai se foi, né? Desculpe falar assim, mas é que tenho pressa, eu tenho uns planos para expandir os negócios nas minhas regiões. Sabe como é, Mato Grosso e Mato Grosso do Sul não é para frouxo. Se deixar largado outros vão tomar conta e eu não posso deixar que isso aconteça.

Rodrigo desliga o telefone sem responder e lança o aparelho com força contra a parede.

— O que foi?!

— Estamos sob ataque, mãe. As hienas estão chegando em nossos portões. Nem bem o cadáver do pai esfriou e já estão querendo dividir o bolo. O sumiço desse dinheiro é a prova disso, mas eu não vou recuar, não vou afrouxar. A gente vai descobrir quem pegou o dinheiro e vai fazer com que a pessoa pague. O responsável pelo roubo vai pagar cada centavo e, depois, vai morrer. E, agora, vou dedicar meu tempo em fazer cada um dos nossos funcionários, clientes, fornecedores e concorrentes saberem que, com a morte do meu pai, se algo mudou para eles, foi para pior. Eles sentirão saudades do pai. Saberão, da pior maneira, como a banda vai tocar agora. Acharam que íamos afrouxar? Acharam que íamos dividir algo? Vão saber o que é pulso firme!

Nathalia respira aliviada. Ainda que nervosa pelo inesperado desfalque, a jornalista tem certeza de que está diante do herdeiro natural do marido.

Com o passar dos dias, Nathalia e Rodrigo se fazem presentes nos locais que nem mesmo Iaruanã ia. Inicialmente, a jornalista fica mais à frente das decisões, sendo apoiada pelo filho, que consegue o feito de extrapolar a violência do pai contra dissidentes, traidores e concorrentes. Ao mesmo tempo, inicia o irmão caçula nas atividades madeireiras dos Rodrigues, ainda que Pedro estivesse na faculdade. Precisaria dele com certeza, assim como da irmã na parte administrativa dos negócios da família.

O primeiro a servir de exemplo é Márcio. Ao visitá-lo com Pedro, Rodrigo convoca uma reunião com todos os gestores da região e alguns funcionários.

Na presença de todos, o filho de Iaruanã parte para cima de Márcio:

— Você me ligou e disse que tinha papéis da tua madeireira para tratar comigo — Rodrigo fala, batendo com o dedo no peito e no rosto do gestor — Tua madeireira? Você comprou uma madeireira agora? Você disse que precisava ver comigo como ia tocar as madeireiras da tua região. Tua região? Então é você quem tocará os negócios a partir de agora? E você falou em planos de expansão, não foi, Márcio?

O gestor, já entrando em pavor, tenta argumentar:

— Não foi bem isso, Rodrigo, é que...

Em uma fração de segundo, Rodrigo dá uma cotovelada no queixo de Márcio e quebra seu maxilar e nariz. O homem, aos urros de dor, é segurado institivamente pelos presentes, antes de cair estatelado. Um capataz leva uma toalha para tentar estancar o sangue, que jorra da face já completamente inchada. Rodrigo o intercepta:

— Onde pensa que vai?

— Ô, seu Rodrigo, só vou levar a toalha pra ele.

— E quem te mandou fazer isso?

— Ninguém doutor, me desculpa.

O capataz é puxado pela cabeça. Com as duas mãos, Rodrigo leva a cara do homem ao seu joelho direito, quebrando-lhe o nariz. O funcionário desmaia.

— Quem mais aqui vai querer se foder na minha mão, hein? Mais alguém? Alguém vai trazer toalhinha para estas bichonas aqui no chão, ou ficou claro que quem manda nessa porra toda é minha mãe, meu irmão aqui e eu?! Meu irmão vai cuidar diretamente de vocês. Pedro é o novo chefe. Hoje, vocês ainda estão comigo, que sou o mais bonzinho da família, mas, em breve, será ele que vai comandar tudo. E aí? Alguém quer experimentar minha porrada ou a do meu irmão?

Rodrigo, com os olhos injetados, mira em Márcio e grita:

— AGORA QUEM FALA AQUI SOU EU, SEU MERDA! QUEM É FROUXO? Tua madeireira, hein? Teus planos? Tuas regiões, né? ELAS SÃO MINHAS E DA TUA PATROA, A DONA NATHALIA GOUVEIA RODRIGUES!

Volta-se para os demais participantes da reunião e grita, soltando saliva:

— Se alguém ousar duvidar disso, vai conhecer o fim num piscar de olhos. Vou começar por você, Márcio. Você vai virar esterco. Meu irmão será responsável pela região de Mato Grosso e Mato Grosso do Sul. Você tá fora e não vai viver para contar a história.

Dois seguranças pegam Márcio por baixo dos ombros, que não esboça qualquer reação de tão debilitado que está. Um dos seguranças pergunta:

— E o idiota desmaiado aqui, doutor?

— Leva também! Acabem com os dois e joga pras piranhas. Esse aí deve ser a namoradinha dele. Que durmam juntos no inferno, de conchinha. Filhos da puta! Não valem nem um ritual indígena! Bando de MERDAS!

O recado inicial estava dado. A família faz circular o fato em todas as operações madeireiras. A "rádio peão" amplia ainda mais o ocorrido e potencializa a crueldade da cena. A notícia do que pode acontecer com quem apostava que os Rodrigues iriam afrouxar a corda faz com que muita gente mude instantaneamente de plano. Em pouco tempo, é nítido que Nathalia dirige tudo com mãos de ferro e o máximo rigor. Seus filhos garantem o poder intocável para que ninguém saia da linha ou os ameasse. Ninguém!

O Ponto de Partida

É maio de 2020. Ela chega ao bar do tradicional hotel da Bela Vista, em São Paulo. O local tem estilo de pub sofisticado. A nova visitante adentra a passos lentos e sensuais, exalando um forte e provocante perfume que chama a atenção de todos.

É noite de quinta-feira, o dia dedicado a solteiros e casados interessados em aventuras fortuitas. O público ignora a pandemia da Covid-19 e as medidas de restrição. Há cuidado sanitário por parte dos recepcionistas, *maitres* e garçons, mas não se vê a mesma preocupação entre os frequentadores. Entre eles, o governador e o prefeito de São Paulo.

Apenas membros da alta sociedade paulistana frequentam aquele *pub*. É o típico estabelecimento para ver e ser visto. Os clientes buscam luxo, sexo e prazeres mundanos. Há profissionais do sexo, pessoas em busca de patrocínio e indivíduos dispostos a trocar presentes caros por carícias.

Ela quer uma companhia que a faça se sentir viva. Depois de dois *dry martinis*, sua bebida favorita, avista um cavalheiro encostado no balcão observando o movimento. Olha os sapatos em primeiro lugar e pensa: "Os sapatos dizem muito sobre um homem e esse aí tem todo o dinheiro do mundo". Em seguida, vai subindo o olhar e avalia a anatomia. Das panturrilhas à testa, nenhum detalhe deixa de ser avaliado.

"Não faria mal a ele, somente o bem", reflete a mulher que prontamente caminha até o banco ao lado do incauto. Seu único interesse com aquele homem é passar a noite de um jeito prazeroso.

Assim que o cheiro forte e doce invade as narinas do rapaz, ele se vira e vê a senhora de vestido vermelho ao seu lado. Percebe, pela aparência e excessos, que ela tem grande necessidade de chamar atenção. Se há carência, o caminho é mais fácil. Pelo horário, avalia que não conseguirá ninguém melhor. Talvez com esta nem precise gastar dinheiro.

O flerte começa. Inicialmente são olhares e sorrisos que evoluem para conversa e, em seguida, beijos. O casal recebe do manobrista o Audi RS-Q8 blindado e, dentro do veículo, ainda sem destino certo, vê as carícias aumentando. Tentando frear um pouco o ímpeto do parceiro, a mulher segura seu pulso sussurrando com sua voz rouca:

— Calma!

O homem ignora. Os movimentos dentro do veículo deixam de ser orgânicos e naturais. Alcoolizado, ele avança com as mãos para dentro do vestido, contra a vontade dela.

— Espera! Vai com calma.

O homem para e acende a luz interna do carro.

— Escuta aqui, tia. É o seguinte: já são três da manhã. Só quero gozar e ir embora. Você nunca vai arrumar um homem como eu novamente. Aproveita a chance, tá?!

Neste instante, Cristina dá lugar à velha Iaúna. A indígena pensa: "Sim, farei mal a ele". Com novas intenções em mente, cede às carícias e o deixa excitadíssimo.

— Quer ir para a minha casa?

"Me dei bem", pensa. "Não é carne de primeira, mas não vou gastar com motel nem ter que levar pra casa depois. Será só me levantar e ir embora. E outra: mulher experiente não tem frescura".

— Ótimo. Quero sim!

Seguindo as orientações da passageira, ele dirige até a casa. Durante o trajeto, ela faz questão de manter o interesse e a excitação do motorista por meio de toques e beijos.

Na residência de Iaúna, o casal faz sexo intenso e selvagem. Demoram a utilizar a cama, rasgam parte da cortina da sala e derrubam um vaso indígena, quebrando sua alça. Exaustos, caem nus no tapete da sala. Para o homem, foi a melhor relação de sua vida. Para ela, faltou calor, atitude, iniciativa e criatividade.

— Olha, eu retiro qualquer coisa que eu tenha dito que tenha te ofendido. Quero isso toda a semana. Duas vezes por semana! Eu pago.

Iaúna sorri, dá um selinho no parceiro e levanta-se.

— Quer tomar banho? Vou preparar um chazinho para você.

— Querida, eu tenho certeza de que você acabou de me dar um belo dum chá, mas se tem outro, eu aceito.

Fingindo não entender a piada, a dona da casa vai à cozinha. "Me tratou como lixo e não compensou no sexo. Só tem um jeito de tirar proveito da presença dele aqui".

— Nossa, que chá delicioso! Você é cheia de surpresas.

— Vai, querido, beba tudo. Vai te fazer bem e vai te dar energia para mais um chá gostoso.

Minutos após tomar a bebida, o homem começa a sentir os efeitos entorpecentes.

— Eu...eu estou meio tonto. Olha, deixa eu te falar: eu costumava sair com assistentes de palco, famosonas mesmo. Nunca ninguém fez isso que você fez. É sério! Se eu não fosse casado e se não tivesse uma amante, juro que levaria você pra morar na edícula lá de casa. Ia valer a pena... Hum... que tonteira é essa?

Com a pressa com que tudo ocorreu, Iaúna não teve tempo de preparar os detalhes do ritual. Nada que leve muito tempo. Deixando o homem adormecido na sua cama, vai ao quartinho especialmente preparado para este momento e começa a organizar tudo. Pega uma corda e sai.

"Agora é trazer ele aqui e fazer o ritual", pensa, indo para seu quarto. No caminho, porém, ouve um rugido felino.

"Que isso?! Onça-pintada aqui na cidade?", ri da própria conclusão. "Deve ter sido um trovão".

Antes de entrar no quarto, escuta o grito de uma ave e se assusta.

— Pelos deuses! É o grito da Inhaúma! Devo ter bebido muito ou estou louca!

O som do pássaro preto gritador, símbolo da Amazônia, repete-se mais duas vezes e vem seguido por mais um rugido da onça-pintada. Tudo parece emanar do closet. Por baixo da porta, uma luz verde bruxuleia.

Assustada, a indígena esfrega as mãos no rosto: "Será que eu beijei o homem após ele ter tomado o chá?! Será que estou enlouquecendo?". Seu medo é tanto que ela não quer abrir a porta do closet.

No fundo do estreito cômodo o espelho está diferente, mostra-se líquido. Parece uma porta aberta, um portal para um local estranho, um deserto acinzentado e tempestuoso, um mundo escurecido com nuvens pesadas de tempestade, raios escarlates. Iaúna lembra-se que, recentemente, outros espelhos estavam apresentando imagens distorcidas da realidade, mas desta vez o fenômeno está mais ostensivo e muito assustador, mesmo para ela.

Do lado de lá, névoas preenchem toda a extensão do espelho e, quando se dissipam, revelam duas pessoas em grande sofrimento. É o último cacique moxiruna e sua esposa. Iaúna cai de joelhos em choro:

— Mãe! Pai!? São vocês?!

As figuras dentro do espelho gritam, imploram e choram. Com certeza, sofrem. Sentem dor, amargura e desespero. Não estão em paz.

No idioma esquecido dos moxiruna, a indígena brada:

— Falem comigo! O que está acontecendo?

Há outros espectros próximos ao casal. Pessoas-sombra com os lábios cerrados que gemem, imploram, rastejam e contorcem-se. Estão sedentos e famintos em agonia eterna. Por fim, uma enorme sombra os cobre, e eles gemem em desespero. É o pior som que a indígena já escutou. A visão termina em um golpe de vento forte, que suga a imagem atroz que ela visualizava.

Caída no chão, Iaúna chora copiosamente como nunca. Já sabe o que fazer. Corre para o quarto e acorda o rapaz:

— Vai embora! Sai daqui imediatamente!

Atordoado, o homem corre cambaleando. Coloca as calças, como se algo estivesse fora de controle, sem fazer ideia de que escapou de uma morte horrenda. Ainda meio tonto, entra no carro e pensa: "Essa nunca mais. Muito doida! Será que era casada e o marido chegou?". Em seguida, parte em alta velocidade.

Sozinha, Iaúna desfaz às pressas os preparativos do ritual e passa a entoar cânticos de limpeza, proteção e contato com os espíritos ancestrais. Por fim, incensa toda a casa com ervas, senta-se cruzando as pernas em posição de lótus diante do espelho no closet e roga pelos pais.

Clama por eles com toda a força de seu coração. Espiritualmente, aquela casa passa a ser um pedaço da Amazônia Sagrada na cidade de São Paulo. É algo temporário, mas muito forte. Tão forte que insetos da floresta, sons da mata e o cheiro das árvores invadem os cômodos da residência paulistana.

Minutos depois, quando tudo acaba, Iaúna vai em prantos até o computador. Na página oficial da empresa ALMO Bioscientific, busca pela mensagem "Trabalhe conosco", clica e preenche um formulário para a vaga de copeira.

Enquanto completa cada campo do formulário com os dados de Cristina Albuquerque Purangy, diz para si mesma:

— Preciso ir para a Amazônia! Tenho que pisar na minha terra, voltar para o ponto exato da minha tribo! O ponto de partida, o ponto onde toda esta tragédia começou.

Ele Não Disse Tudo o que Tinha pra Dizer

Renato Stein segue para a casa secreta onde Índio está morando. Há policiais à paisana em um carro do outro lado da rua. O promotor os cumprimenta de longe e entra na residência.

Após ser recebido por Índio, Renato não espera que lhe convidem e senta-se no sofá. A casa não é um lar propriamente. É um ambiente seguro e preparado para manter testemunhas. Ele já esteve algumas vezes lá com outros protegidos da Justiça e, também, para falar com Índio. Tudo ali o enoja. O próprio conceito de tutelar bandidos é controverso para Renato Stein. "Proteger peixinhos para prender tubarões" é o que lhe dizem.

Além de Índio, há uma mulher designada pelo Estado para cuidar dos afazeres, limpeza e manutenção da casa. Seu nome é Márcia. Stein explica, durante a conversa, a situação de Índio. Ele já havia feito isso antes, mas a repetição é necessária.

— Sr. Damião, a Márcia é a copeira contratada pelo Estado para cuidar da casa, comida e roupas das testemunhas que permanecem aqui por um curto período. Você já está quase no limite do tempo de estadia e ainda não me deu nada de novo. Temos aqui uma lista de madeireiras ilegais, pessoas, empresas atravessadoras, instituições financeiras e outros elementos. São informações importantes, mas não tão valiosas para incriminar os Rodrigues. Você deve ter visto na TV que o promotor fez a acusação, mas a maldita mídia manipulada já distorceu tudo. Tem escritório grande de advocacia envolvido também. Minha paciência tem limites, Sr. Damião. Vou ter que colocá-lo em uma prisão normal.

— Deus me livre, Dr. Renato, eu sou jurado de morte.

A copeira, uma senhora bem acima do peso, com grandes braços moles, sorridente e baixa, traz na bandeja duas xícaras de café. Os dois homens servem-se. Renato Stein prossegue:

— Com a lista de madeireiras, eu consigo causar algum problema aos Rodrigues, mas nada demais. Preciso de provas em relação a crimes, extorsão, sequestro, tortura e tudo mais. Tenho que provar que o Rodrigo foi o mandante da morte do delegado Oswaldo e do atropelamento da Martha.

Índio bebe rapidamente o café fumegante em um gole.

— Olha, doutor, eu prometo que na semana que vem eu lhe entrego essa lista!

— Não! Não dá. É amanhã no máximo. Do contrário, você irá preso em cela comum e será julgado como cúmplice. Ou, pior ainda, será solto. E eu mesmo faço questão de te deixar lá na sede das empresas do Rodrigo.

O promotor levanta-se rápido e sai. Larga a xícara intacta sobre o pires e, em minutos, já está no carro a caminho de outros afazeres.

Índio muda imediatamente de postura. Joga o corpo para trás na cadeira, abre as pernas e relaxa.

— Marcinha, minha delícia, ele já foi!

A copeira vem da cozinha, debruça-se sobre o homem e pergunta:

— E aí querido, disse o que ele queria?

Índio, orgulhoso, nega:

— Disse nada! Ele ficou puto. Nem tocou no café.

Márcia levanta-se rápido e olha uma das xícaras ainda cheia.

— O doutor não tomou o meu cafezinho!? Mas, que merda! E você? Você tomou, né?

— Calma, delícia. Claro, claro que tomei — Índio levanta-se rindo — E eu já desperdicei algo que você fez pra mim, minha gostosa? Eu... eu....

Índio começa a ficar tonto. Perde ligeiramente o equilíbrio, mas não cai.

— Nossa, deu tonteira. Acho, acho que foi a pressão. Levantei muito rápido.

— Foi o café. Não se preocupa, não vai doer. Em alguns minutos vai acabar. Pena que o promotor não bebeu.

— Do que você tá falando?

— Rodrigo Rodrigues não gostou da denúncia que você fez! Ele te mandou lembranças, seu X9 dos infernos! Além de tudo, é brocha!

Índio termina a vida miserável sobre o tapete barato da casa de proteção. Márcia limpa digitais e vestígios de veneno, apaga os arquivos das câmeras e sai pelos fundos.

No dia seguinte, Renato Stein descobre que terá apenas as acusações sobre as madeireiras para trabalhar. É pouco, mas ainda sim é um ponto de partida.

Nada Como uma Boa Eduacação

2003, San Diego, Califórnia.

Rodrigo tem 16 anos e é o melhor aluno da Pacific Beach High School. Além de ter as notas mais altas, é muito popular entre os colegas. Sua beleza exótica, inglês impecável, excelência esportiva e autoconfiança o destacam entre os demais.

O fato de não ser somente um latino, mas um descendente de nativos brasileiros, o obrigou a conquistar seu espaço à força. Não foi necessário que a família no Brasil lhe cobrasse as melhores notas.

"Os gringos precisam saber que eu sou melhor do que eles intelectualmente. Assim, me respeitarão", pensava.

Da mesma maneira, para evitar o *bullying* e firmar-se como alguém respeitável, o jovem precisou cortar o mal pela raiz ao menor sinal de provocação. Afinal, todos ali conheciam-se desde o *kindergarten* e ele era o elemento estranho. Seguindo esta lógica, quando surgiu a oportunidade da primeira briga, escolheu logo o maior e mais assustador oponente. Bateu forte, bateu primeiro, bateu para deixar marcas.

"Os gringos precisam sentir que eu sou melhor do que eles fisicamente. Assim, me respeitarão".

Rodrigo não se manteve discreto, como seria o esperado para um indígena brasileiro nos Estados Unidos. Por ter muito dinheiro, sempre ostentou as melhores roupas, acessórios e eletrônicos em sala de aula. Deu as melhores festas e presentes, esbanjou, comprou, contratou e corrompeu. Isso, somado às constantes doações que seu pai realizava à escola.

"Os gringos precisam ver que tenho mais poder do que eles. Assim, me respeitarão mais ainda".

Rodrigo estava inscrito nas principais atividades extracurriculares oferecidas pela escola, além de jogar futebol americano. Transitava livremente entre as principais turmas do colégio, tendo acesso aos nerds, aos atletas, aos skatistas e às demais tribos de jovens.

Como estratégia para se firmar, o jovem dedicou tempo e energia para conquistar as mais desejadas colegas. As intocáveis e exigentes. Não conseguiu namorar todas, mas o movimento em direção a elas foi suficiente para que ele conquistasse o respeito da galera.

Sábado. Os amigos de Rodrigo o chamam para uma comemoração na praia, e o jovem recusa o convite pela primeira vez. A maioria dos colegas estranha, mas aceita a surpreendente negativa do amigo brasileiro para uma festa à beira-mar.

Brad, um dos garotos, fica especialmente intrigado: "Esse latino esconde alguma coisa". O jovem americano ressente-se pelo sucesso de Rodrigo na escola. Sabe que se não fosse a presença do estrangeiro, ele seria o *quarterback*, levaria a bela Cindy Mancini ao *Springbreak* e seria o destaque da escola em diversas atividades.

"Vou seguir esse chicano. Vamos ver o que ele esconde". Depois de despistar os colegas com alguma desculpa, Brad fica de tocaia vigiando os movimentos de Rodrigo no quente sábado californiano.

Cerca de meia hora depois, Rodrigo sai a bordo de um enorme e luxuoso SUV com o motorista.

"Por que esse merdinha está indo pela I-5S?! Aonde vai?", questiona Brad com seu carro a certa distância. A I-5S ou *Interstate*-5 é uma importante rodovia interestadual dos Estados Unidos, e os dois jovens seguem por ela por cerca de 25 minutos, até que o veículo de Rodrigo dá seta e vira à direita no sentido Baixa Califórnia, México.

"Tijuana? O que ele veio fazer nestes lados?! Será que vai aprontar uma festinha particular?". Brad está satisfeito por flagrar seu desafeto realizando um ato suspeito.

O SUV para no primeiro posto de combustíveis, mas seus ocupantes não abastecem o carro. Segundos depois, um homem de aparência suspeita se aproxima e embarca no carro de Rodrigo. Ele senta-se ao lado do brasileiro no banco de trás.

Brad estranha o inusitado encontro. O veículo de Rodrigo retoma o caminho, e o jovem norte-americano segue à distância sem entender o que está ocorrendo.

Nenhuma palavra é dita no carro de Rodrigo, até o momento em que o mexicano sinaliza para que o motorista estacione ao lado de um pequeno restaurante. Ambos desembarcam e entram no comércio que está vazio, exceto por um homem em uma mesa próxima à grande janela. O mexicano que veio de carona passa a aguardar no balcão do restaurante, enquanto o filho de Iaruanã se junta ao homem na mesa.

Brad estaciona do outro lado da rua e observa. "Quem é esse velho mexicano com cara de bandido? O que o brasileiro quer com esse tipo de gente?", pensa cada vez mais curioso e empolgado.

A conversa no restaurante desenrola-se em inglês e espanhol e avança regada à comida de qualidade duvidosa e à cerveja morna.

— Então, você é o Rodrigo, filho do Carlos?! — o homem tem cerca de 50 anos, camisa vermelha florida, óculos escuros e bigode.

— Sim, senhor. Prazer em conhecê-lo.

— Você tem que beber. Do contrário, não tem negócio! — brinca o homem balançando a mão cheia de anéis.

Rodrigo sorri com segurança. Seu pai lhe pediu este encontro há algum tempo. Na verdade, os objetivos de Iaruanã com os estudos internacionais do primogênito vão além da educação. O estreitamento de laços e o *networking* são alguns dos principais motivos de o jovem Rodrigo morar tão perto da fronteira.

— O seu pai lhe enviou como emissário. Temos muito respeito por ele! — o homem é o terceiro em comando no maior cartel de drogas da região.

— Sim, eu sei. Agradeço muito por isso! Quero que saiba que meu pai virá em breve falar pessoalmente com o senhor. Porém, com todo respeito, meu pai enviou a mim pela alta confiança e para verificar o interesse de seu grupo em nos apoiar. Caso avancemos hoje, ele virá imediatamente para tratar dos detalhes. Mais uma vez, agradeço muito o senhor por ter me recebido.

— Claro, sem problema. Mas, diga, o que ele quer exatamente?

Rodrigo respira fundo e explica:

— Senhor Fuentes, meu pai trabalha com madeira rara e valiosa da Amazônia. Madeira proibida de ser extraída e comercializada. Para a Europa, vendemos em quase todos os países. Porém, como o senhor sabe melhor do que nós, o grande mercado é o americano. Esses gringos têm muito dinheiro e interesse em móveis e revestimentos nobres. Meu pai gostaria de aproveitar a sua força logística, seu poder de distribuição e a segurança que o senhor pode dar para nossos produtos e incrementar nossa ação na América do Norte.

O homem sorri e acende um charuto. Ele sabia qual era o objetivo de Carlos Rodrigues, mas este tipo de negociação precisa ser fechado com um aperto de mãos. Fuentes também sabe que o poderoso político brasileiro está testando o filho, preparando-o para um futuro de liderança, poder, construção de relacionamentos, parcerias e negociatas. Os poderosos do seu cartel também trabalham assim.

— Entendi. E o que vocês oferecem?

— O senhor terá acesso livre e facilitado ao nosso país. Podemos oficializar uma rota fixa constante para atender aos seus interesses no Brasil. Além disso, combinaremos um pagamento de parte dos lucros da venda de madeira nos Estados Unidos para o seu grupo.

O homem dá-se por satisfeito e estende a mão para Rodrigo, que a aperta confiante.

— Garoto, pode avisar seu pai de duas coisas. Primeiro que o negócio está fechado, mas ainda não formalizado. Temos total interesse em ambos os negócios, mas ele terá que vir aqui apertar a mão do meu chefe para o nosso acordo ser sacramentado. Em segundo lugar, o cartel o reconhece como um grande empresário, de visão e atitude. E o filho dele, ainda que com pouca idade, como um promissor empresário. *Congratulations, cabrón*!

Rodrigo sorri. Fuentes levanta-se.

— Dá aqui um abraço!

Rodrigo, um pouco temeroso, não demonstra hesitação e cede ao pedido. Eles abraçam-se, unidos na ilegalidade. O cheiro do charuto inebria o jovem.

— Ah, Rodrigo, outra coisa: você deverá passar a noite aqui. Tudo bem? Ninguém vem a Tijuana, faz parceria com o cartel e não aproveita o que a cidade tem de melhor. É tudo nosso, garoto! Você vem?

Mesmo jovem, Rodrigo, é excelente em improvisar.

— Claro! Jamais sairia daqui sem conhecer a cidade!

O primeiro mexicano que Rodrigo encontrou levanta-se do balcão com o celular na mão, segurando uma ligação. Aproxima-se de Fuentes e pergunta algo, fazendo-o olhar pela janela do restaurante. Fuentes volta-se para o homem e responde em sussurro, impossibilitando que Rodrigo ouça.

Em seguida, o jovem segue para uma noitada inesquecível com tudo o que há de melhor e mais caro na cidade fronteiriça entre México e Estados Unidos. Bebidas, mulheres e drogas sem limite consolidam a parceria entre Iaruanã e o Cartel de Tijuana.

Rodrigo desperta na manhã seguinte no quarto do mais caro hotel da cidade. Rapidamente se veste e retorna para San Diego, ansioso para contar ao pai a respeito do sucesso da negociação.

O detalhe que o jovem não sabe é o que o capanga e o Sr. Fuentes conversaram rapidamente no restaurante no dia anterior. A breve conversa foi mais ou menos assim:

— Señor, há um carro parado do outro lado da rua com um gringo nos observando.

— Polícia?

— Não. Se fosse polícia, estaria tudo bem. É um outro garoto, um loiro. Deve ter seguido o menino aqui, acho que sem ele saber. O que faço?

— Dá fim nesse garoto americano e desapareça com corpo, carro e documentos. O dinheiro dele você entrega na igreja e diz pra madre que foi presente do señor Fuentes.

Rodrigo não sabe que Brad o seguiu até Tijuana. A comunidade de San Diego está há vários dias fazendo vigílias pelo garoto desaparecido. A esperança é que alguém informe as autoridades do paradeiro do estudante, mas até agora nada.

Em Ascensão

É primavera de 2021. São sete da manhã na matriz da ALMO na Avenida Faria Lima. A primeira profissional a pisar na portaria do prédio, inteiramente dedicado à área administrativa da empresa, é Cristina Albuquerque Purangy.

— Bom dia, dona Cristininha! Sempre a primeira a chegar, né? — brinca o segurança ao cumprimentá-la.

— Já tomou café, seu Marcelo? — A mulher é evidentemente muito vaidosa, adepta de incontáveis cirurgias plásticas. Tem também um leve problema nas cordas vocais.

— Claro que não. Fiquei pensando se a senhora traria aquele bolinho caseiro de sempre. Caso contrário, farei a senhora me mostrar seu crachá para ver se a deixo entrar.

Os dois caem na risada.

— Não seja por isso, pode ver meu crachá!

— Hum... Deixa me ver: Cristina A. Purangy. Muito bem, pode entrar.

— Obrigada. Por isso, você vai ganhar um bolinho!

— Sério?! A senhora trouxe?

— Está aqui — entrega um pequeno pote de plástico com uma generosa fatia de bolo de fubá.

O segurança agradece encantado com a gentileza.

— O ônibus veio vazio hoje, dona Cristininha?

— Cheio como sempre. Mas eu pego bem cedinho pra chegar logo, você sabe — passa o crachá pela moderna catraca eletrônica e dirige-se a um dos luxuosos elevadores do hall.

Ela esconde a informação de que nem em um único dia foi ao trabalho de transporte público. Em seu luxuoso SUV, a mulher sai de casa no início da manhã e deixa o veículo em um estacionamento há alguns quarteirões da empresa. Os últimos metros são concluídos a pé, o que a faz chegar esbaforida na recepção do edifício.

Em seu andar, a copeira acende as luzes, deixa o café pronto para os colegas e adianta a organização da copa. Todos adoram dona Cristina, ou Cristininha, como ela mesma prefere que a chamem. Os gestores diretos, seus pares e o próprio departamento de Recursos Humanos reconhecem que não há profissional mais calma, competente, resiliente e dedicada.

Dona Cristina não tem graduação formal, cursos ou especializações. Não leu as dezenas de livros sobre *performance* nem participou dos *workshops* de resultado como seus colegas. Porém, sua dedicação e velocidade de aprendizado surpreenderiam o mais acurado *coach* corporativo.

É a primeira a chegar, a primeira a concluir as atividades e a última a sair da empresa. Almoça com grupos diferentes de funcionários para se enturmar. Relaciona-se naturalmente com todos e tem preocupação genuína pela vida de cada um dos colegas. Dá atenção aos problemas particulares daqueles que a procuram para desabafar. Distribui seus famosos bolos pelos vários andares, só para ver o rosto de satisfação do pessoal. Em suma, é a mais ativa, a mais proativa e uma das poucas a se voluntariar para atividades fora dos dias e horários de expediente. Comentam às suas costas de que ela, talvez, não tenha vida particular e, por isso, dedica-se tão intensamente à empresa.

Ninguém nota que dona Cristina tem preferência por tarefas que a façam ir ao andar da presidência. Por algum motivo, ela é extraoficialmente a responsável por tramitar documentos, quaisquer que sejam, nos andares mais altos, onde ficam os diretores e o casal de fundadores.

Contrariando a tendência dos demais colaboradores que evitam o andar da alta direção, a copeira faz questão de ir de bom grado e quantas vezes forem necessárias ao último andar. Sua presença frequente ali a torna figura conhecida entre as secretárias, assistentes e gerentes que trabalham diretamente com Octávio e Martha.

Certa tarde, ao levar café para um gerente que trabalha no andar da presidência, é informada pela secretária que deve servir a todos na sala de reuniões. Assim que entra, depara-se com a mesa cheia de executivos, diretores e acionistas. É um momento de pausa e alguns falam ao telefone, outros olham pela janela ou mexem nos notebooks.

Na ponta mais distante da mesa, dona Cristina vê o casal fundador: dois belos jovens, muito bem-sucedidos e felizes. A mulher, a famosa executiva Martha Moss Albuquerque, fala com uma assistente e mexe em uma apresentação no computador, enquanto o marido, o renomado cirurgião Dr. Octávio Albuquerque Jr., conversa no celular. É a primeira vez que dona Cristina é vista tremendo e nervosa no ambiente de trabalho. É, também, a primeira vez que ela tem uma sensível queda de pressão, mas aguenta firme. Serve o café aos participantes da reunião e sai discretamente.

Naquela noite, dona Cristina Albuquerque Purangy dorme mal. Está chegando novamente perto, muito perto deles.

O Forte Casal Yara e Iaruana

Alguns casais têm a sorte de compartilhar, além do amor, a rara capacidade de comunicar-se sem usar as palavras. Apenas olhares, gestos e pequenas expressões faciais são suficientes para transmitir milhares de informações.

Em 2007, Rodrigo Rodrigues é campeão de UFC de uma maneira extremamente violenta e desleal. Sua paixão por artes marciais e atividades físicas o levam a galgar luta a luta as melhores posições no ranking do esporte. Por fim, em uma noite de grande repercussão midiática, o filho de Iaruanã conquista o cinturão de sua categoria. É um confronto sangrento, no qual Rodrigo não economiza nos golpes baixos e irregulares aos olhos mais atentos ou quase irregulares aos juízes menos cuidadosos.

Sua mãe fica mais desesperada do que feliz pela vitória. Por ser especialista em imagem, deduz imediatamente que a forma com que o título foi conquistado causará um grande dano ao nome do filho.

Enquanto Iaruanã comemora o resultado entre gritos e brindes, Nathalia pensa em maneiras de limpar o sangue respingado na reputação de Rodrigo pelo desempenho no octógono.

A tarefa não é fácil. Bloquear todas as pautas negativas, que colocam o campeão como desleal, é um trabalho delicado e desgastante. A jornalista negocia com muitos editores e, em alguns casos, precisa escalar até os donos dos veículos. Tem que lançar ameaças veladas e fechar acordos.

Por fim, após manobras na imprensa, as notícias que poderiam ser negativas a respeito do desempenho violento do campeão na luta decisiva são transformadas em matérias positivas que enaltecem a conquista do rapaz.

Iaruanã, que estava efusivo e exageradamente orgulhoso pela vitória do filho, recebe um balde de água fria da esposa através de um simples olhar. Nathalia consegue que o experiente moxiruna "baixe a bola" e junte-se a ela na construção de discursos "pé no chão". Inclusive, a esposa de Iaruanã pede:

— Fale com o Rodrigo. Chega de UFC!

O grande empresário e deputado federal nem discute. Imediatamente, desestimula o filho a seguir nos combates físicos. Iaruanã também faz com que Rodrigo evite noitadas e exposição da vida particular. Assim, lentamente, o casal direciona Rodrigo para o mundo dos negócios e da política.

Após a morte de Iaruanã, a mídia noticia que Nathalia Gouveia Rodrigues realizará uma delação premiada revelando a localização de caixas de dinheiro e detalhes sobre atividades escusas do marido. Na realidade, trata-se de um plano criado pelo próprio Iaruanã, certa vez, para bloquear possíveis inimigos.

— Você sabe que não sou imortal, não é, minha Yara?

— Por que diz isso? — Nathalia está deitada sobre o peito do indígena após uma noite de amor — Pra mim, você é sim.

— Um dia, eu me ausentarei desse plano e estarei com os meus ancestrais esperando por você. Bom, pelo menos foi assim que eu aprendi na tribo, mas pode ser tudo balela. Para isso, preparei um plano de contingência.

— Contingência?! Mas estamos tão bem financeiramente.

— Não, não me refiro a dinheiro. Ou melhor, tem sim dinheiro envolvido, mas o foco é preservar nossa família.

— Como assim?

Iaruanã explica que, caso ele morra inesperadamente, os inimigos, que são muitos, podem atacar a família em muitas frentes. Entre elas, na reputação. Providencialmente, Iaruanã guarda uma caixa metálica com um milhão de dólares em espécie em um determinado local em nome da família. Antes, ele deixou esse valor legalizado e uma bela história como pano de fundo.

— Se eu morrer, você acionará o plano "Caridade". É assim: você ligará para um escritório de advocacia muito, muito pequeno no interior do Acre. Um escritório que eu ajudei a montar há muitos anos e que está a par do meu plano. Nesse escritório, há um contrato no qual eu determino que se eu morrer, uma instituição que cuida de crianças com câncer receberá esse valor em reais. Os responsáveis do escritório foram muito bem pagos para espalhar que esse dinheiro foi o primeiro milhão de dólares que conquistei. E, uma vez juntado esse valor, deixei em custódia para que a doação ocorresse no caso do meu falecimento, por qualquer que fosse o motivo. Eles estão prontos para dizer que eu era muito idealista e que tinha medo de perder esse dinheiro. Por isso, preferi deixá-lo em espécie e em moeda forte. Eles também dirão que, com o passar do tempo, eu acabei me esquecendo do dinheiro por ser tão desapegado de coisas materiais.

— Mas, querido, pra que tudo isso?

— Calma! Agora, você vai entender! Bom, você terá que ser rápida, minha Yara. Antes que os urubus comecem a me atacar, você plantará notícias falsas de que foi achado dinheiro em uma caixa em meu nome. E também dirá que você está disposta a fazer uma delação premiada, apresentando o local do dinheiro, a quantia e todos os detalhes.

— Delação premiada?!

— Sim. Você deixará essa notícia correr por três dias. E, depois, irá a público revelar outra versão: que não há e nem nunca houve dinheiro frio ou caixas de dinheiro guardadas pelo seu marido. A confusão se deu porque esse milhão de dólares em espécie, que eu deixei no escritório de advocacia, está devidamente contabilizado para doação.

Nathalia espanta-se:

— Amor, você é um gênio!!! Com isso, você criará antecedente de descrédito. Num primeiro momento, as pessoas ficarão apreensivas quanto à sua imagem, mas, assim que eu esclarecer tudo, todos louvarãou desapego e sua alma caridosa. Por fim, se alguém tentar arranhar sua imagem com qualquer que seja a alegação, inclusive sobre os *bunkers*, as histórias se confundirão e quem ouvir comentará: "Ah, isso já caiu por terra, o dinheiro era para a caridade". Não é isso?

— Exatamente, minha Yara!

Nathalia beija o marido e comenta:

— O plano é ótimo, mas eu tenho certeza de que jamais precisarei utilizá-lo, porque você é imortal!

— Não sou imortal e quero deixar isso o mais claro possível, posso?

— Sim, claro.

— Faça o que disse: permeie a notícia sobre o dinheiro vivo em caixas com gente da imprensa de sua confiança e não deixe que ninguém chegue perto dos *bunkers*. Caso meu espírito suma desta vida terrena, não se esqueça deste plano. Ninguém nunca ousará perturbar nossa família alegando que temos dinheiro frio.

PARTE TRÊS

Ter e poder convivem?

Ipo da Década: a Terceira Rodada

Novembro de 2021. Octávio entra rapidamente em seu luxuoso apartamento.

— Martha! Martha! Onde você está?

— Tô aqui — Segundos depois, a esposa surge na sala — O que foi, querido?

Octávio traz um pacote pardo. Ele segura a mão da mulher e a conduz ao sofá.

— Senta.

Martha segue as instruções sem entender. O médico senta-se também no mesmo sofá e vira-se para ela:

— Lembra que nossa assessoria de imprensa nos avisou que tínhamos muitas entrevistas para dar? E que nós combinamos que o ideal seria nos dividirmos nessa empreitada?

Martha concorda em silêncio e Octávio prossegue:

— Então, eu te passei algumas entrevistas, sendo uma internacional inclusive. Eu nem quis dar atenção para essas pautas porque estava focado em atender essa aqui.

Octávio tira de dentro do envelope um exemplar da edição brasileira da revista Forbes. Há uma página marcada. O médico folheia e exibe para a esposa a manchete de página dupla: "Martha e Octávio Albuquerque fazem da ALMO Bioscientific uma potência mundial".

— Estamos aqui, amor, entramos no clube do bilhão. Os novos bilionários do setor farmacêutico. Não é incrível?! Eu só consegui guardar segredo da publicação com ajuda do pessoal da assessoria. Eu disse que queria fazer uma surpresa para você.

Martha sorri. Está feliz, mas não demonstra a mesma empolgação do marido. Ela beija Octávio.

— Parabéns, senhor bilionário!

— Parabéns, senhora bilionária!

Ele ensaia levantar-se, mas ela o segura.

— Espere aqui, Octávio.

O médico obedece. A executiva vai até um móvel e apanha outra revista.

— Amor, essa aqui também é uma Forbes, mas é a versão internacional.

— Hum, certo. O que tem?

Martha ri, dá alguns pequenos saltos de empolgação e aponta para uma reportagem:

— Saímos aqui também! Eu dei a entrevista. Foi uma das pautas que você passou. Eu também pedi segredo à assessoria e eles riram muito, acho que dessa coincidência!

Octávio fica extasiado.

— Forbes internacional?! Meu Deus, Martha! Isso é incrível! O que diz aí?

Martha abre a página marcada que mostra que o casal está agora listado entre as grandes fortunas do planeta.

— Não acredito! — O médico não esconde a alegria — Querida, isso merece uma comemoração, não?

— Olha, gostaria que estivéssemos pelo menos entre os cem mais ricos do planeta, mas tá bom, vai... mais uns 10 anos chegamos lá!

— Martha, você é doida!

O casal beija-se novamente e cai deitado no sofá. Coincidentemente os exemplares das revistas se sobrepõem e enroscam suas páginas ao caírem no chão.

O estrondoso sucesso do casal deu-se após a realização da terceira rodada de investimentos, um IPO global, no qual a ALMO foi avaliada em mais de dez bilhões de dólares na Nasdaq.

O crescimento acelerado da farmacêutica em nível global deu-se por dois caminhos distintos. Inicialmente pelas vendas exorbitantes do Macrozyni EVO2, um absoluto sucesso. E em paralelo pelas dezenas de aquisições de farmacêuticas menores detentoras de patentes de longo prazo de drogas de uso essencial.

O monopólio, quase indetectável, permitiu o domínio completo do mercado. Assim, a ALMO passou a controlar o mercado e aumentar abusivamente os preços dos medicamentos ao longo dos anos. O faturamento tornou-se astronômico!

Após uma tórrida tarde de amor, Octávio e Martha conversam sobre o futuro:

— Nem em nossos mais loucos sonhos imaginaríamos chegar aqui! — Octávio acaricia o rosto da esposa, cuja cabeça repousa delicadamente em seu peito nu.

— Então, querida, sua estratégia de aquisições foi simplesmente fantástica! Se estivéssemos apenas com as vendas do Macrozyni EVO2, jamais teríamos chegado aonde chegamos ou jamais teríamos tido tempo para alavancar as vendas da droga da inteligência. Foi simplesmente um toque de gênio!

Segundos de silêncio depois, o médico completa:

— E o mais importante: ninguém terá coragem de se meter com a gente de novo, muito menos aqueles desgraçados dos Rodrigues!

Martha suspira e sentencia:

— Deixe que venham!

Carreira em Boa Construção

A festa é no mais badalado clube de Manaus, que está fechado para aquela comemoração exclusiva. Políticos, empresários e celebridades cumprimentam-se e aguardam a chegada do homenageado. O dono da festa é Rodrigo Gouveia Rodrigues. Aos 28 anos, ele é o recém-nomeado Procurador Federal pelo estado do Amazonas.

Em uma mesa reservada, a mãe e os irmãos apreciam com orgulho tudo o que foi preparado, entre decoração e buffet, para a celebração.

— Será que ela virá com o Rodrigo, mãe?

— Não sei, Pedro. Seu irmão disse que ia trazê-la. É o momento ideal para que o relacionamento deles se torne público. Deixei algumas notas preparadas para os colunistas sociais.

— E papai? Onde está?

Nathalia não responde. Não porque não saiba, mas porque entre mentir, revelar a verdade e ficar em silêncio, a terceira opção é a ideal. Carlos Rodrigues precisa muitas vezes se ausentar para assuntos políticos ou referentes a negócios. Porém, sua falta hoje dá-se por questões que não devem ser mencionadas em público.

O DJ rapidamente coloca uma música eletrizante, uma batida animada, jovem e cheia de energia. Luzes estroboscópicas piscam, e todos se viram para a entrada do clube, por onde chegam Rodrigo Rodrigues e a lindíssima Latifa Al-Madini.

Entre palmas e cumprimentos, o homenageado dirige-se à frente, onde sinaliza para que o DJ baixe o volume da música e que as luzes sejam acesas. As palmas continuam por alguns segundos até que param.

Rodrigo herdou muitas características do pai, mas algo que ele tem de superior a Iaruanã é a eloquência:

— Queridos amigos, que felicidade em encontrar vocês nessa noite festiva! Faço questão de abraçar cada um que veio aqui me parabenizar num dia tão importante. Vocês fazem parte da minha vida e podem ter certeza de que jamais vou esquecê-los!

Os convidados aplaudem. Rodrigo olha para a mesa onde Latifa acabou de se sentar. É a mesma mesa onde estão Nathalia, Pedro e Nayara. O jovem manda um beijo para a família e a namorada e sorri.

Rodrigo serve-se de uma bebida e observa o público presente. São amigos, conhecidos, colegas, parceiros de negócios dos Rodrigues, empregados, puxa-sacos, celebridades, influenciadores, jornalistas e curiosos, que querem ver e ser vistos no acontecimento social do mês no Amazonas.

Um refletor ofusca os olhos do dono da festa, que se recorda dos últimos anos e de como tudo se transformou. Em 2008, aos 21 anos, vencera o UFC e quase comprometera toda a carreira política por pura vaidade e inconsequência. Graças ao apoio e orientação da mãe, concluiu o curso superior no ano seguinte sem se envolver em novas polêmicas. Por meio de muitas pautas positivas plantadas por Nathalia na mídia, teve a imagem de playboy mimado substituída pela de jovem promissor e interessado no progresso de seu Estado.

Em 2010, tomou a importante decisão de ingressar em um concorrido e valorizado mestrado em Direito Internacional na Universidade de Oxford. Seriam três anos de dedicação intensa ao aprendizado e à criação de um nome de relevância na política. Conseguiu agregar ao que o pai construíra de bom e superou os pontos negativos de Carlos Rodrigues, como a ausência de educação formal e inexperiência em política internacional.

No mestrado, conheceu a bela Latifa Al-Madini. A fulminante paixão ancorou ainda mais Rodrigo no desejo de se tornar um homem de família, de carreira política sólida e de valorosa reputação pública.

Em 2013, retornou em definitivo ao Brasil, mas manteve a relação com Latifa em segredo para o público. Precisava, primeiramente, convencer a família da moça de seu valor. Foram dois anos conciliando o exercício da atividade jurídica no Brasil com o relacionamento internacional.

Agora, em 2015, candidatou-se à concorrida vaga de procurador federal pelo estado do Amazonas e foi aprovado. Assim que soube da notícia, comunicou a família de Latifa, que de bom grado rendeu-se ao relacionamento da herdeira com o promissor brasileiro.

Para Rodrigo, aquela festa vai além de uma simples comemoração pelo importante cargo conquistado. É a apresentação oficial de sua namorada, e futura noiva, ao grande público. Jornalistas acotovelam-se para saber detalhes da exótica moça que acompanha o homenageado.

Incansável, Nathalia acompanha portais de internet e redes sociais, verificando em tempo real tudo o que está sendo dito sobre sua família. O tópico mais falado nas redes sociais em Manaus naquela noite é Latifa. A herdeira é comparada às princesas de histórias infantis, e o relacionamento do casal é apresentado como um verdadeiro conto de fadas moderno.

Iaruanã chega à festa faltando cerca de uma hora para terminar. Cumprimenta o filho, a futura nora e os convidados. Diferente dos encontros sociais costumeiros, desta vez o centro das atenções não é o deputado federal. A pergunta que mais se faz no evento é:

— E o casamento? Sai quando?! Sai ainda neste ano?

Mostrando o quanto sua vida profissional é planejada, Rodrigo responde em um piscar de olhos:

— Ano que vem, queridos. Ano que vem. Nosso casamento será em 2016! Gosto de ano par.

Eu sou Infalível

Na praça de uma cidade satélite de Brasília, Iaúna e os homens da ambulância conversam enquanto esperam. O plano para o transporte do dinheiro a ser surrupiado dos bunkers de Iaruanã já está armado. Só falta um detalhe para ele ser viabilizado. O grupo usará outra ambulância, que foi furtada de um pátio-depósito do Distrito Federal. Coisas do Brasil, das emendas parlamentares que deveriam beneficiar estados e municípios, mas que acabam apodrecendo nos pátios pela falta de destino certo.

Ótimo que seja assim: bastou o conhecimento de Alceu e uma quantia ínfima de propina para que o bando tivesse acesso às chaves do veículo. Pegaram a ambulância no lamacento pátio, forrado de dinheiro público, com inúmeros bens apodrecendo a céu aberto.

É fim de 2018, término das eleições federais e estaduais. Brasília está uma bagunça pela troca de governo. Não há momento melhor para escapar das fiscalizações. É aquele instante em que a coisa pública, que se já não andava bem, fica pior ainda.

— Ele vem mesmo?! — Altino está impaciente.

— E por qual razão ele quis marcar nesse furdunço? Isso aqui é uma mistura de centro comercial com feira do rolo. Como vamos conversar com ele aqui? — questiona Alceu, o motorista da ambulância — Onde você achou esse cara, dona?

Iaúna olha para os lados.

— Eu falei com vários na internet até chegar num dos melhores. Eu nem sei a aparência dele. Falam que ele é muito bom.

— Muito bom! — Andrade, um dos enfermeiros, está desconfiado — Mas então por que não tá em empresa nenhuma?!

— Larga a mão de ser burro! — Altino não se aguenta — Ele é *hacker*! Ninguém contrata um *hacker* CLT, seu burro!

— Pois eu acho que ele enganou a senhora — sugere Altino olhando para Iaúna.

Andrade, o mais jovem e inexperiente, afasta-se, vai até um carrinho de sorvete e pede um picolé de morango.

O rapaz de avental realiza a venda, e Andrade retorna correndo ao grupo que está na presença de um homem estranho. Esbaforido, pergunta ao se aproximar:

— É esse?! Esse é o tal do Athos?

O homem misterioso responde:

— Eu sou Porthos. Para encontrarem Athos, vocês precisam ir até aquela loja de roupas.

Iaúna e os rapazes obedecem. Assim que chegam à porta da loja, o sistema de áudio anuncia:

— Dona Irene, dirija-se sozinha ao provador. Dona Irene, atenção, vá ao provador.

— Rapazes, volto logo. Me esperem aqui.

Alceu protesta:

— Mas, e se ele fizer algo com a senhora?!

Iaúna ignora os receios da trupe e vai aos fundos do estabelecimento. Há três provadores, mas somente o último está com a cortina fechada. Os outros dois estão abertos. A mulher vai até o que parece ocupado, e não há ninguém. Porém, no espelho tem uma mensagem em batom:

"Para encontrar Athos, vá com os demais até o posto de gasolina na rua de trás. Aramis".

Iaúna suspira: "Essa brincadeira já está cansando". Retorna à rua com a equipe da ambulância e segue até o posto. Ficam 20 minutos esperando, até que um frentista se aproxima.

— Eu sou D'Artagnan. Se quiserem encontrar Athos, fiquem enfileirados agora na seguinte ordem: Dona Irene, Andrade, Alceu e Altino.

Alceu irrita-se:

— O quê? Como assim? Que palhaçada é essa?!

Iaúna é curta e grossa:

— Obedeçam!

O quarteto forma uma fila de acordo com a indicação. O frentista sorri e afasta-se. Neste exato instante, os celulares dos quatro tremem, indicando a chegada de mensagens. O mais estranho é que ninguém tem os números dos novos celulares da turma. São aparelhos e linhas telefônicas recém-adquiridos, justamente para o golpe. Todos se olham, pegam os celulares e leem em voz alta:

— Eu... — diz IIaúna.

— Sou... — lê Andrade.

— O... — fala Alceu.

— Sorveteiro! — conclui Altino.

Andrade repete a frase inteira:

— Eu sou o sorveteiro! Que merda! Athos é aquele cara que estava lá do nosso lado. Ele tava pertinho o tempo todo. Que filho da puta. Vamos até lá!

Assim que retornam ao ponto inicial, encontram o *hacker* sentado em um banco rindo.

— Desculpem a pegadinha. É que eu precisava ter certeza de que estavam em quatro mesmo e que não seriam seguidos. Acho que conheceram alguns dos meus afiliados. Claro que os nomes deles não são aqueles e, talvez, nem o meu nome seja mesmo Athos.

Iaúna aproxima-se nervosa.

— Se nós não estivéssemos tão desesperados por apoio, eu já tinha te dispensado faz tempo. Esses são Alceu, Al...

— Eu sei! Sei da vida de todos em detalhes. Cinco minutos após a senhora me contatar, eu já tinha a ficha corrida da turma inteira. Inclusive da senhora, viu?

O quarteto olha-se. Será que o garoto realmente estava a par de tudo? Incomodada, a indígena propõe:

— Vamos a um lugar mais seguro. Quero te fazer uma proposta e ver se você está apto para me ajudar.

Athos tira um *notebook* da mochila em plena praça. Coloca no colo e convida:

— Senta aqui do meu lado, por favor. Eu vou anotar tudo e lhe passar o meu preço. Estamos seguros pelas próximas horas. Não vai passar polícia, as câmeras públicas estão temporariamente em *looping* e meus amigos estão de olho. Vai por mim que aqui é mais seguro do que qualquer outro lugar. Nem microfone direcional pega nossa conversa porque estou com um embaralhador de sinal.

Impressionado, o grupo aproxima-se e coloca-se ao redor do *hacker*. Iaúna explica:

— Não terei papas na língua para falar com você, meu jovem. Nós precisaremos entrar em alguns apartamentos e casas para retomar o que é nosso por direito. Não podemos ser vistos entrando ou saindo. E não pode haver registros de nossa presença no local.

Precisamos monitorar alarmes, polícia e empresas de segurança enquanto estivermos recolhendo nossos... nossos produtos. Sei que é complicado, por isso, entendo se seu preço for alto.

Athos, que digitava enquanto Iaúna falava, para e olha para ela:

— Você está parcialmente certa. Não tem nada de complicado nisso. E, sim, meu preço será alto.

Além da ação *in loco* do *hacker* para facilitar as invasões, Iaúna também pede ao rapaz que providencie documentos quentes para a ambulância e para os homens que a acompanham. Autorizações de circulação, prontuários médicos, placa e licenciamento falsos serão necessários.

Com o plano bem desenhado, os cinco passam os dias seguintes indo a cada um dos *bunkers* de Brasília. Optam sempre pelos horários de pouco movimento e efetuam as vultuosas coletas de dinheiro. Nas visitas aos apartamentos, a abordagem é idêntica: Iaúna aproxima-se dos porteiros e zeladores, com os quais ela já havia feito um contato prévio. Fingindo interesse em conhecer imóveis disponíveis para locação, a indígena inicia conversa e lhes oferece algum petisco com sonífero: doces, salgados, pequenos biscoitos e iguarias simples aparentemente inocentes. Eles são consumidos e cumprem seu papel em questão de minutos.

Assim que o porteiro fica fora de combate, Athos assume o controle das câmeras. Os demais dirigem-se ao apartamento e providenciam o roubo. Tudo é levado em poucas viagens. Utilizam carrinhos de compra cobertos. O elevador de serviço é travado para que nenhum outro morador possa acioná-lo.

De dentro da ambulância, Athos informa aos demais sobre a movimentação para que ninguém seja visto por curiosos. Altino, Andrade e Alceu utilizam como disfarce, coletes, capacetes e crachás de uma empresa de engenharia.

A coleta toda ocorre em três dias. O dinheiro é levado a uma garagem alugada por Athos, longe das vistas das autoridades. Mais três dias são necessários para que a nova ambulância fique customizada da maneira correta. A ideia é que todo o dinheiro seja levado completamente oculto para São Paulo na própria estrutura do veículo.

— Uma ambulância pesa entre três toneladas e meia a quatro toneladas. Nós tiramos tudo de dentro. Deixamos apenas o baú oco. Então, fixamos o dinheiro nas paredes e pisos para, só assim, recolocar as partes internas. A diferença é que essas partes, agora, são só coberturas mesmo, sem fiação, sem estofamento e nem nada! — explica Alceu.

O grupo teve que estudar um pouco para planejar a melhor maneira de transportar o volume de dinheiro. Sabendo que 1 milhão de reais em notas de 100 pesam aproximadamente 2,5 quilos. Essa quantidade pode ser dividida em dez blocos de 12 centímetros de altura.

Como havia muito mais que 1 milhão para ser transportado, foram necessárias diversas improvisações como, por exemplo, a utilização de tanques de oxigênios vazios e furados. Estes tanques foram serrados e serviram para esconder muito dinheiro. A maca, os bancos, todo o preenchimento das janelas, do teto e do estepe também tiveram a função de esconder a fortuna. Foi Altino que, após cálculos, deu a pior notícia:

— Teremos que fazer em duas viagens. Não tem como levar em uma só. Para a coisa ficar bem-feita e não despertarmos qualquer suspeita em peso e acondicionamento da carga, temos que fazer duas viagens!

O grupo até ensaiou discutir com o homem, mas os números e a necessidade de discrição foram incontestáveis.

Iaúna insistiu que a partilha fosse feita em São Paulo, alguns dias depois da segunda viagem. Esta imposição da indígena quase rachou a equipe. Afinal, se eles estavam ali e o dinheiro também, para que se arriscar no transporte para outro estado? Qual o motivo de passar por pedágios, fiscalizações e os riscos da estrada?

Valendo-se de todo o seu poder de persuasão, a mulher conseguiu, naqueles dias, explicar em detalhes que o risco maior seria manter tudo aquilo próximo à fonte do roubo. O melhor era levar para longe o mais rápido possível. Inclusive, caso eles viessem a gastar algum valor na praça do roubo, por menor que fosse, despertaria suspeita imediatamente. Lançou uma afirmação e em seguida a pergunta poderosa: "E se essas notas estiverem marcadas?".

Todos concordaram e, assim, a aventura de levar a fortuna para São Paulo começou. Mal sabiam que roubar havia sido a parte mais fácil da empreitada. O imponderável os esperava na estrada.

Nada Como um Excelente Casamento

Os dias na Universidade de Oxford eram frios. Não somente pela temperatura, como também pela falta de acolhimento dos colegas e professores. Rodrigo achava que ia enlouquecer. Sentia falta do Brasil, da família e dos amigos.

E foi durante uma pesquisa na biblioteca de Oxford, quando o rapaz teve que disputar o empréstimo do único volume de uma obra rara com uma aluna, que tudo aconteceu: Rodrigo e Latifa se conheceram.

Latifa é filha de Said Al-Madini, um empresário árabe bilionário, dono de vários negócios como: companhia aérea, times de futebol e uma grande companhia de exploração e refino de petróleo. Por sua vez, ele é o mais novo de quatorze irmãos. Seu irmão mais velho é Emir Muhammad Al-Madini, um dos sete emires de Dubai. O PIB de alguns países juntos não chega perto da fortuna da família de Latifa. Rodrigo não sabia disto antes de conhecê-la e não ligava. Seu amor pela moça sempre foi genuíno.

Os jovens estavam cientes das possíveis resistências, mas não ligavam realmente para os entraves que a família de Latifa poderia impor. Em dado momento, após certo tempo de namoro, o casal foi a Dubai.

— Não se preocupe, Rodrigo. Eles vão adorar você!

— Eles vão é me matar — brincou o filho de Iaruanã, enquanto voavam no jato particular dos Al-Madini — Mas, tudo bem, já falei com o meu pai e ele está indo para Dubai também. Não pela gente. É que ele tem algo para tratar lá e, na pior das hipóteses, poderá trazer o meu caixão.

Os dias em Dubai foram fantásticos. Rodrigo sempre foi acostumado ao luxo, mas nada chegou perto do que vivenciou em sua estadia nos Emirados Árabes.

— Tudo o que é considerado luxuoso no Brasil, vocês têm aqui, só que a versão de vocês é de ouro! — comentou com Latifa, enquanto aguardava ser recebido pelo pai da garota para uma farta refeição.

O encontro com Said Al-Madini foi caloroso. O homem o recebeu bem e foi educado o tempo inteiro. Tanto Rodrigo quanto Latifa estranharam muito o fato de o homem não questionar o jovem sobre carreira, posses e família. O irmão mais novo do emir limitou-se a agradar a Rodrigo de todas as maneiras possíveis, fazendo com que ele já se sentisse parte da família.

No fim da noite, Latifa despediu-se de Rodrigo e foi para os aposentos dela, deixando o namorado na presença do pai. E foi neste momento que o jovem brasileiro entendeu tudo. Ainda sorridente, Said Al-Madini pediu a um serviçal que trouxesse uma garrafa de araque.

— Nós não bebemos álcool, mas hoje nos será permitido — Cada um pegou um copo do líquido branco, cujo nome traduzido significa "suor". E, em um inglês elegante, o bilionário árabe explicou:

— Quando a pequena Latifa me avisou que estava namorando um brasileiro, eu quase falei para o segurança sumir com você. Depois imaginei o quanto a minha pequena princesa ficaria triste e pensei: ah, pode ser algo passageiro. Minha Latifa sabe o futuro que eu quero para ela. Foi quando ela me avisou que lhe traria para que eu o conhecesse. Antes que vocês viessem, claro, eu já encomendei um levantamento da sua vida, Rodrigo. Me passaram um dossiê tão completo, que nem a sua mãe tem tantas informações. Só que eu ainda não li o material. Não tive tempo. Ontem, enquanto você e minha filha passeavam por Dubai, fui visitado pela pessoa mais impressionante que já conheci. Posso dizer que é, sem dúvida, o homem mais inteligente em quem já coloquei os meus olhos. Seu nome é Carlos Rodrigues. Seu pai foi lá no meu escritório, no meio da tarde, e eu, obviamente, o recebi."

Surpreso com a atitude do pai, Rodrigo não fazia ideia para onde aquela conversa rumaria. Said Al-Madini prosseguiu:

— Não sei como seria nossa conversa... a conversa entre mim e você. Nem imagino o que você diria sobre seus planos de vida e carreira. Porém, muitas vezes, é melhor que nós, os pais, falemos pelos filhos, e seu pai fez isto. Ele me mostrou que você pretende ser o presidente mais jovem do seu país, que vocês representam a salvação da Amazônia, que têm planos ambiciosos para a privatização da Petrobrás e o mercado de petróleo e gás como um todo. Ele me mostrou de onde veio e aonde chegou. Seu pai é uma verdadeira celebridade mundial! E os filhos, Rodrigo, são os pais melhorados por Alláh! Veja a minha Latifa, a minha primogênita! Ela irá muito mais longe do que eu jamais fui!!

As palavras do futuro sogro aliviaram toda a tensão de Rodrigo que, silenciosamente, agradeceu ao pai pela intervenção. Desta maneira, o namoro recebeu as bênçãos da família de Latifa.

O casamento de Rodrigo Gouveia Rodrigues e de Latifa Al-Madini é notícia tanto nos Emirados Árabes quanto em Manaus. Pode-se dizer que é o mais badalado casamento do ano no Oriente Médio.

Said Al-Madini vê a união como a oportunidade única de financiar e influenciar várias eleições no maior país da América Latina e, assim, expandir seus domínios no campo do petróleo, no mercado de voos comerciais e, também, no setor financeiro. Além de assegurar o futuro e a felicidade da filha, o casamento é um investimento que o colocará acima até mesmo do irmão, o emir. Nos anos seguintes, o Fundo Soberano de Países Árabes, comandado pelos Al-Madini, investiria agressivamente na infraestrutura da Amazônia.

O matrimônio ocorre em Dubai e é uma celebração de três dias. Tudo é acompanhado pelos parentes e amigos dos noivos. Nathalia e Rodrigo trouxeram um verdadeiro batalhão de celebridades, executivos, políticos e influenciadores brasileiros para a festança de seu matrimônio, além de convidados dos irmãos.

Tudo é documentado à exaustão e publicado nas redes sociais. Alguns veículos de imprensa do Brasil noticiam o casamento para o público nacional. As pessoas ficam encantadas com o luxo do enlace entre o admirado Rodrigo Gouveia Rodrigues, filho do deputado Carlos Rodrigues, o grande defensor da floresta, e a belíssima herdeira árabe.

O poder e os planos dos Rodrigues seguem rumo à consolidação. Próximo passo: a construção de uma carreira política notável.

Quem Cuida da Almo sou Eu

Em dezembro de 2022, a liderança da ALMO Bioscientific vê-se diante de sua primeira crise. Na sala de reuniões da diretoria, Octávio, Martha, Dimas, o diretor de marketing, e Heloisa, a assessora de imprensa, tentam contornar a situação.

— Preciso de uma solução com urgência, Dimas. O que sugere? — Octávio não consegue esconder o nervosismo.

— Pois é. Eu chamei a Helô aqui, porque ela pode nos ajudar. A questão é extremamente delicada. Heloisa, pode repetir o que me disse mais cedo?

— Claro. Bom, Dr. Octávio, a crise não parece ser orgânica.

Octávio acomoda-se na cadeira:

— O que quer dizer?

— As citações negativas sobre a ALMO e, principalmente, sobre o Macrozyni EVO2 não estão aparecendo naturalmente nas redes sociais e na imprensa. É algo produzido. Há um gabinete criando essas notícias e replicando ao extremo. São contas falsas ou compradas. A intenção é realmente de ataque.

Octávio se reclina na cadeira. Martha pergunta:

— Você está querendo dizer que a internação e as duas mortes causadas pela overdose de Macrozyni nos últimos meses não foram simplesmente ocasionais?

— Não posso afirmar com certeza — Heloisa ajeita os óculos — Mas avaliando o comportamento da notícia, eu posso...

Dimas interrompe:

— Comportamento da notícia?

— É. Vejam só: a internação e as mortes por overdose estão cobertas pela bula. Outros medicamentos muito mais baratos e de uso essencial podem causar morte por overdose. Só que não se vê falar a respeito na mídia. E, quando são divulgados, culpabilizam o indivíduo e não o medicamento. O erro sempre é da pessoa que tomou a quantidade excessiva por descuido ou intencionalmente. Apesar disso, as notícias referentes ao Macrozyni são exageradamente relacionadas ao medicamento que, conforme já provamos em muitos pronunciamentos, não contém nenhum componente viciante ou pernicioso, exceto para quem tem alergias muito específicas. Em outras palavras, alguém está enfatizando demais as mortes, comprando e promovendo postagens detratoras e eu arriscaria dizer até que...

Octávio completa:

— As mortes são provocadas!

Todos silenciam na sala. Martha olha para Octávio. Ele respira fundo e pede:

— Enfim, preciso que vocês façam o trabalho de sempre: reduzam ao máximo o impacto e o alcance de cada nota, conversem com os jornalistas e editores e os convidem para conhecer todas as fases de teste a que submetemos o produto fora e dentro do país. Mostrem todos os laudos emitidos pelos órgãos reguladores. Que tudo fique à disposição da imprensa e de todo tipo de investigação. Tragam a mídia para conhecer nosso processo de fabricação, nosso centro de pesquisas e tudo mais.

— Faremos isso.

O diretor de marketing e a assessora de imprensa saem da sala e deixam o médico e a executiva sozinhos.

— Martha, temos cópias das autópsias das vítimas e dos exames da pessoa internada?

— Sim, mas nada foi encontrado.

— Na faculdade de medicina, estudamos certos venenos que nunca deixam rastros e só são detectados se forem procurados.

— Você está achando que essas pessoas foram assassinadas? Não seria melhor procurar esses venenos?

— Impossível. Teríamos que pedir para um juiz... e já estamos dando todo suporte às famílias. Não quero que pareça publicamente que estamos querendo interromper a ajuda. O mais interessante é que, nos três casos, os parentes não sabiam do uso do Macrozyni pelas vítimas. Não é estranho?!

Nas semanas seguintes, as investigações empreendidas pela polícia demonstram uma sutil ligação das vítimas com o clã Rodrigues. O vínculo mais forte era de Antônio Luís, influente nas operações de logística de vários setores, inclusive madeira. As relações são tão tênues que não convenceriam o mais crédulo dos delegados.

Munidos das informações sobre o envolvimento da família inimiga, os fundadores da ALMO discutem como reagir:

— Chega, Martha. Estávamos evitando um ataque direto, mas pelo visto eles não se cansam de buscar vingança. Precisamos colocar os Rodrigues frente a frente com a justiça! Vou avisar o Stein, e ele vai juntar tudo o que já temos e mais o que levantou com aquele capanga que morreu antes da pandemia, lembra? Vamos começar a incomodar os Rodrigues na justiça e no mundo político também! Foda-se que ele acabou de se eleger senador. Vai demorar um pouco, mas o baque dele vai ser grande! Vamos ver se eles vão conseguir ficar de pé. Essa eu quero ver!

Quem Cuida da Amazônia sou Eu

— Eu quero a morte do Octávio e daquela vadia da mulher dele!

O grito de Rodrigo ecoa no gabinete. Acostumados com os rompantes de ódio do ministro, os funcionários não se abalam. É julho de 2023. Rodrigo, eleito senador no ano anterior, foi convidado pelo Presidente da República para ocupar a principal cadeira do Ministério do Meio-Ambiente.

Do outro lado da mesa, Nayara ignora a explosão do irmão. A advogada, sócia de um dos mais importantes escritórios de advocacia do país, não tira os olhos do celular. Seu escritório é um oásis. É nele que políticos, empresários e celebridades são acolhidos com casos impossíveis e recebem a derradeira resolução dos seus problemas jurídicos.

Nayara Rodrigues construiu uma intrincada rede de relacionamentos e de compra e venda de sentenças, que se dá pelo mapeamento minucioso de juízes, desembargadores, procuradores, promotores e advogados de todo o Brasil. A inteligência superior da advogada permitiu que, ainda jovem, implementasse um processo criado e batizado por ela de FACA: Favor, Acordo, Compra, Ameaça.

A especialidade de seu escritório é de casos escabrosos, perdidos e de grande gravidade, envolvendo milionários ou bilionários, políticos de todas as castas e acusações de traição, morte, assassinato, corrupção, lavagem de dinheiro, roubo e crimes ainda mais chocantes. Sempre em busca de acordos vultosos, a empresa de Nayara chega a receber 50% do patrimônio dos envolvidos nos escândalos, quando conquista a sentença mais vantajosa. Isto em processos que podem ultrapassar centenas de milhões de reais.

Após ouvir um novo grito do irmão, a advogada levanta os olhos do aparelho telefônico:

— Rodrigo, do jeito que você grita, o Presidente Ramos vai te ouvir lá no Palácio.

— Você não tá entendendo! Isso tudo vai respingar no Ramos também! Veja só o que está acontecendo: todas as minhas principais operações madeireiras, as operações construídas com sangue e suor do nosso pai...

— Suor dele, sangue dos outros, né? Vamos combinar!

— Tá! Que seja. Todas as operações madeireiras estão sob investigação. Paramos tudo! Não está tendo extração, transporte ou venda! O Pedro teve que abandonar quatro rotas! Apreenderam mais de 20 caminhões. Nem posso falar com o Pedro mais. Ainda bem que não temos nada nos telefones ou mensagens de texto. Do contrário, estaríamos fodidos.

— Nada ligado diretamente a você ou a nós.

— Por enquanto! Por enquanto, Nay. Veja: o Pedro teve que sumir com motoristas, chapas, auxiliares. E, em alguns casos, quando eu digo sumir, é sumir mesmo. Dar fim. Estamos tendo um prejuízo incontável!

Rodrigo dá a volta na mesa, pega o controle remoto, aponta para a televisão e sintoniza um canal de notícias. A jornalista fala sobre a Polícia Federal ter realizado uma ação simultânea em madeireiras clandestinas e legalizadas em três estados:

— Há fortes indícios que relacionam as atividades de extração ilegal de madeira ao falecido deputado federal Carlos Rodrigues, pai do Ministro do Meio-Ambiente, Rodrigo Rodrigues. É mais uma crise que abala o Governo Ramos.

Nayara levanta-se, pega o controle das mãos do irmão e desliga a televisão.

— Espera mais sete minutos!

Rodrigo bufa, anda para os lados e senta-se:

— Tá, o que vai acontecer em sete minutos?

— Espere e veja — Sorri — Enquanto isso, me diga: por que mesmo você quer a morte do médico e da mulher dele?

— Tem os dedos deles nessa denúncia. Você não tá vendo?! Os procuradores estão fazendo uma devassa nas nossas empresas. Você acha que vem de onde esse fogo? Vem dos dois desgraçados que mataram nosso pai!

— Rodrigo, esses procuradores são experientes em crimes ambientais na Amazônia e no Pantanal. São incorruptíveis. A gente até já tentou comprar alguns deles há uns cinco anos, mas não deu em nada. Eles são especialistas em casos assim. Você tá paranoico.

— Não me vem com essa. Eu já levantei a ficha de alguns desses caras. Tenho várias provas de encontros, cafés e jantares entre esses safados e o Renato Stein. Já ouviu esse nome? Renato Stein?

Nayara aperta os olhos tentando se recordar.

— Stein...Stein...é outro procurador, não?

— Ele é amigo de infância dos Albuquerque! Parece que já comeu a mulher dele ou ainda tá comendo! Nosso pai dizia que branco é tudo corno mesmo — Rodrigo treme de raiva — E vou te dizer mais, Nay: isso tudo que tá rolando é fruto das denúncias do filho da puta do Índio. Não se lembra dele, né? É aquele que tava em uma casa de testemunhas há três ou quatro anos. Gastei uma fortuna pra tirar ele de campo. Era para o promotor do caso ter ido também, mas não deu certo. Acho que era esse vagabundo do Stein!

— Me poupe, por favor, desse tipo de detalhe. Agora, veja!

A moça levanta-se, pega o controle e liga novamente a TV. A mesma jornalista reaparece visivelmente desconfortável:

— Há minutos transmitimos uma notícia que levantava supostas ligações à questão da extração, transporte e venda de madeira ilegal da Amazônia ao falecido deputado federal Carlos Rodrigues, pai do nosso Ministro do Meio-Ambiente, Rodrigo Rodrigues. Pedimos desculpas pela informação equivocada e nos retratamos com a família Rodrigues pelo engano na informação. Esperamos que a rápida correção da informação venha a retificar imediatamente qualquer desconforto que possamos ter causado. Dentre as madeireiras investigadas, algumas são empresas legais e relacionadas ao reflorestamento e empregabilidade na região da floresta. Estas, por sua vez, são as empresas da família do Ministro, que comprovadamente mantém todas as licenças e documentos regularizados perante os órgãos competentes. Mais uma vez, por tal confusão, reiteramos nosso pedido de desculpas. Vai daí do estúdio.

Rodrigo olha para Nayara espantado:

— Mas, como?!

Nayara ri:

— Foi um trabalho meu e da mamãe. Custou caro, mas já busquei quem possa comprar uma sentença futura favorável a nós. Em paralelo, nossa mãe cuidou da imprensa de imediato. Ela matou o mal pela raiz. Brilhante, né?! Além disso, acho que teremos uma semana de pautas positivas a seu respeito em muitas emissoras.

— Então, estou limpo?

— Não completamente. Uma mancha assim não se limpa tão facilmente. Mas pode ter certeza de que nada de mais grave vai acontecer. Sofremos o impacto, claro, mas tudo ficará bem.

Rodrigo joga-se aliviado na cadeira.

Sou Mesmo Infalível?

Essa é a segunda viagem de Brasília a São Paulo na ambulância modificada. A última, segundo o plano.

A tensão da viagem inicial praticamente não existe mais. O sucesso em levar a primeira metade do dinheiro oculta na ambulância, monitorando a polícia, mantendo o veículo longe das câmeras e imprimindo boa velocidade na estrada, deixou o time de Iaúna extremamente seguro.

Iaúna é quem tenta manter a disciplina. Proibiu Altino, Andrade e Alceu de beber na viagem, obrigou-os a usar uniformes dos profissionais da saúde e montou escalas entre os motoristas para que ninguém se cansasse. Athos selecionou os dias e horários que apresentam historicamente menor número de apreensões policiais na estrada e, desta maneira, a primeira remessa foi um sucesso, e a segunda está bem encaminhada.

Assim que cruzam a fronteira Goiás-Minas, relaxam ainda mais. O rádio da ambulância toca um modão sertanejo. Repentinamente, um dos pneus passa por um buraco e chacoalha Iaúna, Altino e Andrade na parte de trás do veículo.

Alguns objetos caem no chão. São pequenas caixas de remédios e instrumentos genéricos de primeiros socorros. A irmã de Iaruanã apanha alguns materiais caídos e abre uma pequena gaveta para guardar.

— Mas...que merda ficou isso aqui, hein?!

Alceu, em seu turno de dirigir a ambulância, abaixa o volume do rádio e pergunta:

— O que foi?

— Fui enfiar essas merdas que caíram no chão nessa gavetinha e, olha só, tá abarrotada de dinheiro! Não pode ficar exposto assim! Quem tava responsável por essa parte?

Andrade ergue a mão temeroso.

— E...eu.

Um pouco mais calma, Iaúna explica:

— Presta atenção: nada, absolutamente nada pode ficar fácil assim de achar! Isso tá quase exposto. E se alguém entrar aqui e mexer? Como a gente vai explicar?

— Desculpa, dona Irene. Acho que eu só vacilei nessa gavetinha aí.

— Você acha? Acha ou tem certeza? Tenho que me preocupar, Andrade?

— Não, não, senhora. É só isso mesmo.

- Temos uma chave para, ao menos, trancar esta gaveta?

- Nada, dona Irene. Sem chaves, mas...

Neste instante, Athos alerta:

— Na verdade, temos mais uma má notícia. Acabei de ouvir na faixa de caminhoneiros que tem um bloqueio policial 2 quilômetros à frente.

Todos ficam apreensivos. Iaúna pergunta:

— Mas, é só sair por alguma estradinha, não?

— Não tem saída nesse trecho. Não tem nem posto, nada. Eles fazem de propósito para pegar gente com carga ilegal. Nesse ponto, só se voltar de ré! — responde Athos.

Alceu reduz a velocidade ao mínimo permitido e liga o pisca-alerta.

— E agora? Fodeu, né? Vamos passar?! Ou damos outro jeito? Me ajuda, gente! Não consigo pensar! Puta que pariu! — exalta-se Andrade.

Altino questiona:

— Não é melhor enfiar a ambulância no meio do mato? A gente espera umas quatro horas, o que acham?

— Sim, pode ser! — responde Iaúna.

O alívio que toma conta do bando dura poucos segundos. Alceu, que está em baixíssima velocidade, alerta:

— Há um carro da polícia rodoviária se aproximando atrás da gente. Merda!

O quinteto todo prende a respiração. Altino e Andrade pegam as armas que estavam escondidas sob o jaleco. Iaúna espanta-se:

— O que é isso? Pra que arma? Eu falei que não precisava!

— Ah, dona... Eu que não vou pra cadeia! — Altino olha pela janela.

A viatura da polícia passa ao lado esquerdo da ambulância lentamente. Os agentes da lei observam. Andrade descontrola-se:

— Ai, meu Deus. A gente tá muito devagar! Ambulância tem que correr, meu Deus! E agora? Fodeu! Eu... eu nunca atirei, vou ter que matar polícia agora! Eles... eles devem ter notado a pintura meia-boca. Tá na cara que a gente tá de armação!

Repentinamente, os policiais aceleram e ultrapassam a ambulância. Todos ficam calmos. Andrade fala:

— Graças a De... — Antes de terminar a frase, nota que a viatura entrou na frente e deu sinal para que eles parem — Ah, não!

— E agora?!

— Pode parar, Alceu. Estaciona. Vamos fazer como combinamos para esse caso. Escondam as armas. Ninguém vai atirar aqui! — sentencia Iaúna.

São dois policiais que estacionam oveículo no acostamento. A dupla sai do carro e se dirige à ambulância. Fingindo solicitude, Alceu baixa o vidro:

— Bom dia, policial!

— Bom dia. Tá com paciente aí?

— Sim... sim, senhor.

O policial dá sinal ao outro:

— Pede pro paramédico abrir pra gente. E me passa os documentos do veículo.

Alceu hesita por um segundo, olhando para sua imagem refletida nos óculos do policial magro e com longos bigodes.

— Não escutou? Documentos! E abre a porta pra gente inspecionar!

Na parte de trás da ambulância Iaúna deita-se na maca, prende a máscara de oxigênio no rosto, o oxímetro no indicador da mão esquerda e cola rapidamente alguns eletrodos ligados a um eletrocardiograma.

Andrade sussurra:

— É melhor matar! Melhor matar!

Altino coloca a arma no coldre embaixo do braço e diz:

— Se ele estranhar, a gente passa fogo mesmo.

— Não façam nada — Iaúna fala baixinho — Relaxem. Se ficarem nervosos, eles vão perceber!

Altino diz:

— Tá muito na cara, dona. Não tem nada aqui que mostre que isso é sério... vou atirar!

O policial dá duas batidas leves na porta de trás do veículo. Andrade hesita, o homem bate mais duas vezes, agora com mais força. Altino faz sinal para que o rapaz abra a porta.

Iaúna fecha os olhos, mas, no segundo exato em que a porta é aberta, nota que o eletrocardiograma está desligado. Rapidamente, estica o braço e pressiona um pequeno interruptor. Quando recolhe o braço, a porta traseira já está aberta. Questiona-se em pensamento: "Será que o policial viu?".

Na parte da frente da ambulância, Alceu entrega o documento do veículo. O policial pega e, em silêncio, olha desconfiado para a placa e para o papel. Em seguida, vai até a viatura e diz algo no rádio.

Suando em cascata, Alceu olha para Athos que está paralisado com os olhos vidrados à frente, como se fosse um robô desligado.

"Será que o documento é quente mesmo? Será que essa porra do Athos alterou essa merda no sistema da polícia? Se não for quente, eu vou preso, mas, antes, mato esse frangote que não serviu nem pra falsificar", pensa.

Na parte de trás, o policial pergunta de maneira seca para Altino:

— Posso entrar?

Altino concorda com a cabeça. Não consegue fingir tranquilidade. O homem da lei embarca e dá um passo em direção a Iaúna, ficando entre Andrade e Altino.

— O que ela tem?

— É... é... ela tem problema... problema de medula... transplante de urgência em São Paulo! — Altino não demonstra convicção.

O policial franze a testa e olha para Iaúna de avental e deitada na maca.

— Transplante? Não tem medula em Goiás?!

Andrade treme e fecha os olhos. "Ele descobriu, ele descobriu, fodeu, fodeu, caralho!".

— É... é que... — Altino respira fundo — É questão de compatibilidade, policial.

Na parte da frente, o policial retorna e entrega o documento para Alceu.

— Toma... tá tudo certo nesse documento!

— Tudo certo, então? Podemos seguir?

— Eu falei que tá tudo certo nesse documento. Quero sua habilitação e os documentos da paciente, do hospital de origem e o do hospital de destino.

Alceu pega o documento pessoal falso feito por Athos, mas fica em dúvida se foi feito algo referente à transferência de hospital.

— Amigo, pega aí o documento de transferência, o documento do hospital de origem e o de destino, como o policial falou — pede Alceu a Athos, enquanto oferece um sorriso amarelo ao policial.

Athos permanece paralisado com os olhos arregalados. Não responde, não diz se há ou se não há o tal documento. Quase sem piscar, respira ofegantemente. Alceu insiste e, lentamente, segura seu revólver na lateral da porta. Se for necessário atirar, precisará ser rápido e certeiro.

Enquanto isso, atrás da ambulância, o policial põe em xeque a afirmação de Altino:

— E não era melhor ir de avião?

Altino não sabe o que responder. O policial o está encurralando. Andrade pega sua arma e já a segura de maneira visível. Se o homem olhar para trás, verá o jovem com a pistola mirando em sua nuca.

O policial abre uma pequena gaveta de um armário metálico ao lado de Iaúna. Espia dentro sem tocar os instrumentos cirúrgicos. Em seguida, faz o mesmo na segunda gaveta que está exatamente acima daquela em que o dinheiro está exposto. Bandagens, curativos, stents, catéteres, bandagens e outros tipos de curativos. Altino engatilha a arma oculta no coldre e pensa: "Se ele abrir a terceira, é bala!".

Andrade mira na nuca e sinaliza para Altino, pedindo permissão para disparar.

Alceu, no banco do motorista, diz:

— Olha, não sei onde está o documento de transferência. Estamos com pressa. Se a mulher lá atrás morrer, a culpa será de quem? Eu é que não vou assinar esse B.O. É o senhor quem vai?

O policial estranha:

— Se estão com pressa, por que estavam devagar e com o alerta ligado?

Na parte de trás da ambulância o policial segura o puxador da terceira gaveta e puxa. Nesse exato segundo... SANGUE!!!

O policial grita:

— Mas, que porra!

Há sangue em sua mão. Ele olha para o próprio punho e vê uma mão ensanguentada o segurando. É Iaúna. A ferida em seu peito está semiaberta e sangra.

— O que é isso? Essa mulher tá sangrando?!

Altino diz:

— É... ela... ela sofreu um acidente por causa da fraqueza. Quase morreu. Tem um corte fundo perto do coração, como o senhor pode ver.

Andrade, rapidamente, guarda a arma. O policial vira-se para ele.

— É só medula mesmo o problema dela?

Andrade nota que o policial abriu a gaveta, mas não viu o dinheiro por ter desviado o olhar naquele instante. Altino aproveita a pergunta e alarma o agente da lei:

— Mais ou menos. A gente ainda não sabe. Pode ter algum tipo de contágio! A ferida não cicatriza! Por isso não fomos autorizados a levá-la de avião. Não seria seguro para os passageiros, e avião particular é uma nota preta. Você sabe, né? Jatinho é pra político!

Iaúna começa a falar alto, com a língua enrolada, fingindo convalescência:

— Câncer! É câncer! É brilhoso! Brilha muito! Césio! É césio!

Altino, percebendo a distração geral, fecha a terceira gaveta semiaberta com um movimento rápido de corpo, empurrando-a com sua anca.

O policial praticamente salta do carro e corre para o colega que está à frente falando com Alceu, enquanto limpa o sangue da mão:

— Bora! Libera! Tá tudo em ordem aqui! A mulher lá atrás tá sangrando no peito e tá bem ferida, tá morrendo! Libera, libera!!!

O outro policial percebe a urgência do colega e diz para Alceu:

— Boa viagem! Só não fiquem andando devagar assim.

Alceu coloca o corpo todo para fora da janela e pede:

— Ei, policiais, por favor, vocês podem nos escoltar? Assim, a gente segue mais rápido sem sermos parados.

Os homens concordam e, com as sirenes ligadas e máxima velocidade, auxiliam Iaúna e seu bando a seguirem com segurança e proteção. Passam por bloqueios e pedágios até o fim de sua jurisdição.

Os policiais providenciam uma segunda escolta para o trecho sob jurisdição de outros colegas patrulheiros pelo rádio. Assim, a segunda remessa do dinheiro chega ao destino mais rapidamente. E sem derramamento de sangue, exceto pelo sangue da ferida parcialmente reaberta por Iaúna que, com seu raciocínio rápido, evitou o pior. Assim que a segunda escolta os deixa Iaúna se volta visivelmente enfraquecida para Altino:

— Fecha essa merda, puta que pariu! Tá sangrando muito! O que não faço por vocês?! O que eu não faço por nós?

Uma Estrela em Ascenção

O campeonato estadual de 2013 está acirradíssimo. O clássico amazonense entre Rio Negro e Nacional termina empatado. As ruas do centro de Manaus tornam-se uma praça de guerra. Ônibus de torcedores apedrejados, correria, tumulto, bares baixando as portas... um verdadeiro inferno.

Alheio à partida de futebol, Rodrigo Gouveia Rodrigues, procurador federal, espanta-se ao sair do Teatro Amazonas. Depara-se com as duas torcidas em pleno combate.

Ambulantes e passantes, com medo do confronto, buscam proteção na área neutra do teatro. Neste instante, vendo que os gritos dos policiais não cessam a crescente violência, o filho de Iaruanã decide valer-se de sua própria popularidade para dar um basta ou, pelo menos, amenizar a briga.

— Pode me emprestar? — pergunta Rodrigo a um músico, apontando para a caixa de som e o microfone.

O homem, que tentava salvar a própria pele nas dependências do teatro, concorda. Rodrigo carrega o pequeno amplificador ligado e sobe em um parapeito.

— Pessoal! Por favor! Calma! Tem crianças aqui! Tem pessoas de idade!

Notando que suas palavras alcançam o outro lado da praça, Rodrigo tenta novamente. Dessa vez, profere palavras menos genéricas:

— Por favor, me escutem! Me escutem todos! Nós, amazonenses, somos um só povo. Meu pai, um grande homem, foi um índio, um guerreiro que lutou por todos nós. Minha mãe, essa mulher maravilhosa que muitos conhecem, não nasceu aqui no Estado, mas adotou essa terra como sua. Eu sou filho dessa mistura. Descendente da mudança. Sou um irmão de vocês. Eu sou Amazonas Futebol Clube, sou Nacional, sou São Raimundo, sou Rio Negro, Manauara e todos os clubes. Eu sou Manaus, eu sou o Amazonas! E eu tenho certeza de que cada um de vocês também é! Não deixem pequenas diferenças separarem irmãos! Parem de brigar! O inimigo não é o torcedor do outro clube. O inimigo é outro. E esse outro quer que a gente brigue. Quer que a gente se mate!

O discurso continua. A fala improvisada dura sete minutos, mas fica conhecida historicamente como Discurso do Teatro. Jornalistas que cobriram o confronto transmitem as palavras nas rádios e nos jornais naquela noite, por mais que os torcedores não tenham parado para ouvir, nem interrompido a briga generalizada, que deixa alguns mortos e vários feridos.

Dias depois, Rodrigo está almoçando com Romero Araújo, um político de 43 anos e de rápida ascensão. Araújo já havia sido prefeito de Manaus por duas vezes consecutivas e seu índice de aprovação é altíssimo. Durante a refeição, o político externa o desejo de concorrer ao governo do estado do Amazonas tendo Rodrigo como vice.

Com o ego devidamente massageado pelo convite, Rodrigo suspira e olha para a frente, vislumbrando o futuro brilhante na política. No ano seguinte, Romero Araújo concorre ao cargo de governador do estado do Amazonas com seu vice, Rodrigo Gouveia Rodrigues. Pesquisa a pesquisa, a chapa cresce. Começam como azarões na disputa e, espantosamente, passam para o segundo turno com uma margem mínima de votos a mais que o terceiro colocado.

Iniciam o segundo turno com 19% das intenções de voto contra 25% da chapa concorrente. Porém, a herança política do nome de Carlos Rodrigues e o carisma de Rodrigo servem de alavanca para impulsioná-los à vitória.

No dia da posse, diante das palmas de uma população quase unânime de eleitores e admiradores, Rodrigo pensa: "É só o começo".

Vocês se Acham Muito Espertos?

Andrade e Altino marcaram de se encontrar com Alceu em um boteco mal frequentado nos arredores de Brasília. Os paramédicos aguardam em uma mesa no fundo do bar. O motorista não teve dificuldade para encontrá-los, pois estavam com a barba por fazer, usavam bonés e óculos escuros.

— Que merda é essa?!

— Como assim, Alceu? Do que você tá falando? — questiona Altino.

— Porra, vocês tão parecendo bandidos. Se fosse um policial entrando aqui, ele ia pedir documento e aí, sim, ia dar merda!

— Pois eu acho que seria até melhor. Não tô mesmo mais aguentando essa vida de fugitivo. A gente tem família. Circulamos com essa dona por tudo quanto é canto pra ela pegar dinheiro. Tá na hora da partilha. Preciso voltar pra casa!

Alceu pede um café para o garçom e comenta:

— Eu já pensei em tudo. A velha disse pra irmos lá no endereço que ela deu em três dias. Pra que ela pediu esse prazo?

Andrade e Altino olham-se. Alceu continua:

— É pra sumir com a bolada, porra. Ela prometeu 5 milhões pra cada um, mas a gente coletou muito mais. Ela vai sumir, e a gente vai voltar pra nossas casas sem grana, e ainda vamos presos.

Andrade começa a choramingar.

— Eu não aguento mais isso, gente. Poxa... que merda!

— Para com a frescura, Andrade! — interrompe Alceu.

— Qual é a sua ideia, Alceu? — Altino prontamente evita qualquer entrevero entre os colegas — Ela pediu pra esperar três dias. A gente deixou o dinheiro naquele casarão fino lá em São Paulo. Será que ela tá lá ainda? Eu duvido.

Antes que Alceu responda, um quarto elemento se junta à mesa. É Athos.

— E aí, seus malucos?! Como estão? Que bonezinhos são esses? Querem parecer suspeitos, é?

Alceu diz:

— E aí, Athos? Ainda tá com a gente nessa?

— Bom, eu sei que vocês fizeram o mais grosso da ação e que a grana que ela me prometeu é bem menor, mas se querem minha ajuda, o bolo tem que ser dividido igualmente.

— O quê?! — pergunta Andrade.

Altino também se exalta:

— Nem ferrando. Não é certo. Você não ralou igual a gente e...

Alceu interrompe o amigo:

— Tá ok! O trabalho do Athão tem valor, porra! Combinado! É muita grana. Tem pra todo mundo e ainda sobra!

Andrade e Altino calam-se. Alceu prossegue:

— Athos tá indo agora para São Paulo. Ele vai estacionar na rua dos fundos do casarão e fazer a mágica dele.

— Alceu, deixa eu anotar tudo o que tenho que fazer — O hacker saca o smartphone e começa a registrar.

— Porra, você precisa anotar?!

— Até agora tudo bem. Mas sei que você virá com uma enxurrada de informações, e eu não posso esquecer. Você fala para eu fazer uma escuta, aí eu tenho uma montanha de coisas para providenciar! Acho que lá nem 4G tem, saca? Depois passo para o seu WhatsApp, OK? Assim temos a lista, você e eu, de tudo que eu tenho que fazer.

— Tá legal! Mas depois apaga essa merda!

— Porra! Claro né? Mas já me passa seu número desses novos celulares que te passo a lista assim que terminarmos.

Alceu coça a cabeça pensativo: — Bom, você vai verificar se tem ligação da polícia, se ela tá lá, se tem mais alguém com ela e coisas assim, certo?

— Certo!

— Não é um plano que dá para a gente fazer sem cobertura. Ela mandou a gente ir lá em três dias. Ou ela vai fugir ou é muito burra e vai nos pagar certinho, como combinou. Só que a gente não é otário. A gente vai antes e fica com tudo.

Com calma, o motorista explica para os paramédicos que os três irão para São Paulo à noite. Athos já estará lá e eles não se encontrarão até o momento certo. O trio separar-se-á assim que entrar na cidade. Andrade e Altino irão direto para a casa da vítima pra invadir e pegar o dinheiro. Alceu chegará em seguida com um caminhão.

— Pessoal, se o dinheiro não estiver lá, a gente arranca a localização na porrada e depois damos fim nela, beleza?

A concordância é geral. Athos transfere a lista para Alceu, despede-se e sai apressado.

Alceu ri. A dupla olha para ele com curiosidade.

— Vocês acham mesmo que vou dividir a grana com esse rato de computador? Um cara que a gente nem conhece? Assim que a gente pegar o dinheiro, o moleque vai pra mesma vala que a gostosa. Por isso que concordei com o merdinha... Tem um bairro em São Paulo chamado Perus. Conheço tudo ali! Os caras desovam corpos nesse lugar desde os anos 1960. É lá que a velha e o moleque vão passar a eternidade. Esse negócio é nosso! De nós três e pronto! Hoje, às quatro da tarde, a gente se encontra e vai para São Paulo.

Enquanto se afasta, Alceu pensa: "Os idiotas farão o trabalho duro pra mim. Depois, coloco os corpos da velha, do Athos e desses dois no caminhão, junto com a grana. Desovo os corpos e volto pra Brasília na madrugada com o caminhão limpo de corpos e carregado de caixas de piso cerâmico, com a grana disfarçada na mercadoria. Tudo bonitinho... com nota fiscal e tudo! Aí começa a minha aposentadoria!"

Assim que vê o motorista sair do bar, Altino comenta com Andrade:

— Bom, agora que ele já foi, vamos repassar o plano: a gente vai entrar primeiro, prender a velha e pega o dinheiro. Aí, vamos ficar de tocaia esperando o Alceu chegar e passar fogo nele. Depois, a gente liga pro Athos, pede para ele ir à casa e despacha ele também. Pegamos o caminhão do Alceu, passamos no fornecedor de material de construção e enchemos o caminhão com pisos cerâmicos e arrumamos o dinheiro nas caixas que vamos esvaziar. Não todas, é claro. Aí, voltamos pra Brasília. Tem que ser muito rápido! Mas se precisar, ficamos um dia em São Paulo, arrumando tudo, para viajar de madrugada.

Andrade concorda:

— O número do Athos ficou gravado aqui no meu celular. Tá na discagem rápida. É só apertar, ligar e mandar ele vir pra gente apagar ele.

Meia-noite e meia. Iaúna está na casa que seu falecido irmão havia deixado para ela em um bairro nobre de São Paulo. Ela costumava odiar aquele lugar. Hoje, contudo, o cenário mudou. Ela está multimilionária e planeja retornar ao seio da família.

Na sua frente há uma garrafa grande de cerveja geladíssima. Paradoxalmente, a indígena ferve água em uma chaleira. Está sentada, observando a gota condensada que escorre pela garrafa destampada. Ela não bebeu nem uma gota daquela garrafa e nem beberá.

Ouve um barulho. Ela não sabe, mas alguém a observa pelo vitrô da cozinha. Outro som. Parece vir da porta da sala, como se mexessem na maçaneta.

Iaúna pega uma vassoura e vai até a sala. Mexe na porta. Está trancada. Tudo em ordem. Retorna para a cozinha e espanta-se com a presença de Altino e Andrade.

— Oi, dona, como vai? — pergunta Altino.

Iaúna coloca a vassoura encostada na parede.

— Seu Altino? Andrade? O que estão fazendo aqui mais cedo do que havíamos combinado?

Os dois olham-se com maldade. Para tomarem coragem de invadir a casa da indígena, beberam pinga em um bar próximo.

— A gente veio resolver de uma vez com a senhora!

Iaúna vai até o fogão, ergue a chaleira e derrama o líquido fumegante no coador com ervas.

— Resolver o quê? Eu não disse para virem em três dias?

Altino coloca a mão no bolso e pega uma faca.

— Sim, mas a gente quis vir antes! A gente vai pegar tudo! Não tem essa de 5 pra cada um, a gente vai ficar com tudo!

Iaúna sorri.

— Quem diria, não? Quem poderia imaginar. Por que essa faca?

Altino diz:

— É pra facilitar... pra você colaborar! Revólver deixa rastro e faz barulho.

Andrade, mais solto por causa da bebida, completa:

— É! E a gente não liga se sujar de sangue!

Iaúna olha para a água escorrendo pelo coador e pergunta:

— E onde está o chefe de vocês, o Alceu?

Altino fica irritado:

— Ele não é nosso chefe! Ele tá lá fora, tá vindo! E não interessa onde ele tá. Interessa onde é que tá o dinheiro? Tá aqui ainda ou você escondeu?

Iaúna não responde. Calmamente, derrama o chá em duas xícaras, mexe com uma pequena colher e leva até a mesa:

— Por favor, meninos, sentem-se. Tomem esse chá. Vamos tentar conversar antes. Claro que eu levo vocês até o dinheiro, não precisa de faca — exibe o ombro descoberto pela camisola — Para que violência? Não podemos fazer tudo com calma e carinho?

Andrade olha com desejo e se senta. Iaúna senta-se na cadeira oposta e sobram duas outras cadeiras. A indígena indica para Altino:

— Não vai tomar seu chazinho, não, meu amor?

Altino, ainda com a faca na mão, senta-se contrariado. Iaúna pede:

— Não é melhor guardar a faca e tomar seu chazinho? Eu não vou fazer nada. Não tenho nada aqui comigo, quer me revistar? Estou só de camisola e perfume, quer sentir? E mesmo que eu tivesse uma faca aqui comigo, o que eu poderia fazer contra um homão enorme, forte, pesado e bruto? Nada, né? Você me dominaria e faria tudo o que quisesse comigo, não é, Altino?

As palavras de Iaúna acalmam o homem, que guarda a faca na cintura, pega a xícara e assopra o conteúdo. Antes de beber, olha para Andrade que já está no terceiro gole do chá. Algo parece estranho para Altino e ele recusa-se a tomar.

— E você? Não vai beber?

— Não... estou queimando de calor... — Altino ri — E outra: já tomei pinga agora há pouco e não quero chá. Me dá um copo aí que vou dar uma bicada nessa gelada.

— Tem certeza? — Iaúna parece decepcionada — O chá está tão bom e...

— Eu imagino! Pega logo a porra do copo! Eu não quero essa merda de chá!

Iaúna assusta-se, estica o braço e apanha um copo baixo.

— Toma... tá aqui.

Altino enche até a boca de cerveja e vira em uma golada. Em seguida, recoloca o líquido dourado e, desta vez, bebe mais devagar.

— Tomara que não tenha nada de esquisito nesse chá, dona. Se meu amigo passar mal, vou abrir seu bucho aqui na cozinha.

Andrade complementa:

— É... a gente não tem medo de... medo de se sujar de xan... xan... sangue...

Iaúna apoia o cotovelo na mesa e observa. Altino estranha o jeito do comparsa.

— Que isso, Andra... Andrade? Tá leso? Fala... hein, And... Andrade... Su... sua filha da puta!!! Envenenou o Andrade!!!

Altino tenta se levantar, mas as pernas falham e ele cai sentado novamente na cadeira. Andrade solta a xícara e derrama o chá sobre a mesa, perto de seu celular. Sua mão fica mergulhada em uma poça de chá quente, que também pinga em sua coxa. A dor é intensa, mas o corpo não responde.

— O que voxê... o que....

Iaúna ri:

— O que eu fiz?

A dona da casa levanta-se, dá a volta na mesa, vai para trás de Altino, coloca a mão sobre o peito do homem e vai descendo até a genitália.

— Pena que, agora, não dá pra reagir e nem fazer nada, não é? Huum, mas, pelo que tô vendo, dá pra sentir, né? Isso mesmo, a sensibilidade pode continuar em algumas pessoas, o que é uma pena...

Iaúna ergue a mão rapidamente e retira a faca da cintura de Altino.

— Eu ia mesmo dividir o dinheiro com vocês, como prometi. O problema é que ouvi vocês falando de mim. Vocês pensaram que eu estava desacordada. Ouvi o Alceu falando que era do crime, e que queria mais dinheiro. E vocês concordaram.

Andrade concentra-se ao máximo e tenta esticar o dedo para tocar o botão de discagem rápida do celular sem que Iaúna veja. Se acionado, o botão chamará Athos até a casa imediatamente.

O rapaz esforça-se e pensa: "Se eu não conseguir ligar para ele, ainda assim, ele pode estranhar que estamos demorando para ligar e pode vir pra cá por conta própria. Aí estaremos salvos".

Mesmo com o pensamento otimista, Andrade faz um grande esforço e consegue aproximar o polegar alguns milímetros do aparelho. Ainda não é possível discar, mas a distância entre seu dedo e o botão é mínima.

"Mais um pouco, só um pouquinho".

Então, um barulho é ouvido. Passos. Alguém se aproxima pela porta da cozinha, a mesma porta usada por Altino e Andrade.

"É ele! Athos veio checar o motivo da demora!", Andrade reflete com alívio.

Iaúna faz sinal de silêncio e dá dois passos para trás, escondendo-se ao lado da porta. A maçaneta gira e a porta se abre. É Alceu.

— Porra! O que tá acontecendo? Mandei vocês virem aqui matar a velha e vocês tão bebendo?

Altino e Andrade movem apenas o olho para o comparsa. Não conseguem virar a cabeça ou mover qualquer músculo.

— Hein, seus merdas? Cadê a velha? Passaram ela, né? Pelo jeito sim? Já estão até enchendo a cara!

Alceu coloca a mão nas costas e tira um revólver com silenciador. Os amigos começam a gemer na tentativa de avisá-lo.

— Cadê a puta? Onde tá o dinheiro? A arma aqui tem bala pra todo mundo!

Repentinamente, Iaúna sai de trás da porta. Com a mão esquerda, a indígena segura a testa de Alceu e inclina a cabeça do homem para trás. Com a mão direita, passa a faca de Altino no pescoço do motorista. O sangue de Alceu espirra pela cozinha, tingindo azulejo, mesa, chão, Altino e Andrade.

Alceu consegue sentir toda a dor do corte e o sangue quente escorrendo pelo peito. No desespero, atira a esmo. Sem controle sobre as pernas, escorrega no próprio sangue. Ele consegue ver a consciência se esvair e pensa: "Fodeu, o que tá acontecendo? Me ferrei! Vou morrer! Já era! Mãe, mãe, me perdoa, mãe". Iaúna sabe que o homem tem segundos de consciência e aproveita:

— Quem é puta, agora? O inferno te aguarda!

O homem tenta erguer-se, mas cai novamente. Com novo impacto no chão, pressiona acidentalmente o gatilho do revólver. Uma bala é disparada e atinge a lateral do dorso de Altino, perfurando a costela e alojando-se no pulmão. Altino sente a dor do tiro e começa a espirrar sangue. Não se engasga, mas o sofrimento é intenso, pois sabe que a morte será dolorosa e não imediata.

— Olha aí a bagunça, Alceu! Estragou os órgãos do coitado do Altino. Bom, acho que ainda pode dar para usar o cérebro. Andrade, ainda bem que não tem medo de se sujar de sangue, né?!

A indígena pega uma chave, vai até o corredor que liga a cozinha à sala e destranca a porta. Baleado, Altino tomba de lado, ainda vivo e com os olhos abertos, sobre Andrade. O movimento permite que Andrade toque, acidentalmente, no botão de discagem automática de seu celular e ligue imediatamente para Athos.

Andrade pensa: "Meu Deus, meu Deus, misericórdia, me ajuda! Traz esse cara aqui bem rápido!".

Iaúna abre a porta do corredor.

— Pena que o Alceu morreu. Queria mostrar para ele uma coisa. Bom, vou mostrar pra vocês.

Neste momento, um som de toque de celular ecoa. Iaúna puxa algo de dentro do cômodo recém-aberto. É uma cadeira de rodas. A mulher encolhe-se na parede para que a cadeira saia inteira do cômodo. Dá a volta e leva a cadeira até a cozinha.

O toque de celular aumenta.

Alcides, baleado e tombado sobre o corpo do comparsa, e Andrade, imóvel e banhado em sangue, veem Iaúna trazer o hacker na cadeira de rodas. Athos está sem camisa e com o torso quase todo aberto. Tem um corte que vai do peito diagonal às costelas, no qual se vê claramente que o coração não está no lugar. O rapaz está com a cabeça caída e com o crânio aberto.

O toque do celular continua até que Iaúna apanha o aparelho no bolso do cadáver, olha e desliga.

— Poxa, Andrade, ligando para o seu amigo a essa hora? Não vê que ele não pode atender? Veja só... Ele tava sabendo que vocês iam foder com ele. Tanto que se antecipou. Eu tive que fazer um ritual indígena com ele, o ritual antes do de vocês.

Meticulosamente, naquela madrugada, Iaúna realiza mais três rituais. Antes do amanhecer, leva o caminhão até o local que conhece como a palma de sua mão e que é próximo ao bairro da Santa Cecília, a Cracolândia. Dá dinheiro para homens desconhecidos que estão completamente drogados e deixa o veículo para que o usem como quiserem.

Alceu, Altino e Andrade jamais souberam que Athos os havia escutado por meio do celular de Alceu, que pegou o número novo e o *hackeou* para escuta. Altino e Andrade nunca imaginaram que Alceu os trairia. Alceu morreu sem saber que Altino e Andrade dariam um fim nele. O dinheiro permanece integralmente com Iaúna que, estranhamente, não se sente muito bem ao realizar os novos rituais.

— "O que foi isso? Tenho certeza de que estou sozinha! Pelos meus deuses! Este espelho se mexeu? Estou ficando louca?", pensa enquanto realiza os rituais.

Em dado momento, Iaúna nota uma atmosfera estranha na casa. Esfrega os olhos e observa atentamente o espelho da sala de jantar. Ele parece disforme, derretendo.

A indígena tem a impressão de ouvir alguém a chamando. Também sente sons e cheiros da floresta, mas os sinais ainda são fracos demais para que ela perceba o que realmente significam.

Meu Pai Não Acreditaria

Rodrigo caminha pensativo.

Em janeiro de 2031, o político com pouco mais de 40 anos questiona-se: "Por que aceitei ser vice-governador naquele almoço com o falecido Araújo, em 2013?".

Os anos passam diante dos olhos do filho de Iaruanã como em um filme.

Em 2014, a vitória da chapa foi esmagadora. Rodrigo, como vice-governador, fez exatamente o contrário do que a maioria dos vices havia feito no Brasil até então. Recusando-se a ser apenas uma figura decorativa ou um mero puxa-votos, Rodrigo foi atuante e influente. Enquanto Araújo se dedicava aos despachos de governador, ele buscou, por meio de sua habilidade de articulação política, vultosos repasses de verbas federais e investimentos diversos jamais vistos para o estado do Amazonas.

Desta maneira, foi fácil, em 2018, aos 31 anos, assegurar a reeleição da chapa. Araújo manteve a popularidade combatendo a pandemia, ainda que de forma populista, mas, aos olhos do eleitor, de maneira ativa. Ao mesmo tempo, estimulou a economia e aproveitou as vultosas verbas federais enviadas ao estado pela articulação de seu prodigioso vice-governador. Enquanto parte do país dizia para ficar em casa e a outra parte minimizava o alcance da doença, o governo Araújo-Rodrigues acreditava na vacinação e no estímulo ao trabalho. Foi um posicionamento inusitado no Brasil. Estavam blindados contra conservadores e progressistas. Já não eram vistos como uma terceira via, mas sim, como a única via, a via conciliadora.

Contrariando as recomendações dos correligionários que o queriam como o novo governador do estado, Rodrigo optou por concorrer ao Senado nas eleições de 2022. Foi um movimento realmente idealista por parte do filho de Iaruanã, que parecia verdadeiramente preocupado com o Amazonas aos olhos das pessoas mais próximas. Avançava em aspectos importantes e com visão de longo prazo, como a educação e saneamento básico, por exemplo. O partido chegou a ameaçá-lo, ainda que de maneira sutil. Romero Araújo apoiava-se na popularidade ativa de Rodrigo para manter-se no poder. O filho de Iaruanã fez muito mais do que o esperado: emprestou seu bom nome e reputação à nova chapa de Araújo, estando presente em toda a campanha e, ainda assim, dedicou-se à concorridíssima vaga ao Senado. Tanto Araújo quanto Rodrigo venceram a disputa naquele ano.

Como senador, liderou a discussão pela aprovação do Novo Código Florestal Brasileiro. Foi necessário viajar por todo o país promovendo encontros entre diferentes grupos como: empresários, ONGs e representantes do agronegócio. Rodrigo mostrou-se ativo e dedicado.

Inevitavelmente, acabou sendo convidado pelo então presidente Antônio Ramos para assumir o Ministério do Meio Ambiente, seis meses após a aprovação do Código Florestal. Ramos não era do partido de Rodrigo, mas o convite foi visto como uma excelente parceria política aos olhos dos correligionários.

Em 2024, Rodrigo sofreu o baque da perda de seu amigo e padrinho político, o ex-governador Romero Araújo, vítima de infarto.

Dedicou os anos seguintes a proteger a Amazônia, o Pantanal e a Mata Atlântica. A sensível queda de 30% no desmatamento virou notícia mundial e a notoriedade do filho de Iaruanã foi avassaladora.

Antônio Ramos era uma velha raposa política e percebeu que parte do sucesso de seu governo vinha da excelente ação do Ministro do Meio Ambiente. Era notório que Rodrigo, como o próximo vice-presidente, o impulsionaria à reeleição.

Pela primeira vez no mundo da política, o jovem encontrou um desafio relevante e que não dependia do voto popular: dentro do partido havia resistência à figura de Rodrigo por conta de um outro possível vice de Ramos, um sucessor que vinha sendo preparado há anos, chamado Rui Gavião.

A ala tradicional do partido do presidente nunca engoliu a escolha de Rodrigo como vice. Os oponentes apoiavam-se na figura de Gavião, que possuía uma boa rede de contatos e era mestre na tradicional prática de conchavos. Porém, com muito tato e esforço, Rodrigo impôs seu nome por meio da popularidade que extrapolava as fronteiras do país. Assim, em 2026, aos 39 anos, Rodrigo foi eleito vice-presidente na chapa com Ramos.

Repetindo a fórmula do vice atuante que havia seguido em sua época de vice-governador, Rodrigo foi um vice-presidente excepcional. As relações internacionais nunca foram tão positivas. O Brasil passou a liderar o BRICS e destacou-se de maneira inédita no G20. Pesquisas mostraram que os eleitores mais velhos confiavam em Rodrigo Gouveia Rodrigues, enquanto os mais jovens viam nele a mudança que buscavam no mundo.

E, agora, Rodrigo caminha ao lado de Latifa. Pensativo.

Em pleno 2031, ele pergunta-se mais uma vez: "Por que, em 2013, naquele almoço com o falecido Araújo, aceitei ser vice-governador?".

Sua caminhada ao lado da linda esposa chega ao fim. Dão-se as mãos, voltam-se um para o outro e abrem largos sorrisos de paixão e vitória. Estão em pé, no alto da rampa do Palácio do Planalto. São ovacionados por milhares de pessoas na Praça dos Três Poderes. Milhões os veem pela TV. O novo presidente do Brasil apresenta -se ao lado da primeira-dama no dia da posse.

É o ápice de uma saga que começou há muitos anos, com dois irmãos em uma floresta banhada de sangue e muitas lágrimas. Os deuses moxirunas estão em festa.

"Pai, se você me visse agora, não acreditaria. É pra você, pai! E é para vocês, meus ancestrais. Libertem-se, sorriam, festejem nos céus".

Vocês, Por Favor, Me Ouçam

É uma bela manhã de sábado em meados de 2024. Martha e Octávio, como de costume, vão à sede da ALMO para tratar de pequenas pendências e se reunir com alguns diretores. São encontros extremamente informais que, invariavelmente, culminam em um almoço em algum restaurante da região.

O número de participantes varia dependendo dos assuntos tratados. Neste sábado especificamente, dois diretores fazem companhia ao casal de fundadores: Ricardo, o diretor de *Facilities*, e Gabriela, a diretora de Expansão. A reunião transcorre bem até às dez horas da manhã. Octávio sentencia:

— Hoje, pelo visto, estaremos livres bem antes da hora do almoço. Pode parecer estranho, mas eu gosto quando estes encontros se alongam, porque posso confraternizar com a equipe. Acho que hoje não vai rolar, não é?

Gabriela comenta:

— Eu não poderia mesmo ficar. Tenho que levar meus filhos a uma festinha de um colega de escola.

Ricardo, visivelmente constrangido, diz:

— Pior é que eu também não. Hoje preciso resolver uns problemas de uma chácara que estou comprando fora da cidade. Saindo daqui, vou direto para lá. Desculpe, Octávio.

Octávio sorri.

— O que é isso, pessoal. Sem problema. Vocês estarem aqui comigo em um sábado, e em vários sábados, já é prova de amizade e comprometimento. Já se privaram tanto da vida particular para estarmos juntos que até perdi a conta. Não se preocupem!

Martha completa:

— Eu e o Octávio estamos tão imersos na ALMO que a equipe mais próxima acaba sendo parte de nosso círculo de amigos. Desculpem e, na próxima, fica combinado que vocês pagam o almoço.

Todos riem. Ricardo sugere:

— Por que vocês não convidam alguém do staff? Alguém da média gestão, não sei. De repente, alguém promovido recentemente. Pra muitos, um almoço assim seria um presentão!

Gabriela complementa:

— É verdade! Vocês podiam, às vezes, levar nesses nossos almoços os funcionários de destaque. Ia ser ótimo e motivante.

Octávio parece concordar, bem como Martha. Porém, a executiva questiona:

— Não seria ruim fazer a pessoa vir trabalhar no final de semana só para almoçar com a gente? Não seria um constrangimento?

Ricardo ri.

— Martha, você não imagina quantos funcionários admiram e se espelham em vocês. Quantos aqui dão o sangue para estarem perto de vocês.

Gabriela o interrompe:

— E muitos acabam vindo aos sábados para organizar as pendências da semana. Tem muita gente no escritório hoje. Principalmente os que ocupam cargos de confiança.

Martha pergunta:

— Quem está aqui hoje?

— Ah, eu dei uma passada pelos andares e tem uns dez funcionários. Que eu conheça por nome, tem a Cristininha...

Martha arregala os olhos com espanto:

— Claro! Nossa, ela é uma que já deveria estar com a gente sempre. Não é Octávio?

— Sim. A dona Cristina é uma ótima funcionária! Tanto que tá sempre sendo bem avaliada pelo RH, sendo promovida com frequência, não perde oportunidade, sempre solícita, disposta.

— Confesso que, às vezes, acho que ela fica distante e na defensiva perto da gente. Tanto que, ainda que tenha recebido centenas de relatórios e e-mails dela, dá para contar nos dedos de uma mão as vezes em que conversamos pessoalmente. Timidez, talvez.

Octávio passa o dedo na tela do celular e diz:

— Vejam que curioso: coincidentemente, ela solicitou uma reunião conosco para a próxima semana, Martha. Nós dois e ela.

— O que será que ela quer?

Octávio deposita o aparelho sobre a mesa e diz:

— Bom, depois a gente vê isso. Vamos seguir na reunião porque vocês dois terão compromissos hoje.

Ricardo e Gabriela apresentam pontos importantes de suas áreas, solicitam decisões, definem estratégias e, às 11h20, a reunião termina. Os diretores despedem-se e, antes de saírem, recebem um pedido de Octávio:

— Por favor, um de vocês pode pedir para a dona Cristina subir? Vou aproveitar para tirar essa dúvida do que ela quer nesse encontro. Já que estamos aqui, né?

Os executivos concordam e deixam a sala. Martha pergunta:

— Qual será a idade dela?

— Não faço ideia...

— Será que ela almoçaria com a gente? Ou ficaria constrangida?

— Não sei, talvez seja melhor deixar esse convite para o RH, não acha?

— É... pode ser! Vamos devagar, mas interessante ela se chamar Cristina, né?

Octávio sorri saudoso e concorda. Minutos depois, Cristina para na porta da sala.

— Bom dia. Com licença, pediram para me chamar?

O casal sorri. Martha solicita:

— Entra, Cristininha, por favor.

Octávio, olhando alguns papéis, pergunta:

— Dona Cristina, a senhora solicitou uma reunião com a gente. Como estamos aqui, queria saber se não quer adiantar o assunto?

Iaúna começa a tremer. É imperceptível. Ainda parada na porta, pergunta:

— Vocês têm certeza? Eu não vou atrapalhar o sábado?

Octávio larga os papéis, olha para a mulher e brinca:

— Depende do assunto, né? E é mais fácil falar com a gente hoje do que num dia de semana cheio. E aí? Quer conversar?

Iaúna respira fundo e entra na sala. Com sua voz seca, raspada e aspirada pela deficiência nas cordas vocais, diz:

— Que seja hoje, então! — entra, fecha a porta e, para o espanto do casal, gira o trinco fixo da maçaneta.

Martha e Octávio olham-se. Iaúna vai até a cadeira mais próxima, senta-se na ponta, tira o crachá do pescoço e o coloca na frente do casal.

— Dona Martha, a senhora pode ler o meu nome?

Mesmo estranhando o pedido, Martha obedece:

— Claro. Cristina A. Purangy.

Iaúna fica em silêncio olhando fixamente nos olhos do casal. Sua postura e atitude mudaram. Martha pergunta:

— Esse... esse Purangy é bem diferente.

— É indígena, Martha. Indígena! — interrompe Octávio.

Iaúna concorda:

— Isso mesmo. E o A, conseguem imaginar o que seria?

Martha olha para Octávio. Parecem ainda não entender a situação. Iaúna não espera que chutem qualquer nome e diz:

— Albuquerque. É A de Albuquerque!

Martha sorri:

— Nossa! Cristina Albuquerque, que coincidência. É o nome da sua falecida mãe, Octávio.

— É ela, Martha! É ela!!!

Martha, confusa, questiona o marido:

— Ela quem?! Meu amor, sua mãe já morreu faz...

— É ela, Martha!

Octávio levanta-se com violência e fica em pé próximo à Iaúna:

— Você é ela, não? Você não morreu coisa nenhuma! É você, não é, Iaúna?

Martha levanta-se e dá um passo para trás com horror. Leva a mão na boca espantada.

— Não pode ser, vou chamar os seguranças!

Octávio não tira os olhos de Iaúna.

— Não, Martha! Espere! Eu quero ouvir essa desgraçada confirmar. Você é Iaúna, não é?

Calmamente, dona Cristina Albuquerque Purangy estica o braço, apanha o crachá, o coloca novamente no pescoço, respira fundo e sorri.

— Olá, meu querido.

Martha sente um arrepio lhe percorrer toda espinha e arregala os olhos.

— Meu Deus! Não pode ser!

O médico fica visivelmente irritado. O sangue sobe em sua cabeça provocando sudorese e rubor. Iaúna levanta-se e vai até a outra ponta da mesa. Martha grita:

— Vou chamar a polícia!

Octávio consegue extravasar um grito:

— Eu vou te matar aqui mesmo, sua filha da puta!

Ainda serena, Iaúna mostra as palmas da mão em sinal de calma e que está desarmada.

— Se eu sair por essa porta, com cinco segundos de vantagem consigo sumir para sempre. E se eu fizer isso, vocês nunca saberão por que cheguei tão perto de vocês sem lhes causar nenhum mal, Tavinho e Martha.

— Não me chame assim, sua vagabunda! Não me causou mal? Como ousa?

— Me deixem explicar. Só isso. Aí vocês fazem o que quiserem comigo. Por favor, me ouçam!

Octávio vai brigar, mas é interrompido pela esposa:

— Espera, Octávio.

Recuperada do susto, mas ainda tomada pelo ódio, Martha pega um afiado abridor de cartas dourado, coloca-se em frente à porta e aponta para a indígena.

— Ela só sai desse prédio presa ou morta. Eu não me importo de perder tudo o que construímos se for para mandar essa bruxa pro inferno! Fala logo o que quer, maldita!

Iaúna caminha lentamente até ficar bem em frente a Martha. Em um gesto rápido, pega a mão da executiva que está segurando o abridor de cartas, posiciona o afiado objeto na própria jugular e se ajoelha.

— Perdão!

Martha, com o instrumento a milímetros do pescoço de sua desafeta, olha para Octávio que permanece surpreso.

— Perdão, Martha. Perdão, Octávio. Perdão por tudo o que fiz desde o momento em que conheci a sua mãe, seu pai, você. Perdão por errar, por desejar, por invejar, por conspirar, por planejar. Perdão pelos seus traumas, pelos ensinamentos errados, pela ilusão que eu alimentei sobre você. E por te odiar e te invejar, Martha. Perdão por querer sua morte, sua vida e seu marido. Perdão por ter sido quem eu fui.

Martha abaixa o abridor de cartas e vai em direção ao marido, que a encontra no meio da sala. Abraçam-se e olham para a indígena que, ainda de joelhos, se vira para o casal com os dedos entrelaçados em súplica.

— Cristina Purangy foi a maneira que eu criei para me aproximar de vocês, mostrar meu valor e pedir perdão. Foi para isso que eu marquei a reunião: para dizer que eu podia ter sumido de vez, podia ter feito algum mal para vocês, mas eu resolvi dar um basta!

— Você tem que ser presa! Você e todos os vermes da família Rodrigues! — grita Octávio.

Iaúna ergue-se com dificuldade e senta-se em uma cadeira.

— Octávio, eu levei uma bala por você. Quase morri. Eu fui até aquele local para impedir que o meu irmão fizesse o pior. Eu soltei você, Martha, lembra? Você esteve ao meu lado enquanto eu sangrava naquele chão sujo!

— Você matou minha mãe!

— Você sabe que não matei, Octávio. Foram as ações terríveis do meu irmão e o seu instante de ira. Você sabe que a pessoa que eu mais amava no mundo era a dona Cristina.

— Não fale o nome dela!

— Falo! Falo, sim! Falo com orgulho. Falo com amor. Eu a conheci melhor do que ninguém. Ela foi uma irmã para mim. Minha melhor amiga. Minha mentora.

Martha, revoltada, dispara:

— Você sempre quis o Octávio! Você queria nos ver separados!

Sem pestanejar, Iaúna responde:

— Eu amadureci. Aprendi. Tenho certeza de que vocês sabem disso. Tenho toda a empresa como testemunha de como sou agora. O Octávio sempre foi meu querido, minha criança amada. Eu confundi esse amor imenso que sinto por ele. Um amor que eu deveria ter estendido a você, Martha, porque hoje eu entendo que Octávio não me pertence como homem e que eu jamais deveria desejá-lo. Ele é seu Martha. Sempre foi. Vocês são perfeitos um para o outro. Vocês se merecem e eu entendo isso hoje do fundo da minha alma.

Octávio está mais calmo.

— Eu... eu não consigo acreditar em você. Você passou toda uma vida mentindo e manipulando. Não há lugar para perdão aqui.

Iaúna parece já esperar esta posição:

— Eu sei. Eu entendo. Compreendo o que eu represento no coração de vocês. Apesar disso, chegou o momento de tudo ser dito, esclarecido e explicado. Todas as situações... tudo o que eu fiz... as piores ações serão detalhadas aqui para vocês. Vou dizer tudo o que eu fiz e minhas motivações. Vocês verão que eu não sou a culpada de tudo. Não fui a única a construir esse castelo de pesadelos. Vocês vão entender que a guerra entre meu irmão e o professor Albuquerque criou essa cascata de dor que está afetando a vida de muita gente.

— MEU PAI?! Sua índia velha do caralho!! Você agora vai por meu pai nisso?!

Martha novamente intervém.

— Fala, Iaúna! Nós vamos te ouvir. Mas saiba que não sairá daqui perdoada.

Iaúna dispara a falar. Já havia ensaiado o discurso em detalhes e não deixa que a interrompam. Quando termina, Martha e Octávio estão abraçados em lágrimas.

— Então, você sabia que eu seria atropelada?

Iaúna assente.

— Ainda existia ódio em mim, Martha. Foi tudo muito horrível, eu sei!

A indígena olha para o doutor e diz com convicção:

— Eu me transformei com o apelo dos meus ancestrais e agora sei que está na hora de resolvermos tudo. Nós precisamos resolver tudo neste plano! Estamos travando as batalhas dos nossos antepassados, não as nossas. Nós precisamos nos perdoar primeiro e, em seguida, buscar pelo perdão de todos. Octávio, essa era uma luta do seu pai com o meu irmão. Essa luta não era nossa! Pense!

Octávio, com a voz embargada, vocifera:

— Você matou o meu pai!

Iaúna, que ansiava pela oportunidade, responde:

— Não. Não fui eu.

— Eu sei! Foi o maldito do seu irmão, mas você nos traiu e...

— Não, Octávio. Eu não tive absolutamente nada com aquilo! Quem traiu seu pai e a sua família foi outra pessoa. Uma pessoa que vocês passaram a considerar muito.

O casal olha-se e, em seguida, vira-se curioso para a indígena que diz:

— Algumas verdades ainda estão encobertas pelo véu do passado. São verdades que somente eu e os mortos guardamos, mas está na hora de virem à luz. Vocês aceitam uma trégua para que eu esclareça tudo?

Octávio e Martha entreolham-se ainda inseguros. Iaúna reforça:

— Por favor, vejam tudo o que eu construí aqui na ALMO. Veja como eu quero o bem de vocês, tanto quanto desejei o bem de sua mãe e de seu pai.

Segundos de silêncio se passam. Octávio abaixa a cabeça como se refletisse.

— Bom, Iaúna, o que você sabe que nós ainda não sabemos? Que segredo obscuro é esse?

— Não quero dizer nada. Vocês precisam ouvir da própria fonte. Somente assim, acreditarão. Chamem a Eduarda. Lembram dela? A mesma mulher que deu o dossiê do seu pai para você, Octávio. Aquela que trabalhava com ele. Chamem ela. Somente assim, você verá como nós fomos manipulados. Nós todos. Por pessoas diferentes, é claro, mas fomos.

A indígena levanta-se, destranca a porta e diz:

— Posso sair?

O casal entreolha-se e permite.

— Vou descer para o meu andar. Há bastante coisa para ser organizada. Chame a Eduarda, Octávio, mas se prepare porque vai doer. Eu lamento muito, mas vai doer.

O Contraponto ao Perdão

Pouco antes do Natal de 2018. Ainda enfurecido e inconformado, Rodrigo espera no mirante de um seletíssimo restaurante. A convidada para o almoço é conduzida por dois seguranças.

— Rodrigo! Que bagunça é essa?! — Iaúna está incomodada com os dois armários vestidos de preto que a buscaram repentinamente.

O jovem faz sinal para que os homens saiam e eles prontamente atendem à ordem. O ambiente é agradável e tem poucas mesas. Quase nada no menu custa menos de três dígitos.

Sentada quase à força na cadeira, a indígena observa o local.

— Nossa, querido. Se eu soubesse que você chamaria a tia para comer num lugar desses, eu teria me preparado. Olha só como estou! Seus moleques de recado quase me arrastaram pra cá. Eu levei um susto!

— Desculpe a forma com que a senhora foi convocada para esse encontro — Aperta os olhos — Sou impulsivo às vezes. É que não estou raciocinando direito. Eu simplesmente mandei buscar a senhora de qualquer jeito, com urgência, sem dizer a maneira. Tive até que ligar para um deles assim que saíram e completar: "Com vida! Com vida!". Senão, já sabe.

— Que horror! Mas o que aconteceu?

— Não dá mais. Tem algo queimando dentro de mim. Um ódio muito grande. É uma sombra que nem eu sabia que tinha. Olha que eu já fiz muita coisa errada nessa vida, mas, agora, nem eu me reconheço!

Iaúna sabe que o sobrinho amarga a perda do pai.

— Eu também sinto falta de Iaruanã — mente.

— Bom, tia, é o seguinte: eu já sei que a mulher do doutorzinho tá prenha. Ela tá esperando o herdeiro daquele filho da puta. Eu quero acabar com tudo!

Iaúna vê com alegria a aproximação do garçom. "O rango aqui deve ser de primeira!". Por isso, decepciona-se assim que o sobrinho sinaliza para o rapaz se afastar.

— Acabar com tudo?! O que você quer dizer?

Ele ignora a pergunta e continua com seu raciocínio obsessivo e homicida:

— E você vai se virar para descobrir todos os detalhes da rotina desse filho de uma puta e da piranha da mulher dele! — diz nervoso. A compostura e o autocontrole já se afastaram de Rodrigo há tempos.

— Eu?

— Sim, você. Por mim, pelo meu pai e por tudo o que mamãe e eu temos feito pela senhora. Não estou cobrando nem jogando na cara. Eu sei que a senhora também quer vingança!

Na mente de Iaúna, uma preocupação torna-se prioridade: "Tavinho!".

— Rodrigo, deixa ver se eu entendi. Você quer... você quer...

— Os três: marido, mulher e feto. Quero acabar com os três de uma vez por todas. Não quero eles mais neste planeta. E ainda vou no enterro pra cuspir no túmulo!

Silenciosamente, Iaúna ora: "Amados deuses, desatem o nó na minha língua para que eu possa convencê-lo".

A indígena respira fundo.

— Você quer que Octávio sofra ou que morra?

— Sofra, sofra muito e em seguida morra — sorri com sadismo — Tenho que fazê-lo ver a mulher morrer primeiro. Ainda não pensei como.

— E, então, deixará ele sofrendo pela morte dela e logo em seguida vai dar a ele o alívio e a tranquilidade de acompanhá-la?

— Alívio?

— Óbvio, Rodrigo. Pensa! Se você realmente odeia o Octávio e quer vê-lo sofrer como nós estamos sofrendo, você tem que tirar tudo dele. Tirar a esposa, o bebê, o dinheiro, os negócios e tudo mais. Só que tem que deixá-lo viver para amargar essa dor. Ele precisa saber que quem causou tudo isso foi ele mesmo. Tem que passar os anos em solidão e arrependimento. Você nem parece filho de Iaruanã. Matar todos, que ideia mais infantil! Meu irmão amado jamais pensaria desse jeito!

A mulher fala com segurança e eloquência. Suas preces parecem ter sido ouvidas.

— Tá certo, tia. Tem razão. A morte é uma fuga fácil pra um safado desse. Vou matar a esposa e o bebê. Vou deixar o doutorzinho vivo e, depois, posso pensar em machucá-lo, aleijá-lo, cegá-lo. Não sei.

Iaúna finge concordar:

— Isso. Depois com calma você arremata. Exatamente!

— Fechado — Parece mais calmo e resoluto — Descubra tudo. Busque informações da rotina da vadia. Quando e aonde vai? Aí a senhora me avisa e eu resolvo o resto. Obrigado. Pode ir!

— Posso ir? E o almoço?!

— Exatamente. Não quero atrapalhar seu almoço e quero comer em paz. Vai que eu tô com fome. Vou pedir para os meninos chamarem um táxi pra senhora. Tá com dinheiro aí, né?

"Que sovina, filho de outra grande puta", pensa Iaúna.

Ela leva algum tempo para colher as informações. Por meio do patrocínio do sobrinho, muda-se para São Paulo. Já com a aparência completamente diferente, instala-se próximo ao condomínio de Octávio e Martha.

Circula pelo bairro, vai aos comércios, restaurantes, padarias e bancas de jornal. Monta guarda em frente à portaria do condomínio deles. Fingindo exercitar-se, consegue anotar dias da semana, horários e hábitos do casal.

Nathalia, Nayara e Pedro estão cientes do plano criminoso apenas superficialmente. Evitam conhecer os detalhes e mentem para si mesmos que não há um feticídio em curso.

Iaúna apresenta ao sobrinho um resumo da rotina da família Albuquerque. No parecer deixa claro que o ideal é que o ataque ocorra entre segunda e sexta-feira.

— Aos sábados e domingos, o casal não se desgruda e fica difícil atingir apenas Martha.

Sem saber exatamente o dia em que o sobrinho atacará, Iaúna continua a seguir o casal para registrar qualquer mudança na rotina. O episódio daquela manhã de sábado é inesperado para a indígena.

Diferente do combinado, o carro guiado por um dos capangas de Rodrigo vai em direção a Octávio e Martha. Parece decidido a dar cabo do casal. A sorte ou, o mais provável, o raciocínio rápido da irmã de Iaruanã fazem com que ela derrube as revistas que acabou de comprar, o que desvia os passos de Octávio.

Assim, o carro atinge Martha. Ela e o bebê em seu ventre. Fica evidente que o objetivo do motorista é assassinar a família inteira. Enquanto observa os paramédicos e o pandemônio causado pelo atropelamento, a indígena conclui:

"Não posso mais confiar em Rodrigo. Ele, assim como o pai dele aprendeu muito bem a mentir e manipular. Ele me traiu!"

Eu Não Precisava Saber Disso...

A inesperada conversa com Iaúna na sede da ALMO mexe com Octávio e o leva a se reunir com Eduarda Duchêne. Quais novos segredos ela guardaria? O encontro é marcado em um café próximo à instituição de ensino onde o Professor Albuquerque e Eduarda trabalharam por anos.

A conversa inicia-se com amenidades e evolui para o período da morte do professor. Octávio sabe que Iaúna não sugeriria uma conversa com Eduarda sem motivos. O médico tenta, de todas as maneiras, encontrar algo que pudesse ajudá-lo, alguma informação nova, mas não encontra.

Como se pressentisse a necessidade de falar algo, Eduarda passa a relatar espontaneamente.

— Eu era uma garota. Estava há mais de um ano sem me relacionar. Claro, eu era assediada por professores e funcionários da Universidade. Afinal, era jovem, solteira e bonita.

Como um filme, tudo o que Eduarda narra é visto na tela mental de Octávio. Uma inesperada novela com reviravoltas, dramas e romances:

De todos os homens da Universidade, o único que, talvez, Eduarda pudesse considerar dar uma chance, na época, era o professor Octávio Albuquerque. Um homem charmoso, inteligente, educado, gentil, bem-humorado e, por incrível que parecesse, o único a não tentar se envolver com ela.

Não que fosse santo. Falava-se nos corredores a respeito de alguns possíveis envolvimentos do renomado professor com uma ou outra professora, geralmente as mais disputadas, mas nunca nada foi provado.

Até um dia em que Eduarda cedeu ao convite de um insistente colega para ir a um happy hour da coordenação em um bar próximo. O grupo formado por três homens e duas mulheres pegou uma mesa nos fundos do estabelecimento e pediu uma quantidade insana de bebidas. A intenção era clara de embriagar as mulheres e tirar proveito da ausência de discernimento. Eduarda não bebeu tanto quanto a amiga, mas esse autocontrole não impediu que um dos coordenadores tentasse beijá-la à força.

Foi quando surgiu em um canto escuro do bar o professor Octávio Albuquerque. Como um cavaleiro montado em um cavalo branco, tirou o coordenador assanhado de cima de Eduarda e lhe deu uma vexatória bronca. Hierarquicamente, o coordenador era superior ao professor Octávio. Porém, a razão e a imponência foram armas fortes o suficiente para que o grupo, agora envergonhado, desistisse dos planos de ataque libidinoso às garotas.

Após os homens irem embora, o professor Octávio pagou um táxi para que a garota embriagada fosse em segurança para casa. Eduarda, como estava bem, decidiu ficar com o professor para conversar um pouco, acompanhados de um leve drink.

Foi durante essa conversa que o professor acabou se abrindo e revelando estar atravessando gravíssimos problemas financeiros por causa de uma promessa futura de trabalho no governo que jamais se concretizou. A estranha morte de um conhecido político do professor Albuquerque atrapalhou tudo. Da mesma maneira, os gastos com a família eram altos e as viagens investigativas para sua pesquisa haviam exaurido as economias. A família estava alheia à terrível situação financeira e Octávio foi ao bar para afogar os problemas no álcool.

Eduarda espantou-se com o lado frágil e humano daquele homem infalível e grandioso, detentor de tanto conhecimento e segurança. Naquela noite, a exposição do professor Octávio e o acolhimento por parte de Eduarda acabou por criar um laço de intimidade inédito, o que os levou para a cama da jovem, onde passaram a madrugada.

O envolvimento romântico durou cerca de dois meses. Professor Octávio parecia relutante, mas, ao mesmo tempo, via o relacionamento como uma fuga momentânea dos problemas. Por sua vez, Eduarda estava apaixonada. Entretanto, sabia que aquela relação não significava para ele nem uma mínima fração do que significava para ela.

Enquanto saíam secretamente, Eduarda começou a notar a presença frequente de um homem alto, forte, charmoso, bonito e com traços indígenas circulando pelos arredores da Universidade. Inclusive, ele acompanhou à distância o novo casal de amantes do bar até a casa de Eduarda naquela primeira noite.

Dias depois, o sujeito esbarrou com ela em um mercadinho. Ao se desculpar, apresentou-se como Carlos e se voluntariou a levar as compras de Eduarda até a entrada da casa dela.

Eduarda não sentiu medo. Ela se recorda de, naquela época, pensar: "É, Duda, você está com a bola toda ultimamente!".

Carlos aparecia nos locais mais inesperados. Os encontros eram casuais, mas sempre acabavam em risadas. Eduarda nunca deu esperanças ao homem, pois estava encantada com professor Octávio. A presença constante de Carlos era leve e divertida. Ele parecia saber ouvi-la. Assim, acabou por se tornar confidente de Eduarda, que desabafava sobre seu papel de amante de um homem distinto, com problemas financeiros e grande conhecimento da Amazônia.

Na época, Eduarda não notava o interesse exagerado do amigo pelo amante nem pelo trabalho investigativo do professor.

O relacionamento entre Eduarda e Octávio Albuquerque foi minguando. Ele parecia ter uma sobrecarga de culpa. Trair a mulher em nada melhoraria sua situação financeira. Além disso, ele parecia amar realmente a esposa.

Numa noite, Eduarda deu ao professor Albuquerque dois presentes: o primeiro foi o ponto final no relacionamento clandestino. A amizade, o respeito e a cumplicidade continuariam, mas agora sem envolvimento romântico. O segundo presente foi o empréstimo vindo em um cheque vultoso que salvaria a situação financeira da família Albuquerque.

Era de conhecimento geral que Eduarda tinha dinheiro. Comentava-se na Universidade o fato de ela ter economizado muito ao longo dos anos e acertado em investimentos. O que quase ninguém sabia é que ela também recebera uma herança familiar advinda de parentes distantes e não fazia ideia de como usar o dinheiro extra.

O professor relutou ao máximo em aceitar o dinheiro, mas as vontades e a generosidade da moça imperaram.

Nos meses seguintes, Eduarda e o professor conseguiram transformar a intimidade de amantes em uma amizade cordial, formal e, até certo ponto, distante. A única vez em que falaram da dívida foi quando o professor Albuquerque lhe informou de que providenciaria a venda de um imóvel da família de sua mulher. Eduarda disse que não havia pressa em tal providência e que preferia não tocar mais no assunto.

E realmente foi assim. Nunca mais falaram sobre a dívida ou a venda do tal imóvel. Eduarda nunca soube se a transação havia sido concretizada. Sempre muito discreto, o professor Albuquerque não dava detalhes sobre sua vida pessoal e familiar. E Eduarda preferia não saber também.

Com o término da relação, Eduarda envolveu-se com o misterioso Carlos. Foi inevitável. Com o passar do tempo, o homem mostrou-se a verdadeira antítese do professor Octávio Albuquerque. Era ignorante, agressivo, impositivo e inquisitivo. Nos tempos de hoje, diriam que ele era tóxico.

Talvez, a carência de Eduarda a tenha mantido com Carlos. Em seus encontros frequentes, além do sexo selvagem e até certo ponto abusivo, conversavam muito sobre o professor Albuquerque. Carlos queria saber tudo sobre o homem e suas pesquisas. Eduarda contava-lhe tudo, mas não tinha muitas informações. Ficava claro para Carlos que o professor não havia falado muita coisa à ex-amante.

Para compensar e até para parecer humano, Carlos falava um pouco de sua própria família. Dizia ter uma irmã que conhecia o Dr. Albuquerque, mas que era completamente fiel à família dele a ponto de não ajudar Carlos em nada.

Certa vez, Carlos acabou expondo para Eduarda que talvez homens perigosos pudessem ter interesse nas pesquisas do Dr. Albuquerque e que, para a segurança dele, era melhor que tudo fosse destruído. Nesse dia, Eduarda falou para Carlos que não tinha acesso a nenhum documento e que, mesmo que tivesse, jamais poderia lhe entregar. E ainda disse que se a pesquisa era um risco para o Octávio, que o próprio Carlos deveria alertar o docente.

Na noite de setembro de 1995, Eduarda foi visitada pelo professor Octávio na sala de reprografia. Desde o término do caso, o tratamento entre eles era formal e cordial. E não foi diferente naquela noite, principalmente porque os assistentes de Eduarda estavam na sala. Com discrição, a dupla tratou da cópia do dossiê.

— E foi nessa noite que seu pai... bom, você entendeu. Essa foi a última vez em que eu o vi! — conclui Eduarda.

Chocado com o relato, Dr. Octávio Albuquerque Jr. reflete:

"E a história da casa que imaginei que Iaúna queria e, por isso, entregou meu pai ao seu irmão? Não foi isso? Não foi isso o que aconteceu?". Num rompante de sentimentos, diz:

— Puta merda, Eduarda. Então, meu pai morreu por sua causa?!

Eduarda recebe a sentença não como uma acusação raivosa e sim como uma constatação que ela mesma chegara diversas vezes.

— Sim... acho que sim, - e eu lamento. Depois da morte do seu pai, Carlos sumiu da minha vida. Nunca mais me procurou. Notei uns homens estranhos rondando meus caminhos, mas como sempre fui discreta, bastou me fingir de burra e aquele homem terrível que me usou de todas as formas e abusou de mim física e psicologicamente sumiu para sempre. Lógico que eu o via sempre na televisão, como um herói brasileiro, como um representante de um Brasil com valores tradicionais e patrióticos. Mas, eu sabia...eu sempre soube que ele havia sido responsável, ainda que indiretamente, pela morte do único amor da minha vida!

— Diretamente!

— Como?

— Desculpe. Não vale a pena colocar ainda mais peso sobre você. Estou decepcionado com o meu pai. Ele era o meu herói e, mesmo assim, traiu uma mulher que fez tudo por ele e por mim.

— Não fale dele assim, Octávio. Todos nós cometemos erros.

Octávio cala-se em reflexão, como se sua vida inteira passasse pela mente apresentando todas as suas terríveis escolhas. Octávio respira fundo, pega o celular e digita algumas coisas.

— Quanto eu lhe devo?

— Como?!

— Qual foi o valor que você emprestou ao meu pai? Eu vou corrigir tudo e ainda colocar um adicional. Acredito que dessa maneira todas as portas estarão fechadas! Me diz qual é o seu banco?

Eduarda fecha a cara.

— Eu não aceitei esse encontro por causa de dinheiro. Nunca pedi nada! Nem no dia em que lhe entreguei o dossiê. Você ainda não entendeu o quanto seu pai significava para mim, né? Você não entendeu que seu pai teve um breve momento de fraqueza, mas que idolatrava sua mãe? Ele nunca esteve realmente presente comigo de corpo e alma. Para ele, foi uma grande amizade, momentos em que ele podia desabafar e ser ele mesmo diante da avalanche que o estava soterrando. Eu não fui nada para ele!

— Você foi, sim, muito importante para o meu pai. Tenho certeza de que esse homem horrível, que o assassinou, daria algum jeito, mesmo sem você. Pelo que você contou, quase nada de relevante foi dito por você. Você não sabia de quase nada e meu pai era famoso por falar demais para todos. Por favor, tire esse peso do seu coração. Digo por mim e, também, pela minha mãe: você está, sim, perdoada. Siga sua vida em paz e seja feliz. Vire de vez essa página!

Eduarda abaixa a cabeça em lágrimas. Como se acometida de uma ideia inspiradora, pergunta:

— Octávio, me diga: você está mesmo disposto a me devolver o valor emprestado?

— Claro! Com certeza! Corrigido, inclusive! Me diz, por favor, como faço?

Eduarda sorri finalmente. Nos meses seguintes, a dupla conversa bastante sobre uma maneira de homenagear o professor Albuquerque. Assim, pouco tempo depois, a Biblioteca Professor Octávio Albuquerque é inaugurada na faculdade em que o pai de Octávio trabalhou.

Com número considerável de volumes, o local dedica-se aos estudos da Amazônia. São fotografias e nichos interativos sobre espécies e biomas. Informatizada e com acessibilidade interativa para pessoas com qualquer deficiência, a biblioteca tem infraestrutura de última geração. Eduarda está presente na inauguração, corta a fita, discursa ao lado de Octávio e tira fotos junto ao busto do homenageado.

Essa é a última vez em que Martha e Octávio veem o anjo chamado Eduarda Duchêne.

PARTE QUATRO

Há mais poder além do ter!

A Conversa Inevitável

Após o encontro com Eduarda, Octávio volta para casa transtornado. No celular, há ligações de Martha e de alguns executivos da ALMO, além de dezenas de mensagens. O médico pensa em responder, mas decide mandar uma mensagem a alguém que não lhe escreveu nada. Só então larga o celular. Pega uma garrafa de gin, senta-se no tapete e coloca sobre o colo um álbum de fotos antigas.

Passa a olhar o pai de maneira diferente nas imagens desbotadas. Não com raiva ou rancor, mas com candura. Ele não havia sido um herói invencível, mas alguém falível e com dores silenciosas. Tinha dramas secretos e problemas consideráveis, os quais nunca deixou transparecer à família. Dívidas, amante, morte.

O professor Octávio Albuquerque não era perfeito. Mesmo assim, era bom, carinhoso, educado, gentil, inteligente, caridoso, corajoso e idealista. Soube formar o filho com valores e princípios dignos.

Uma hora depois, o interfone toca. Octávio levanta-se e atende. Segundos depois, Iaúna entra no apartamento.

— Sente-se, por favor.

A indígena olha cada detalhe do enorme imóvel como se pisasse no paraíso. Jamais havia imaginado em seus melhores sonhos que, um dia, voltaria à casa de Tavinho, o seu menino.

— Você estava certa. Meu pai cavou lentamente a própria cova. É isso. Eu te culpei por algo que não teve nenhuma relação com você. Me desculpe por isso. E me desculpe também por achar que você conspirou contra ele, espionou, enfim. Me desculpe... e... e obrigado por saltar em direção à bala naquela noite pra salvar a minha vida.

Octávio dá outro gole no gin.

— Eu é que tenho que pedir perdão. Posso não ter sido a culpada pela morte do seu pai nem da sua mãe, mas eu errei muito também. Errei muito com você desde o começo de tudo. Dona Cristina me entregou você para eu cuidar. Ah, desculpe. Você não gosta que eu diga o nome dela.

— Não, não... pode dizer sim. Você tem o direito de dizer o nome da minha mãe. Você era amiga dela.

— Obrigada, Octávio. Continuando: quando eu recebi aquele garoto tímido, sonhador e cheio de problemas, eu me vi na obrigação de tentar torná-lo perfeito. Há tribos que não tolerariam um menino com dificuldades de aprendizado. Levam para o meio do mato aqueles que são julgados como inferiores. E você tinha problemas, lembra? Problemas leves que poderiam ser corrigidos da maneira correta. A maneira que uma mulher como a sua mãe, dona Cristina, sabia bem. Através da educação e do carinho. Esse seria o método dela, da cultura de vocês.

Iaúna começa a chorar.

— A minha forma de resolver tudo foi terrível. Eu levei uma criança inocente a testemunhar crimes. Não interessa se eram homens maus. Quem sou eu para dizer se são maus? Eu errei em tudo. Tentei ser uma segunda mãe, mas me tornei uma péssima guia.

— Você me aperfeiçoou, Iaúna. Se não fosse o elixir...

— Quem sabe? O elixir ou esse remédio aí que vocês inventaram... nada disso faz milagre. Não se cria nada do nada. O grande Dr. Octávio Albuquerque Jr. já estava dentro do Tavinho tímido, problemático, nervoso. Eu sei, por que todo índio sabe, que o grande carvalho está todinho dentro de uma pequena semente chamada de bolota. Quem garante que você já não se tornaria esse homem magnífico? Quem tem que pedir perdão sou eu. Todos os dias, eu rezo a reza dos brancos, a reza que sua mãe me ensinou. Rezo para ela, inclusive, pedindo perdão e pedindo ao Deus dela que a tenha em um bom lugar. E, depois, clamo aos meus deuses pelo mesmo perdão.

Testemunhando a mulher que lhe criou em lágrimas revelando suas culpas, Octávio fica extremamente emocionado e segura as mãos de Iaúna.

— Você acaba de me perdoar, porque soube que eu não conspirei com o meu irmão contra o seu pai. Porém, eu conspirei contra você, sua mãe e sua família quando te fiz pensar diferente do que lhe haviam ensinado. Quando o manipulei, menti, ensinei falsos valores. Você era uma CRIANÇA! Me perdoe!!!

— E qual mãe não faz a cabeça do filho uma vez ou outra?

A indígena emociona-se ao ser chamada de mãe depois de tanto tempo. Neste momento, a porta da sala se abre.

— Martha? — espanta-se Octávio.

Iaúna, por sua vez, não parece surpresa com a chegada da executiva:

— Assim que você me enviou mensagem para vir para cá, eu falei com a sua esposa e disse para ela vir também. Só pedi para ela nos dar alguns minutos a sós.

— Querem que eu espere mais um pouco lá fora? — Martha está assustada com o estado físico e emocional do marido e da indígena.

Iaúna, mais segura, diz:

— Não, por favor, fique. Agora, o que tenho a dizer cabe a você também.

Martha senta-se ao lado do marido e o abraça. Antes que Iaúna comece a falar, o médico avisa a esposa:

— Eduarda contou tudo. Depois eu te dou os detalhes, mas meu pai morreu por conta de um envolvimento dela, da Eduarda, com... bom, depois te conto. Na realidade, ela teve mais do que um relacionamento que levou ao triste desfecho. E meu pai também cometeu deslizes que acabaram culminando em sua morte. Tem mais coisas, mas depois eu falo.

Martha concorda, e Iaúna retoma a palavra:

— Eu preciso muito que vocês também me perdoem por fingir minha morte, mudar de identidade e rodeá-los. E você, Martha, eu gostaria de dizer diretamente ao seu coração, que eu errei ao confundir meu amor quase materno por Octávio com algo a mais. Eu o quis de um jeito errado e, por isso, fiz muito para prejudicar você. Menti e agi contra você. Um amor tão bonito quanto o de vocês é indestrutível. Em minha defesa, posso dizer que a prática do ritual e o elixir em si podem criar um elo entre os envolvidos que confunde a cabeça. Eu vi esse menino crescer e o tinha como filho. Errei muito com Octávio. Eu o ensinei todas aquelas atrocidades. Ocultei dele a contrapartida do ritual, o envelhecimento precoce para, por puro egoísmo e segundas intenções, garantir o meu rejuvenescimento, ao separar os extratos das ervas. Infelizmente, com o tempo, fui criando um laço emocional. Um laço que jamais deveria ter existido! Já pedi perdão a ele. Agora preciso pedir a você por tudo o que conspirei e fiz contra o amor de vocês. E vou entender se você não me perdoar.

Martha espanta-se. As revelações vão muito além da conversa na sala de reuniões da ALMO.

— Vocês... bom, todo mundo nota que estou mais falastrona, mais comunicativa. É porque nunca estive tão certa. Os antigos me mostraram a verdade, os erros e as consequências. O que mais me aperta o coração é saber a dor profunda que causei com a perda de sua filha. Por isso, lhe peço perdão. Perdão por tudo! Se puder perdoar o imperdoável, eu imploro do fundo do meu coração, imploro pelo seu perdão!

A lembrança do acidente faz a esposa de Octávio chorar. É um choro forte e com soluços. O marido a ampara. O trio fica em profundo silêncio por alguns minutos.

— Eu vou embora agora. Não pedirei demissão da ALMO, mas entenderei se for demitida ou denunciada para a polícia. Já não me importo. Coloco o meu destino nas mãos de vocês. Estou entregue. Nada mais há para ser revelado. Por favor, se puderem, me perdoem do fundo do coração. O único passo que falta já não está mais nas minhas mãos. Dependerá de vocês dois e da minha família. Esse passo é muito importante para que seu pai, Octávio, descanse em paz, bem como os meus pais e o meu irmão. Bom, mas isso já pode ser considerado crendices de uma velha. Bem, vou indo.

O casal não se opõe à retirada de Iaúna e amarga, por três dias seguidos, uma forte catarse e uma grande confusão de sentimentos. Octávio conta para Martha a verdade sobre seu pai. E a imagem de Iaúna, para a executiva, fica um pouco mais amena.

Dona Cristina segue trabalhando normalmente na ALMO. Até que em uma sexta-feira, um segurança da empresa entra na sua sala.

— Dona Cristina, preciso que venha comigo.

— Então, vai ser hoje? — Está conformada — Bem, eu já esperava.

Os dois vão até a sala de Martha. O segurança as deixa sozinhas. A presidente da companhia farmacêutica está especialmente linda naquele dia.

— Desculpe-me por pedir para o segurança lhe buscar. Eu podia ter ligado no seu ramal, mas assim você deve ter levado um sustinho, não? Senta aí e me diz: para você, meu perdão e o de Octávio já bastam?

— Como?!

— Isso mesmo que ouviu. Você está em paz? Naquele dia, senti que ainda lhe falta algo. O que é?

Iaúna reflete alguns segundos.

— O perdão de vocês é metade do caminho. Os antepassados ainda precisam de algo para encontrarem a paz definitiva.

— Olha, Iaúna, eu respeito sua crença. Não vou desmerecer de maneira alguma o que você acredita. Só não consigo acreditar nessas pendências com os mortos. Você diz que falta ainda algo acontecer para que seus pais e seu irmão encontrem a paz?

Iaúna levanta-se tensa e afirma:

— Falta. E não estou dizendo só deles. Digo também das almas de dona Cristina e do professor Octávio. O último passo é o mais importante e não depende só de você e do Octávio. Depende de outras pessoas. Depende dos meus sobrinhos, mas eles são muito difíceis. Vocês precisam se perdoar e se entender entre vocês também.

— Marque um encontro, ora!

— Como?

— Isso que você ouviu! Marque um encontro!

— Martha, você não entende? Colocar o Octávio e o Rodrigo numa mesma sala significaria...

— Não eles. Precisamos pensar numa abordagem alternativa. Talvez falar com a sua sobrinha, a advogada. Como ela se chama mesmo? Maraísa?

— Nayara.

— Nayara. Quero marcar uma reunião com ela, e você tem que estar junto. Aí você nos mostra o que falta ser resolvido. Topa?

Muito Grandes para Brigarmos

A empresa de Nayara tem escritórios em três capitais brasileiras. Por mais que os negócios da família Rodrigues se concentrem em Brasília, a irmã de Rodrigo atua mais na filial de São Paulo. Em um inesperado telefonema da semana anterior, a advogada havia aceitado a proposta de Martha Moss Albuquerque para um encontro em território neutro.

O local escolhido é uma luxuosa sala de reuniões de um hotel paulistano. O encontro será após o almoço. Ainda pela manhã bem cedo, Cézar, um dos seguranças de Nayara da equipe de São Paulo, procura um ponto de observação próximo ao hotel para se fixar. A ideia é avaliar se o encontro será seguro. Há uma oficina de carros pequena em lugar bem estratégico, e que ninguém desconfiaria.

— Ei, ei. Moço! — chama Cézar.

O mecânico para de limpar as ferramentas, olha para o homem e acena com a cabeça.

— Pois não?

— Você se incomoda se eu ficar encostado aqui? É coisa rápida. Depois deixo uma caixinha. Só preciso olhar o hotel lá na frente. Posso?

— Mas que porra de dia é esse?! — O rapaz da oficina parece não entender. Coça a cabeça e, em silêncio, vai até o fundo do sujo estabelecimento. Retorna com um banco de plástico que já foi da cor branca.

— Pode se sentar aí. Depois me dá cenzão, pode ser?

— Caceta! Cem? É muita grana!

O jovem mecânico ri e aponta para um homem perto do meio-fio:

— É o mesmo preço que aquele rapaz ali vai me dar. E pra ele eu emprestei só um caixote.

Cézar espanta-se e quase cai do banco que acabou de se acomodar. Tem mesmo um homem sobre um caixote de madeira a poucos metros. Levanta-se e pede silêncio para o rapaz da oficina. Empunhando o revólver, aproxima-se e coloca a mão sobre o ombro do sujeito no caixote.

— Ei, você!

O homem vira-se e olha para Cézar. São segundos tensos.

— Cézar?

— Pedro Antônio?!

— Como vai? — Levanta-se do caixote e a dupla cumprimenta-se calorosamente — O que faz aqui?

Cézar tosse, tenta disfarçar, mas revela:

— Vim fazer um trabalho. Estou como segurança daquela empresa de advocacia, lembra? E você?

Pedro Antônio ri:

— Claro que me lembro, pô! Você até me indicou para levar o currículo, tá ligado? Só que eu descolei esse trampo de guarda-costas na empresa de remédio.

— A ALMO?

— Essa mesma! Conhece?

Desta vez, Cézar ri:

— Cara, eu vim aqui pra vigiar se não tem movimento estranho até a minha patroa chegar pra reunião.

— Ela?

Antes que Martha responda, a porta da sala abre-se novamente e Iaúna entra. Nayara espanta-se. Um arrepio lhe invade a espinha até a base do crânio.

— Tia? Mas... o quê?

Uma avalanche de pensamentos e possibilidades invadem a mente da filha de Iaruanã. Não é possível concatenar um cenário, no qual a presença de Martha e Iaúna em uma mesma sala, do mesmo lado, não signifique traição.

Iaúna sorri. Está com uma garrafa térmica cromada na mão.

— Oi, querida.

O sangue de Nayara ferve, bem como sua desconfiança.

— O que você está fazendo aqui com ela? Não sabe que eles nos odeiam? Martha, você me chamou para uma reunião bilateral, não mencionou a presença da minha tia! O que estão tramando?!

Martha também sobe o tom:

— Ninguém está tramando nada. Quem costuma tramar são os Rodrigues. Você sabe muito bem!

— Como ousa falar da minha família? Vocês mataram o meu pai e...

— Seu pai matou o meu sogro! Seu irmão me fez perder minha bebê. Sabe o que é isso? Eu nunca mais vou me recuperar.

A gritaria é generalizada. Iaúna não reage. Aparentemente, nem se assusta. Caminha até um móvel localizado embaixo de um grande espelho onde se encontram talheres e louças. Derrama a bebida da garrafa térmica em duas xícaras e as coloca na mesa, em lados opostos. Enquanto isso, Martha e Nayara, já de pé, continuam trocando acusações.

— E os ataques baixos à ALMO! — grita Martha.

— Ataques? Vocês mandaram fiscalização para as madeireiras do meu irmão. E quando eu digo irmão, não me refiro ao Rodrigo.

Iaúna senta-se entre Martha e Nayara. Com a mão espalmada, dá um tapa bem forte no centro da mesa. O som é estrondoso e balança as pequenas colheres sobre os pires. A executiva e a advogada silenciam de imediato.

Iaúna sorri.

— Sentem-se, por favor — A fala sai em tom baixo e demonstra tranquilidade.

Martha obedece. Nayara não.

— Poxa, tia! Vou embora. Chega dessa droga! Não sei o que estou fazendo aqui.

Iaúna fecha o sorriso e fita a sobrinha com braveza:

— Pela última vez e pela alma de seu pai e seus avós, SENTA!

Mesmo desconfiada, a advogada obedece. Vendo que a discussão das moças ia continuar, Iaúna antecipa-se:

— Não! Ninguém fala mais nada, por favor. Vocês são mulheres fortes, inteligentes e vencedoras. Tenho certeza de que conhecem a própria força e a força da outra. Deem um segundo, apenas um segundo para esta velha respirar, pelo amor dos deuses!

Martha faz um grande esforço e engole ar. Olha de maneira agressiva para Nayara, que crava as unhas na borda da mesa. Em tom de repreensão, Iaúna continua:

— Respirem fundo, bebam, relaxem! Vamos!

As moças pegam as xícaras com a mesma elegância e sincronia. Erguem. Os olhos fixos uma na outra, sem piscar, como num jogo. Nayara pergunta, referindo-se à fumegante bebida no recipiente de porcelana:

— O que é isso?

Iaúna responde secamente:

— É um chá que fiz para vocês.

As xícaras sobem e tocam os lábios, mas nenhum líquido é ingerido. Tanto Martha quanto Nayara param segundos antes do primeiro gole. E baixam e recolocam as xícaras sobre os pires.

— Quer saber? Não estou no clima para chá! — diz Nayara.

— É, eu também não — concorda Martha.

Iaúna bate novamente na mesa, desta vez mais devagar. As moças piscam assustadas. A indígena puxa para si as xícaras em movimentos secos e dá um gole longo no chá de cada uma. Um pouco de líquido escorre no queixo dela. Dez segundos de silêncio se passam até que, simultaneamente, as três começam a rir. Riem do mal humor de Iaúna, riem da baba que escorre de sua boca e, obviamente, riem da situação como um todo.

— Só um doido pra arriscar beber seu chá, Iaúna! — brinca Martha com lágrimas nos olhos de tanto rir.

— Tia, a senhora está parecendo um buldogue!

A velha indígena também ri e se limpa. O chá é servido novamente e, desta vez, Iaúna acrescenta mais uma xícara e as três tomam com calma. As risadas param. Ainda há raiva e rancor, mas a animosidade inicial foi quebrada.

— Queridas, eu conheço vocês duas desde jovenzinhas. Vejam aonde já chegaram? Imaginem até onde podem ir? Enquanto os homens que estão ligados a vocês, que eu também conheço desde pequenos, são energias devastadoras e voláteis, vocês, sim, são estrategistas, focadas e objetivas. É chegado o momento dessa guerra idiota acabar!

Nayara interrompe:

— Eu jamais imaginaria a senhora com ela. E eu não digo só pela senhora aceitar estar aqui, mas por ela mesma querer ter a senhora ao lado...

Martha corta a fala de Nayara:

— Fui eu, Nayara. Eu pedi essa reunião e pedi a presença de Iaúna. Muita coisa aconteceu nos últimos dias. Muita coisa foi revelada. Iaúna já teve uma longa conversa comigo e com Octávio. Certo, Iaúna?

As luzes da sala, estranhamente, piscam. Iaúna fala em tom solene, como se discursasse por muitos.

— Essa não é uma simples reunião de duas moças lindas e poderosas. É também o encontro de duas pessoas amarguradas e com feridas abertas. Aqui está acontecendo o esperado macaréu ou, como dizíamos na tribo Moxiruna, a pororoca: o encontro das águas. E é isso que somos. É isso que vocês são: águas. Águas poderosas de rios caudalosos. A água se molda, penetra, rompe barreiras, dissolve, dilui, limpa, desvia e atinge seu objetivo sempre. A água sempre acha o caminho e limpa tudo. E foram os espíritos que pediram que eu realizasse o encontro das águas. Há muita dor do presente e do passado que poderá se tornar dor futura. E o pior: uma dor que não é de vocês. O que vocês ganham com uma briga antiga, uma briga dos antepassados?

Nayara nada diz. Parece refletir. Martha completa:

— Eu pedi este encontro. Eu já perdi muito. Acho que minha perda é irreparável. Ainda assim, faço minha a pergunta de Iaúna: o que eu e você ganhamos em nos prejudicar? O que o seu irmão ganha? O que o meu marido ganha? Contra quem estamos lutando? Essa luta é realmente nossa?!

Iaúna segue:

— Vocês lutam e atacam. Meu povo prosperou e foi temido porque apenas se defendia. Se vocês não se atacarem, não haverá mais luta. Os mortos estão em profundo sofrimento. E pior: sofrem juntos, lado a lado. A morte não é o fim. Não é o alívio, nem o descanso, quando entre os vivos há tanto ódio, morte e violência. Os que partiram estão amarrados à vingança que seus sucessores tomaram para si. Os que partiram não desejavam esse sofrimento desnecessário. Inclusive EU. Eu quis algo que não me pertencia e cometi atos horríveis. Inclusive a seu PAI, Nayara! E ao seu MARIDO, Martha! Qualquer ato de violência que sofremos, deveria acabar com quem sofreu e se foi. Os problemas causados deveriam ter acabado quando nossos antepassados partiram. Somente o perdão liberta, e eles querem muito essa liberdade.

Nayara que, até então apenas ouvia e observava, fala:

— Não posso dizer que não entendo o que vocês dizem. Vejo o meu irmão obcecado, se transformando aos poucos no meu pai. Coisa que não fará bem para ele. Ele teria um futuro lindo se decidisse viver a própria vida.

Martha encara a advogada:

— O pai de Octávio teve uma disputa com o seu pai. Não vou discutir méritos e razões. Uma coisa eu posso dizer e sei que você concordará comigo: os problemas eram deles. Só deles! Essa briga não tem nada a ver com seus irmãos ou com Octávio, nem com você e muito menos comigo. Eles não eram perfeitos, nós também não somos, mas, pelo menos, temos o direito de cometer os nossos próprios erros e não morrer pelos erros dos outros. Nem meu sogro não era perfeito, como meu marido achava. Ninguém é, na verdade.

Nayara suspira. Iaúna serve mais um pouco de chá e fala:

— Vocês são mulheres incríveis! Nayara, seu escritório é impressionante! Martha, a ALMO... bom, sou suspeita para falar. A ALMO é uma potência! E o Rodrigo, Nayara? Quando o meu pai, o último cacique moxiruna, poderia imaginar que um neto iria tão longe no mundo dos brancos? É muita tristeza presenciar tanto potencial sendo jogado fora em uma guerra que, hoje eu entendo, nunca foi de vocês!

As três dão um novo gole no chá.

— E aí, meninas? Posso contar com vocês para selarmos aqui um acordo entre as famílias? Eu já estou velha e amo as duas famílias de uma maneira que vocês jamais entenderiam. Cometi meus erros, alguns imperdoáveis, e só eu sei quanta dor pode ser evitada e quanta alegria ainda está por vir, se o ódio der lugar ao perdão. Só vocês, que são mulheres e representam a força mais poderosa e vital da natureza, podem bloquear as ações destrutivas dos homens. Martha, eu sei que Octávio está disposto, mas precisa da sua doçura e de seu amor para se convencer. Ele precisa ver o quanto a ALMO pode melhorar o mundo se desejar isso de verdade. Quanto ao Rodrigo, Nayara, vai ser uma briga boa, mas aquele teimoso não está mais no vale-tudo. Ele vai entender. A missão dele é maior do que a de Octávio, porque tem o poder transformador dos dois mundos!

Martha estica o braço e oferece a mão a Nayara:

— Da minha parte está fácil, porque represento tanto a mim quanto ao Octávio. Na verdade, ele é o fio condutor de tudo isso. Estamos dispostos a construir a paz. Por nós, todos os problemas das nossas famílias terminam aqui.

Acostumada ao mundo jurídico, Nayara sente que está fechando o mais importante acordo de sua vida: um acordo de paz sem precisar elaborar um contrato formal.

— Sim. Eu concordo completamente. Minha tia está certa e você também, Martha. Pode contar comigo para encerrar de vez esse horror entre as nossas famílias!

Apertam-se as mãos, sorriem e passam cerca de meia hora falando sobre amenidades, as diferenças entre as capitais, o trânsito, o tempo, planos pessoais para o futuro e restaurantes bons na região.

Quando se levantam para sair, Martha pergunta:

— Vai embora comigo, Iaúna?

— Nem com você e nem com Nayara. Vou a pé. Preciso caminhar, respirar e meditar com os meus ancestrais. Um grande passo foi dado nessa tarde, e parece que metade do gigantesco peso que tinha nas minhas costas foi tirado.

Nayara a abraça:

— Parabéns pelo belo trabalho, tia.

— Nada está concluído ainda. O mais difícil ainda está por vir. Você tem o grande desafio de, como a água, extinguir um enorme, potente e destruidor incêndio. Vai ser uma missão difícil. Tenha paciência, tenha muita paciência com seu irmão. Mesmo Octávio precisa, definitivamente, perdoar. Conversem entre si e digam como estão indo as coisas. Vou precisar muito de todos vocês. Vou precisar demais!

Iaúna olha para o grande espelho sobre o móvel das porcelanas e o que vê lá não é mais o reflexo da sala. É algo diferente. Algo feliz.

— E podem contar comigo para ajudar nessa missão. Estarei ao lado de vocês duas!

Debaixo da aparente confiança, Iaúna treme. Sabe que as mulheres à sua frente assumiram uma tarefa quase impossível.

Você, Por Favor, me Ouça

Este é o momento da verdade para Iaúna. Abrir seu coração para Martha e Octávio foi traumático, doloroso e intenso. Foi provavelmente a conversa mais difícil de sua vida. Falar com Rodrigo será muito diferente. Apesar de carregar menos culpa em relação a ele, a senhora conhece muito bem o lado intempestivo, agressivo e explosivo do filho de Iaruanã. De tão inadiável, o encontro com o sobrinho acontece em poucos dias.

— Você fez o quê, tia?! — grita e esmurra a mesa.

— Isso mesmo o que você ouviu. Eu peguei o dinheiro dos imóveis, dos tais *bunkers* do meu irmão. Fui eu.

No escritório de casa, Rodrigo levanta-se e lança a cadeira para trás com força.

— Mas que merda! Porra! A senhora é uma ladra?

Como fez quando conversou com Octávio e Martha, Iaúna permanece calma.

— Me chame como quiser, querido. Já fui assassina, fui mentirosa, fui tudo o que uma mulher honrada, uma herdeira da nobre tradição milenar moxiruna não poderia ser. Eu contaminei meu coração com o veneno dos piores homens brancos, assim como fez seu pai. Nós dois, os últimos moxirunas, destruímos o nosso legado.

Rodrigo soca novamente a mesa.

— Foda-se esse papo de índio! Eu tô falando de dinheiro! De mundo real, porra! Você veio pedir ajuda pra mim e pra minha mãe. A gente cuidou da senhora, gastamos uma puta grana com plástica e documentos!

— Rodrigo, eu...

— Sabe quanta gente pagou por causa desse dinheiro que sumiu?!

As veias saltam no pescoço de Rodrigo. Ele parece estar se controlando para não agredir a tia que tranquilamente se levanta, dá a volta na mesa e fica diante dele.

— Se me bater fizer bem para você, vá em frente. Se me matar for a sua maneira de encontrar paz, aqui estou eu. Só lhe garanto que essa paz não existe e você já tem experiência suficiente para saber que é verdade o que estou dizendo. Nenhuma paz pode vir da dor, da morte, da mentira e da opressão. Não sou eu quem fala isso, mas seu avô que você não conheceu!

— Conversa fiada. Puta conversa fiada!

Rodrigo segura os punhos fechados e respira fundo. Não está calmo, mas não agredirá a tia.

— Por que a senhora encheu tanto o saco do meu pai em Brasília? A senhora fez o inferno na vida dele!

Iaúna sorri discretamente para não irritar ainda mais o pobre rapaz completamente desnorteado.

— Querido, eu não fiz nada contra seu pai. Nada perto do que ele fez comigo. Ele me usou para espionar a família Albuquerque. Ele me fez cometer atrocidades para protegê-lo e ocultá-lo. Você nem imagina.

Rodrigo fica calado. É possível notar que as palavras de Iaúna estão realmente imbuídas de verdade. Uma verdade que o sobrinho nunca ouviu sair da boca da tia.

— Você conhecia muito bem seu pai. Ele me fez preparar a morte da pessoa que eu mais respeitava no mundo, a dona Cristina, o anjo que me acolheu e me ensinou tudo o que eu sei. Seu pai me deixou lá para morrer no incêndio. Depois, me manteve viva e esquecida para morrer em uma casa em São Paulo. Ele deve ter falado para vocês que me salvou, não é? Mentira!

— O que você está falando é muito grave! Ele não te deixaria para ser queimada viva!

— Tanto deixaria como deixou. Ele sabia que eu era testemunha de vários dos seus crimes.

— Cristina Albuquerque...

— Sim, era assim que ela se chamava. E foi por isso que eu escolhi esse nome para mim. Para honrá-la e para ter ela comigo. Não parou só na morte dela. Tiveram mais mortes antes e tiveram mais depois. Você, inclusive, presenciou a morte de gente nossa, o pobre do Cauê, por exemplo.

Rodrigo ouve a tia mesclando curiosidade e incômodo. Iaúna o lembra do lado terrível do pai. Pela educação, pela proximidade com as famílias de Latifa e com os colegas de faculdade, o jovem perguntou-se muitas vezes se era mesmo necessário aquele tipo de conduta. De alguma maneira, o jeito com que ela se expressa aquieta vagarosamente os ânimos do sobrinho.

— Querido, é importante que nós todos passemos por uma transformação. Precisamos parar de pensar no maldito dinheiro pelo dinheiro e no poder pelo poder. Essa não é a nossa verdadeira essência. Somos moxirunas: bons, poderosos, honrados, protetores da floresta e detentores de segredos da natureza.

— Ah, não me venha com esse papinho, por favor!

— Mas, é sério, muito sério. Não estamos só acabando com as nossas vidas, mas com as nossas almas e o sossego dos nossos antepassados! E o pior: estamos destruindo a vida de outras pessoas também!

Rodrigo, mais calmo, pergunta:

— Tia, ainda está com o dinheiro?

— Pelos deuses, Rodrigo! Sim, está comigo! Mas isso pouco me importa e pouco deveria te preocupar! Entenda, temos que limpar tudo!

— A senhora diz lavagem de dinheiro?

Iaúna não resiste e ri.

— Não, Rodrigo. Eu digo que devemos limpar a existência desse dinheiro. Ele tem que ser purificado. Há sangue, mortes e dor nesse dinheiro, no dinheiro da nossa família. Causamos muita tristeza para mortos e vivos. Construímos um império sobre cadáveres. Nada de bom pode vir de algo assim. Pense na sua esposa, nos seus descendentes. Eu tenho certeza de que você não quer que sua alma seja consumida pela culpa e fique presa em sofrimento no outro mundo...

— Tia, não dá. Não dá para transformar as coisas de uma hora para outra. Já estamos muito comprometidos.

— Nunca é tarde. É só querer. É só acreditar de verdade, mas, você tem que sentir e querer muito!

Rodrigo arruma a cadeira, senta-se e suspira. Algo que Iaúna disse o tocou.

— Precisamos perdoar, pedir perdão e nos sentirmos perdoados. Você precisa olhar para si mesmo, pensar em todo o mal que fez. É difícil. É doloroso. Eu mesma fiz isso e quase me destruí. Eu olhei no espelho e vi algo horrível: vi minha própria imagem condenada. E, agora, estou tentando perdoar a mim mesma e a quem me fez mal, como o seu pai. Eu sei que aquele homem duro e mau não era o verdadeiro Iaruanã. Seu pai foi herói, guerreiro, bravo, astuto, tinha personalidade muito forte e foi quem me salvou dos garimpeiros. E eu me apego a isso e penso nele com carinho, tentando perdoar a pessoa que ele se tornou depois que a ira e a vingança o consumiram.

Seguindo essa linha de discurso, um discurso sincero, verdadeiro, doloroso e definitivo, Iaúna passou mais de uma hora falando com o sobrinho, tentando tocar seu coração. Em certo momento, a indígena falou:

— Eu vi seu pai. Ele precisa muito de nós. É ele quem está pedindo para que nós quebremos essa corrente de destruição e morte.

Com os olhos marejados, o filho de Iaruanã pergunta:

— Como ele está pedindo? Ele morreu!

Iaúna, sob a luz que entra pela janela, diz com a maior certeza de toda a sua vida:

— O grande guerreiro Iaruanã morreu para este mundo, mas ele ainda vive e está em grande sofrimento. Ele precisa muito de nós e eu vou deixar que eles mesmos, os perdidos, mostrem para você o que devemos fazer.

— Como assim?

Eu explico, mas antes, você precisa decidir se quer mesmo ser uma nova pessoa, uma pessoa renovada com a força de nossos ancestrais!

— Mas que força seria essa?

— A força do perdão! Precisamos perdoar o IMPERDOÁVEL! Este é o verdadeiro perdão. Não falo do perdão daquilo que é fácil, mas daquilo que nos doeu e que foi injusto, desumano, que nos marcou no fundo da alma. Rodrigo, não vou perguntar mais, você que ser essa pessoa?

Me diga agora!

O Convencimento

Domingo. Octávio está no escritório de casa organizando alguns papéis. Martha entra com uma xícara de café e lhe entrega.

— Obrigado.

Martha senta-se de frente a ele. Há algo estranho nela.

— O que foi, Martha?

— Precisamos conversar!

— Xiii... nada de bom costuma vir depois dessa frase.

A esposa ri:

— É sério. Precisamos mesmo conversar. Você pode?

O médico larga tudo e fica tenso:

— É algo com que eu tenha que me preocupar?

— Não — Sorri timidamente — Mas, é algo muito sério e importante que vai exigir muito de nós dois, principalmente de você.

Octávio senta-se.

— Pode falar.

— Bem, é que eu estive com Iaúna e... e a tal Nayara Rodrigues.

— Naya...como assim? Não é aquela irmã do filho da puta?! Martha, o que aconteceu? O que fizeram com você?

— Octávio, me ouça. Foi uma conversa longa entre mim, Iaúna e ela. Uma conversa sincera e transparente. Nós decidimos acabar com essa guerra de vez. É ridículo lutar numa guerra que não é nossa.

— Não é nossa?! Eles mataram o meu pai e a minha filha.

— Nossa filha! E quem matou seu pai foi o Carlos. E ele está morto e enterrado.

— E pelo Oswaldo! O Oswaldinho que, depois... Você sabe o que aconteceu.

— Sim, pelo Oswaldo! Olha o que a família dele está passando até hoje. Você sabe!

— Então Martha, essa merda toda e você quer...

— Sim, querido. Mas olhe pelo lado bom.

— Mas como!? Ele quer guerra! Ele continuou a guerra.

— Não, Octávio. Ele continuou e nós também continuamos. Entramos em um ciclo de ódio. Um ciclo que tem que acabar. Temos uma vida toda pela frente. Uma vida de conquistas. Pra que jogar tudo no lixo?

— A ALMO, a gente criou para servir de proteção! A gente precisa se proteger dos ataques deles.

— Mas, eles também vão parar. Eles vão parar se nós pararmos. E nós vamos parar se eles pararem. Eu acho um bom acordo, você não?!

— Martha, eu não consigo parar de pensar em como destruí-los! É uma obsessão. Eles são assassinos e precisam pagar pelo mal que fizeram!

Martha levanta-se. Ela esperava resistência do marido. Por isso, parte para a segunda fase da argumentação:

— E o elixir que você tomou por anos? Quantas pessoas serviram de matéria-prima, hein? De ingredientes para aquela beberagem doida?

— Eram homens cruéis.

— E quem nos colocou como juízes? Eu sou boa? Você é bom? Seu pai era bom?

Octávio fica em silêncio alguns segundos. Martha parte para o terceiro e derradeiro argumento:

— Eles me atropelaram. Mataram nossa filha. Tenho até hoje sequelas físicas e emocionais.

— Isso mesmo, Martha!

— E eu, como mãe, como vítima, estou pedindo: chega dessa guerra. Não estou dizendo para você ser o melhor amigo do Rodrigo. Isso é impossível. Eu só quero que você o perdoe, o esqueça e siga a sua vida. Nós devemos seguir as nossas vidas. Seguir nossos projetos com o coração leve.

Octávio vira-se para uma cristaleira onde há uma foto dos seus pais.

— Se eles pararem, eu paro. Mas, vou ficar de olho. Se perceber algo, eu vou atacar com tudo!

— Assim não serve. É perdoar, seguir em frente e esquecer. O pacto de não-ataque serve para que fiquemos seguros. O resto só depende de nós. Que tal?

— Martha, não sei. Não é fácil. Eu prometo que vou tentar.

A esposa sorri e o abraça.

— Pra mim, é suficiente.

Em outro lugar, o almoço da família Rodrigues é interrompido pelo pedido de Nayara:

— Rodrigo, chega dos Albuquerque!

Nathalia e Rodrigo se olham e, em seguida, olham para o caçula. Pedro, também presente à mesa e ao lado da mãe, começa a rir.

— Foi pra isso que você pediu para todos virmos aqui almoçar sem as esposas?! Pra ficarmos sozinhos e você lançar essa merda? — pergunta Rodrigo.

Nayara confirma:

— Sim. Eu estive com nossa tia.

— Ah, sempre ela. Tia Iaúna se metendo onde não deve e protegendo o queridinho dela.

— Nada disso, Rô. Desta vez é diferente. Ela não está protegendo ninguém. Ela está cuidando de todos nós, inclusive de você. E dos nossos antepassados, nosso pai, nossos avós e as vítimas dessa guerra que começou com duas pessoas que já partiram.

— Eles partiram e nós herdamos a guerra deles. É assim entre guerreiros!

— É assim entre pessoas vingativas e burras. O delegado que matou nosso pai já morreu. Você mandou Sabre matá-lo e o próprio Sabre morreu nessa.

— Ele tinha o corpo fechado! — Pedro se mete no assunto de repente.

Os irmãos olham para ele, que disfarça e volta a comer como se não tivesse se pronunciado.

— A Martha teve um aborto. A bebê morreu. A filhinha dela, que se chamaria Lais. Lais é o nome da mãe do delegado. É isso que você quer para a sua vida? É assim que você se imagina? E quando tiver um filho com Latifa? Vai olhar para seu bebê e pensar na criança do médico? Já pensou nisso? Se Latifa souber de tudo isso, será que ela continuará te admirando? E os eleitores? Quer ter uma vida dupla? Ser uma coisa na vida pública e outra na vida privada? Vai ser um Carlos-Iaruanã também? É isso? Quer acabar com um tiro no pescoço?

— Até parece que o doutorzinho teria capacidade. Eu acabo com ele antes!

— Virão outros doutores, Rô. Uma hora, um te pega. Foi assim com o papai. Quantos corpos o papai ocultou ou jogou pras piranhas no rio? Se você acredita em vida espiritual, mesmo que não creia na fé de nossos antepassados, como acha que nosso pai está agora? Quer isso pra você?

Rodrigo olha para a mãe, que acompanhava, até então calada, a discussão dos filhos:

— Eu perdi meu marido, mas preciso concordar com Nayara. Sua tia, mesmo maluca, carrega a sabedoria do povo dela. E se ela mudou, todos nós podemos mudar.

— Pessoal, eles não vão parar! Eles querem me prender, me matar!

— Eles já pararam. Eu e Martha selamos um pacto. Eu sei que ela vai cumprir, porque ela sabe que eu vou cumprir. Estamos juntas nessa. Está na hora dessa guerra acabar. Você tem a chance de ser o melhor homem público que esse país já teve. Pra isso, precisa parar de lutar contra os donos de uma das maiores multinacionais brasileiras. O doutor, depois de perder o pai, a mãe, o melhor amigo e a filha, está de acordo com o fim dessa guerra. Por que nós não estaríamos?

Rodrigo fica em silêncio. A mãe o abraça e ele gagueja:

— Eu... eu prometo que vou... vou tentar.

No domingo à noite, Martha envia uma mensagem de celular em um grupo chamado "SELANDO A PAZ":

"Minha parte está feita. Octávio aceitou".

Segundos depois, Nayara responde:

"Parabéns, Martha. Idem aqui. Eu não acredito que consegui. Domei a fera".

"Parabéns pra você também, Nayara".

Iaúna passa minutos escrevendo, até que envia:

"Não acabou. Está faltando apenas um detalhe".

Martha e Nayara respondem simultaneamente:

"Oq???"

Iaúna leva cinco minutos de digitação para responder:

"Falta a catarse. O último ritual moxiruna, o ritual do eclipse".

Ninguém responde. Iaúna envia uma imagem de um sol sorrindo e escrito: "Ótima semana!".

Nayara e Martha correm com seus dedos para ver quem ligaria primeiro para Iaúna.

Formar é Melhor que Destruir

Rodrigo é o último a chegar à reunião que ele próprio marcou. É um encontro informal de família, mas o primogênito de Iaruanã deixou claro que o assunto seria sério. Pedro, Nayara e Nathalia o cumprimentam calorosamente. A mãe é a primeira a questioná-lo:

— Filho, por que tanto segredo? Você nos tirou das nossas rotinas, falou que precisávamos cancelar todos os compromissos. O que aconteceu?

Rodrigo está diferente. Parece mais jovial e tranquilo.

— Quando a Nayara marcou a reunião pra falar com a gente, você não reclamou, lembra?

Pedro brinca:

— Pronto. Lá vem bomba?

Rodrigo sorri:

— Você nem imagina.

Rodrigo explica à sua perplexa família de que de nada adianta terem abandonado a guerra contra os Albuquerque, se continuam com tantas atividades ilegais.

— Exploração e venda ilegal de madeira, corrupção, grilagem, extorsão, chantagem e trabalho escravo. Isso tudo diretamente. Indiretamente, a gente tem influência e ligação com o tráfico, prostituição, milícia, facções, cartéis.

— Filho, você checou se o escritório não tá grampeado, não é?

— Pô, mãe. Tá sempre checado — Sabia que cada milímetro do escritório foi duplamente vistoriado e que os celulares ficaram fora da sala — Bom, voltando ao assunto principal. Nossa família adora viver bem, mas não gosta de refletir sobre a fonte dessa vida boa. Todo mundo aqui concordou em mudar e em ser melhor do que meu pai foi. Quando digo melhor, me refiro ao comportamento moral e ético. Bom, eu quero limpar todas as nossas atividades e conto com vocês para fazermos isso.

O espanto é geral. Pedro questiona:

— Como faríamos isso? A Nayara tem um escritório que, praticamente, vende sentença. A mamãe é a rainha da mídia *fake*, o que nos ajuda, e muito. Mesmo não controlando a principal emissora do país, ela tem influência na área jornalística! E eu? Pra mim, sobrou o que o papai cuidava! Estou até o pescoço nas operações das madeireiras! Parar como?

— Gente, não precisamos mais disso. Pensem bem: podemos ser muito melhores sem continuar cometendo as ações que cometemos até agora. Eu não estou pedindo um milagre. Não sou inocente ou idealista a ponto de achar que será fácil e simples. O escritório da Nay é diversificadíssimo. Tenho certeza de que, com o passar dos anos, ela pode dedicar-se menos à venda de sentenças e mais às áreas que pagam bem e são lícitas. A área tributária, *M&A*, recuperação judicial e casos de relevância e de valor intelectual, por exemplo. Não é deixar de defender ninguém, apenas não comprar, não corromper, não ameaçar. Isso é possível, não é, Nay?

Nayara olha para baixo e, em seguida, confirma:

— Se meu escritório não fizer, outro fará com certeza. Mesmo assim, o estresse não está compensando. Farei essa transição devagar, porque ainda tenho contratos a serem cumpridos, mas, creio que em um ano, no máximo dois, estaremos totalmente na legalidade.

— E você, mãe? Mandar na imprensa tá compensando ainda financeiramente? Porque moralmente, já sabemos que não.

Nathalia responde como se já esperasse, um dia, ter essa conversa:

— Você sabe que faz tempo que não mexo diretamente com assessoria de imprensa. Há anos que eu apenas faço intervenções e manipulações calculadas. Porém, desde a morte do seu pai, eu venho reduzindo minha influência. Já sentia que não levava a nada essa vida de mascarar a verdade ao sabor de quem paga mais ou do que nos afeta menos. Claro, fiz muito isso pela nossa família e, se preciso for, voltarei a fazer, mas não vou mais ter essa atividade como um negócio. E confesso que a maioria dos editores já sabem dessa minha saída de cena.

Rodrigo confirma, feliz, com a cabeça. Todos olham para Pedro, que diz:

— Sinceramente, não faço ideia de como desmantelar tudo isso. Sério! Eu estou preso nessa sujeira como o papai estava e como você, Rodrigo, já ficou há alguns anos.

Rodrigo coloca uma mão sobre o ombro de Pedro.

— Fique tranquilo. Eu pesquisei muito, refleti, conversei com homens que, no passado, deixaram atividades assim para trás. São raros e anônimos, mas eu os encontrei e eles me ensinaram alguns caminhos. O que foi feito não pode ser desfeito, mas podemos construir algo novo a partir de agora. Fazer novas escolhas e decidir de forma diferente pela melhor alternativa. Tenho plena convicção que você vai viver muito melhor. Se você realmente estiver disposto, faremos isso juntos, como uma família.

Diante da segurança do irmão, Pedro Rodrigues concorda.

O plano de Rodrigo é sutil. Pedro limpa as ligações ilícitas do passado de sua família. A limpeza não envolve queima de arquivos, apenas de provas. Pessoas prejudicadas, ameaçadas, escravizadas ou constrangidas pelas atividades criminosas recebem recompensas em dinheiro ou em terra. Consultorias contábeis idôneas são contratadas para regularizar registros, livros e funcionários.

Este começo é burocrático e confuso demais para ser percebido pelos capangas e criminosos ligados aos Rodrigues. Nenhum bandido se interessa realmente por reuniões sobre impostos, registros ou contabilidade. Lentamente, Pedro passa a reduzir a extração ilegal de madeira, ao mesmo tempo em que amplia a aquisição de madeira certificada de forma legalizada.

Quando questionado, Rodrigo explica que é para dar menos na vista, para chamar menos atenção. Quanto mais perigoso e mais alto na cadeia de comando das operações, maior é o benefício recebido pelo capanga ao ser desligado da operação. Alguns recebem casas, áreas significativas, outros recebem pequenos comércios. Poucos precisam ser realmente ameaçados ou reclamam da mudança de condição.

As atividades extremamente ilegais, ou que não podem ser legalizadas de maneira nenhuma, morrem de inanição. Não são encerradas de imediato para não causar revoltas contra a própria família, mas definham até se extinguirem ou darem lugar a outros empreendimentos. A mudança é lenta. Os Rodrigues sabiam que as alterações poderiam levar até mais de dez anos, mas elas avançam dia a dia.

Ao mesmo tempo, Rodrigo cria com Pedro um programa de visitas e estudo da Amazônia. Um plano que envolve turismo, universitários e cientistas com foco na pesquisa e na segurança da floresta. A proposta é não danificar nem prejudicar os povos residentes, a fauna e a flora.

Lentamente, o projeto de Rodrigo e Pedro acaba por se tornar uma importante iniciativa de formação de pessoas da região amazônica, com o foco em preservação sustentável, que reverbera positivamente no mundo inteiro.

— É, Pedro, quem diria. É muita mudança! Que caminhada, que enorme pivotada nos negócios!

— Pois é. Confesso que eu não acreditava no começo, mas achava que o caminho era certo e achei legal sua atitude de se colocar ao meu lado apoiando esse projeto. Senti firmeza e coragem! Hoje acredito e sei que vai dar tudo certo. Perrengues vamos ter, mas o caminho é esse!

— É. Acho que essa, papai jamais acreditaria e, se estiver nos vendo em algum lugar, está feliz, tenho certeza!

Educar é Responsabilidade de Todos

No meio da madrugada, Octávio desperta de um pesadelo gritando:

— MÃÃÃE!

Martha assusta-se e ampara o marido na cama:

— Calma, querido. Foi um pesadelo. Já passou!

Octávio respira ofegante e tenta reorganizar os pensamentos. Levanta-se e vai até o banheiro. Lava o rosto e olha-se no espelho, como fez em um momento horrível de sua vida, quando limpou terra e sangue de seu corpo. Desta vez não há tristeza, dor, medo ou arrependimento. Apenas um sentimento de ansiedade.

— Martha, sonhei que estava em uma escola, vestido com roupas de esquiador. A escola estava vazia, até que vi minha mãe. Ela veio até mim e disse: "Faça!". Foi sufocante!

A esposa fica em silêncio por alguns segundos e algo lhe vem à memória:

— Querido, tá na cara! Você tá se cobrando por uma coisa que eu também deveria me cobrar. Enterramos ela no fundo de nossas cabeças quando mergulhamos nessa fase de ódio. Pense: você na neve, com esquis, sua mãe! Lembra quando ela nos contou que tinha um projeto social?

Octávio levanta-se empolgado.

— O projeto! A ONG de educação da minha mãe! É isso, Martha! Só pode ser!

No dia seguinte, Martha acorda cedo e nota que o marido não está na cama. Vai ao escritório do apartamento e o encontra em meio a papéis, planilhas e *post-its*.

— Bom dia, amor. Não conseguiu dormir?

— Muito pouco. Fiquei com a ideia da ONG pulsando e foi difícil sustentar o sono.

Marthasenta-se na beirada da mesa:

— Esse foi um grande sonho de dona Cristina. Se não fossem o acidente, a perda da nossa filha, a vingança, a necessidade de defesa e contra-ataque, talvez já tivéssemos criado algo nesse sentido.

— Pensei nisso e cheguei à conclusão de que a ALMO só existe por causa dessa guerra inútil que empreendemos.

— E que acabou!

— Sim, acabou. Com os recursos da ALMO, sei lá, um percentual como 5% ou 10% dos lucros, podemos construir algo relevante para a educação do país. Podemos tocar pra frente o sonho da minha mãe que, pelo que vi em algumas anotações, não eram ideais vazios. Era algo bem estruturado, veja!

Octávio mostra para a esposa que a mãe procurava consolidar uma ONG educacional, que ensinaria crianças e jovens desfavorecidos a ler e escrever em paralelo com atividades lúdicas e o aprendizado de outras línguas. A ideia era agregar parceiros de muitos segmentos e afastar as crianças da marginalização, por meio da alfabetização, educação e cultura.

Novas disciplinas seriam trabalhadas desde cedo, como educação financeira, informática, sociologia, filosofia, robótica e tecnologia para que os alunos adquirissem habilidades práticas e técnicas e, principalmente, se desenvolvessem como seres humanos completos.

Naquele mesmo dia, Martha e Octávio dão início aos planos de criação da ONG Educacional Cristina e Octávio Albuquerque. A influência do casal possibilita parcerias valiosas nos meses seguintes. Todos os colaboradores da ALMO são convidados a doar um dia de trabalho por mês para o projeto social. Muitos se encantam com o sonho de dona Cristina e chegam a se envolver fora do expediente. A mais empolgada é, coincidentemente homônima da mãe de Octávio, a dona Cristina Albuquerque Purangy.

Nos dias e horários em que não trabalha na empresa farmacêutica, dedica seu conhecimento e suor ao desenvolvimento da ONG. Aos colegas, revela ter tido uma infância mergulhada na ignorância:

— Demorei muito para aprender a ler e escrever. Foi graças a uma mulher assim, dedicada à educação, que eu pude estudar e crescer! — comenta cheia de gratidão, sem revelar que a tal mulher era a própria idealizadora da ONG.

Dessa maneira, o casal realiza o sonho da esposa do Professor Otávio Albuquerque. A importância do projeto é reconhecida internacionalmente, e a ONG é agraciada com muitos prêmios, além de ter seu modelo replicado em outros países.

Em uma noite, Octávio dorme e vê-se novamente no corredor da escola de seu pesadelo de anos atrás. Diferente de antes, o ambiente está repleto de crianças felizes, correndo com livros e tablets nas mãos. Riem, conversam e brincam. No fim do corredor, a mulher sorri. Desta vez, ela tem rosto e é o de dona Cristina, grata e orgulhosa pelo filho.

O médico desperta feliz e olha para a esposa que está sentada na ponta da cama. Antes que ele diga qualquer coisa, Martha indaga:

— O que acha de Estela?

Martha segura um bastonete de exame que revela duas linhas e o termo: beta-HCG circulante.

Nossas Origens Estão nos Reflexos

— Preciso ir para a Amazônia! Tenho que pisar na minha terra, voltar para o ponto exato da minha tribo! O ponto de partida, o ponto onde toda essa tragédia começou.

O incidente com o incônscio rapaz do bar leva Iaúna a realizar o ritual de comunicação, que mostra que toda a dor e sofrimento causados desnecessariamente pelo ódio e pelo desejo de vingança estão afetando, não somente os vivos, como aqueles que já se foram. "O sofrimento ecoa", pensa preocupada, enquanto observa no espelho as imagens fantasmagóricas de seus pais em súplica.

Transcorridos alguns dias, Iaúna embarca para Manaus. Ciente dos olheiros e vigias da organização criminosa de sua família, ela consegue manter-se discreta. A ideia é que ninguém saiba dessa sua jornada espiritual.

A indígena registra-se em uma pousada pequena, muito além do último hotel que se diz "o mais próximo da floresta". Esta pousada é uma passagem temporária para peregrinos sem nome, fugitivos, ladrões e aqueles que precisam de anonimato.

Coloca em uma pequena mochila-saco itens importantes para a aventura que virá e, em especial, doces caseiros que fez para as crianças. Assim, no início da tarde, deixa a pousada em direção à floresta. Enquanto caminha, roga aos deuses que tragam sua essência de volta: "Preciso encontrar a Iaúna, filha dessas matas. Aquela que não falava português, mas que sabia tudo sobre a natureza e os caminhos das árvores".

Dirige-se até o lugar onde, há muitas décadas, serviu de abrigo para indígenas refugiados. Encontra o antigo acampamento onde conheceu dona Cristina. O local está muito deteriorado. Faz questão de não procurar ninguém e quando vê uma pessoa, esgueira-se para não ser vista. Busca a solitude a todo custo.

Olha para um canto e vê o que restou de um banco, onde estava sentada de mau jeito, quando a jovem Cristina se aproximou e a acolheu com curiosidade, bondade e amizade. Lágrimas irrompem e turvam a visão. Iaúna tem a estranha impressão de estar, novamente, presenciando os acontecimentos de décadas atrás.

"São fantasmas! Fantasmas de acontecimentos passados", deduz.

De um canto escuro da floresta, surge uma mancha acinzentada que atravessa todas as visões e as desfaz em fumaça. Esta mancha flutua em uma direção, e Iaúna a segue.

A mancha cumpre exatamente o itinerário que Iaúna havia se proposto a fazer, mas que não sabia se teria coragem: o caminho oposto, o caminho de volta. A mancha segue para dentro da floresta. "É o caminho que eu fiz quando fugi dos garimpeiros".

A noite e a lua cheia chegam, mas a caminhada não termina. Fortes sons de animais, aves e insetos de hábitos noturnos invadem a floresta, que chove de tamanha umidade. "Como somos pequenos diante de tanta vida e de tanta força da floresta? E como tínhamos coragem de viver aqui?!". A mancha, ainda que acinzentada, emite um brilho perceptível na escuridão da floresta. Ainda assim, a perseguição não é tranquila. Diferente do ser fantasmagórico à frente, Iaúna encontra dificuldade para passar por galhos, espaços sem trilha, arbustos e mata fechada. Em dado momento, a irmã de Iaruanã retira os calçados.

"O que você está fazendo Iaúna? Seus pés vão se arrebentar! Não, não. É o contrário. Eles vão te impulsionar". Cada passo ressuscita uma lembrança, e o caminho de volta passa a ser muito mais do que físico. É uma jornada psicológica e mágica.

Depois de horas de perseguição, a mancha chega à margem do rio onde Iaúna e o irmão tentaram, em vão, se esconder dos garimpeiros. Foi naquele ponto que ela se separou de Iaruanã. Não se contém, emociona-se e chora por alguns minutos. Diante do íngreme paredão de terra e pedra, Iaúna recompõe-se e grita:

— Chega não?! O que quer me mostrar? Você é um espírito? Ou apenas uma mancha no olho de uma velha, hein?!

A mancha flutua barranco acima. Sem parar. Iaúna ri:

— Claro, se fosse para ser fácil...

A indígena dá alguns passos para trás, pega impulso e corre em direção ao barranco. Com o impulso maior, consegue subir até a metade do barranco e alcançar um galho. Agarra-se com força, mas ele se quebra e a queda é terrível. Iaúna bate fortemente nas pedras e para com a cara voltada para a terra lamacenta da floresta. Com algum esforço, vira o corpo para cima e olha para o céu, por entre as folhas das árvores. A lua está iluminada e linda.

— Eu vou morrer aqui. Exatamente onde devia ter morrido naquele dia. Meu irmão, meu pai, minha mãe, dona Cristina... Estou perseguindo uma sombra do passado.

Fecha os olhos e aceita a própria morte. Entrega-se. Ali fica por muito tempo.

A autopiedade é interrompida pelo vento que sopra, como se sussurrasse:

— Iaúuuuuuuuuuuna. Iaúuuuuuuuuuuna. Iaúuuuuuuuuuuna.

Abre os olhos. Finca as mãos como garras no chão. Levanta-se com velocidade e força. Olha para a lua cheia e grita:

— Eu sou Iaúna! Eu sou a Senhora das Trevas! Não vou morrer nas trevas. As trevas morrem por mim! Seguirei a sua luz!

Respira fundo e, sem correr, aproxima-se do barranco e, com inteligência, procura pontos para encaixar os pés e as mãos. Vai escalando com firmeza, velocidade e constância. Anos de uso do elixir e de vivência na mata devolvem a força e ativam a destreza e a memória muscular.

Iaúna vai, seus pés e mãos coordenam-se perfeitamente e ela sobe, sobe, sobe. Quando está quase no cume, pisa em falso em uma pedra que se solta. O equilíbrio vai embora e ela perde o apoio. "Vou cair", pensa. Antes, estica o braço que se posiciona exatamente em direção à lua. Neste momento, sente como se a força de outro braço segurasse o seu pulso. Uma mão menor e mais forte a puxa para cima do barranco.

Ergue a cabeça, e a mancha que a vem guiando há horas mata adentro está ali. A fumaça torna-se, então, cada vez menos difusa, até assumir a forma de uma cunhantã.

Iaúna levanta-se e dá a mão para ela. As duas seguem em silêncio, de mãos dadas, por caminhos construídos por antepassados, com sinalizações e desenhos rupestres, jamais tocados pelo homem branco. Concluem o trajeto até o local onde, um dia, foi a tribo Moxiruna. As ocas estão incrivelmente preservadas, como se tivessem sido conservadas em vácuo. A cunhantã desvencilha-se de Iaúna e corre chamando por um curumim, que aparece por entre as ocas. De mãos dadas, a dupla sussurra cada um de uma vez:

— Se prepare, agora é com você.

— Se prepare, agora é com você.

Imediatamente Iaúna retira de sua mochila os doces caseiros e os oferece. Os dois sorriem e avisam:

— Vamos levar para todas as cunhantãs e todos os curumins que estavam aqui com a gente. Obrigado! Se prepare, agora é com você.

Deixam Iaúna na parte central da tribo e vão embora.

— Agora é comigo! — diz Iaúna em voz alta.

A preparação é longa: pintura corporal e facial; procura por certos frutos e folhas para a realização do ritual; esmagamento desses itens entoando cânticos à luz do luar. Diferente das meditações realizadas em casa diante do espelho, agora Iaúna está no local correto, paramentada e preparada da melhor maneira.

Começa a evocar a proteção dos espíritos da floresta. Sem poder erguer a cabeça, sente a chegada de quatro índios enormes e muito fortes. Um vindo de cada ponto cardeal. Cada um traz consigo um animal de poder, um totem e um arquétipo. Olham para Iaúna. Julgam-na. Ela sabe que não é merecedora, mas a coragem e ousadia de invocá-los demonstra profunda força de vontade e fé.

Cantos específicos são entoados com força e ecoam pelo ar. A floresta cala-se e os animais afastam-se. Os mortos são chamados e respondem à convocação. Surgem da floresta os pais de Iaúna. Estão envoltos em nuvens e fumaças negras. Suas peles estão secas e eles arrastam-se com dificuldade. Os lábios permanecem colados. Os olhos estão semicerrados e guardam profunda tristeza.

Estão desesperados.

Ao ver o cacique e sua mulher em enorme sofrimento, Iaúna chora e roga no esquecido idioma moxiruna:

— Parem de chorar, amados pai e mãe! Eu imploro!

Ela nota outras sombras próximas aos seus pais. Muitas. São homens menores, semelhantes a homúnculos. É possível reconhecer alguns rostos. São os garimpeiros. Estão presos aos pais de Iaúna, grossas mangueiras de carne pulsante os unem, como cordões umbilicais.

— Por favor, pai! Libertem-se desse sofrimento! Livrem-se das amarras desses garimpeiros!

Os próprios garimpeiros também estão ligados a fios infinitos que fogem à visão de Iaúna. A cadeia de dor é infinita porque todos estão ligados.

O cacique e a esposa caem de joelhos e arreganham as bocas. São escancaradas de maneira assustadora, e sons de mil vozes em lamento urram:

— Eles precisam de nosso perdão! Nós precisamos do seu perdão! Você e Rodrigo precisam se perdoar e perdoar a todos! Perdoem todos aqueles que fizeram o mal, desde o começo! Só há dor! Muita dor!

Iaúna questiona:

— Mas estamos quase vingados! Quase!

Os mortos respondem:

— Nós nunca pedimos para sermos vingados! Nunca pedimos vingança! Nunca ensinamos a vingança! Vocês se perderam no plano terrestre. Perderam nossos ensinamentos e perderam o caminho. Jamais buscaram conexão! Os deuses estão tristes. Isso tem que acabar. Vocês precisam do perdão. Perdão para si mesmos, perdão para o homem branco e perdão para nós. Sem o perdão, estamos todos acorrentados em tortura e dor. Por isso eles estão aqui conosco. Eles não nos deixam. Vagam conosco pelas trevas em arrependimento e culpa! Desejam o perdão! Você precisa lembrar quem é. Quem sempre fomos. Nosso conhecimento, nossos rituais, encantamentos e tradição sempre foram usados para o bem, para proteção e para o equilíbrio. Respeitávamos a terra, os animais e os outros seres vivos. Respeitávamos até nossos inimigos. Não havia ódio. O ciclo era perfeito e harmônico. Estamos todos conectados. Todos somos um. Nossos deuses são o princípio e o fim de tudo, e nós sabíamos disso. Honrávamos isso. Basta de maldade, Iaúna. Basta de ódio, de dor, de vingança. Você e Rodrigo arquitetaram a morte de uma irmã branca que ainda estava no ventre da mãe. Nunca ensinamos isso. Nossos rituais nunca foram para isso. Só vivíamos o bem e o equilíbrio. E isso acabou. Convocávamos e honrávamos as forças da natureza. Agradecíamos por merecermos alimentos da floresta e os dons de força e inteligência. Éramos os protetores da vida. Promovíamos a paz e o bem. Cuidávamos de nossa terra. Temos que perdoar o homem branco, perdoar quem nos aniquilou, quem nos roubou, nos manipulou, trouxe dores, vícios... o homem branco também tem luz! Só assim caminharemos juntos como irmãos, amada Iaúna. Devíamos ser o farol, o guia do homem branco para um futuro melhor, cheio de sabedoria, perdão e irmandade!"

— Mas, pai... meu irmão... ele... ele morreu! Mataram Iaruanã!

Dois espectros surgem atrás dos pais de Iaúna em estado igualmente deplorável. O espírito da mãe diz:

— Ninguém morre de verdade, filha, porque ninguém realmente nasce. Iaruanã está aqui. Veja! Ele continua.

Os dois espectros aproximam-se. Iaruanã está cheio de chagas, com a pele acinzentada, despido e muito triste. Está com o ombro esquerdo colado a Cauê, que também está ferido, mas em melhor situação que o irmão de Iaúna. Os dois choram. Não conseguem falar. O espírito do Cacique explica:

— Iaruanã chora ao lado de Cauê. Ele entendeu o que se passou e se arrepende. O arrependimento do lado de cá não vale de nada sem a força do perdão dos vivos na Mãe Terra. Iaruanã desperdiçou a sabedoria moxiruna. Cortou laços com os antepassados, com a nossa sabedoria, com os valores da floresta e as nossas virtudes.

Iaruanã lamenta o caminho que escolheu. O caminho da posse, do ter e não do ser. Nós, os moxirunas, nunca saqueamos ninguém. Nunca matamos sem motivo de defesa. Iaruanã se contaminou, espalhou dor e morte. Aqui, ele lamenta pelos filhos e pela esposa. Ele lamenta por você, amada filha. Ele sabe que, muito em breve, Rodrigo e você estarão aqui conosco."

— Eu?

— Seu lugar entre nós está sendo preparado. Ficará conosco e eu lhe garanto que a dor será maior do que qualquer uma que tenha sentido em vida.

— Meu lugar?!

— Filha, às vezes, ouvimos as vozes daqueles que não odiaram, não mataram, não vingaram. São aqueles que estão acima. Aqueles que estão livres. Dentre estas vozes, já ouvimos o apelo daquela que foi sua tutora e amiga. Uma pessoa abençoada pela força de caráter, honra, dignidade e bondade.

— Dona Cristina!

— Ela foi um presente que os deuses lhe deram. Ela seria uma verdadeira alma moxiruna se entre nós nascesse. Ela lhe acolheu, ensinou e preparou, mas você tornou tudo sujo e leviano. Você desviou o filho dela. Ela te ama, ela quer o seu bem, mas está triste pelo mal que você vem causando à família dela e à de outros, pela manipulação. Aqui não há vingança, Iaúna! Esta tristeza pode fazer com que ela desça para cá, deixe aqueles que estão acima e venha aqui para sofrer conosco. E o filho dela, quando partir do mundo, se morrer sem perdão e mergulhado no ódio, também ficará conosco. Entende agora o poder do perdão? Entende a dor que a falta de perdão pode trazer?

Iaúna não responde. Apenas chora pensando em dona Cristina e em seu Tavinho naquele sofrimento eterno.

— Você tem tempo! É possível corrigir tudo isso na Mãe Terra. Você foi abençoada por eu ter tido acesso a você e poder te revelar tudo isso! Aja direito. Seja a moxiruna que você é!

As névoas dissipam-se e, diante de uma Iaúna prostrada e arrasada, sobram apenas a menina e o menino, ambos com a cor da noite. A menina, usando uma gargantilha preta com símbolos moxirunas, aproxima-se da indígena e diz:

— Quando você nasceu na noite mais escura, você foi Iaúna, a Senhora das Trevas. Esse nome foi secreto para os brancos e guiou toda a sua vida. Hoje é o seu segundo batizado. Você recebe, nesse instante, outro nome, o nome que deveria ter recebido de verdade. Um nome secreto que ninguém poderá saber, afinal, não existem mais moxirunas neste mundo. A partir de agora, você é Iatiaia. Nós somos Iatiaia. Nós somos as Senhoras da Luz!

Iaúna ergue o olhar para a menina e nota que a garota é, na verdade, idêntica a ela na infância. E o garoto ao lado dela é seu irmão Iaruanã. Iaúna sente que o menino é uma representação, pois seu irmão sofre em outro mundo, mas a menina é, sim, ela em essência. Reconhece, inclusive, a gargantilha no pescoço da aparição. Ela havia rogado aos deuses e encontrou realmente a Iaúna, filha das matas. A que não falava português, mas que sabia tudo sobre a natureza e os caminhos das árvores.

Iaúna ordena à criança:

— Levante-se, Iatiaia!

No exato instante em que a indígena fica em pé, tudo se ilumina. É meio-dia. O transe acaba, e a irmã de Iaruanã percebe que ficou em estado alterado de consciência por toda a madrugada, até o fim daquela manhã. Seu corpo dói, mas não tanto quanto sua alma e seu coração. Novamente cai de joelhos e bate no próprio peito:

— Eu sou Iatiaia, sou a Senhora da Luz. Da luz da lua cheia que me guiou até aqui! Eu me perdoo. Eu me perdoo de tudo o que eu fiz e eu imploro pelo perdão dos deuses, das criaturas, dos meus irmãos da tribo, dos meus pais, da floresta, dos brancos, do mundo! Eu peço perdão! Por favor, me perdoem!

O caminho de volta é mais fácil. A viagem para São Paulo é tranquila. Ela sente-se leve. Tem uma missão importante, uma missão sagrada. O tempo é curto e o desafio é enorme. Ela sabe que conseguirá, pois tem a bênção dos seus ancestrais e dos deuses. Inicialmente, precisará aproximar-se de Octávio e Martha, de alguma forma, para lhes revelar a verdade. E já tem o plano traçado.

"Minha aproximação será através da ALMO", - pensa.

Sentada na poltrona do avião, sorri. Lembra das imagens das lindas crianças que foram seu irmão Iaruanã e ela mesma. Eram muito felizes e companheiros.

Agora é com ela: dona Cristina Purangy. Agora é com Iatiaia.

O Último Ritual Moxiruna: o Ritual do Eclipse

Esta é talvez a noite mais importante para Iaúna. Mais importante até mesmo do que aquela que ela vivenciou na viagem à Amazônia. Foram necessárias semanas de negociação, atritos e ajuda preciosa de Nayara e Martha para que finalmente conquistasse seu intento.

Na sala de sua casa, Iaúna coloca, frente a frente, Rodrigo Gouveia Rodrigues e Octávio Albuquerque Jr.

Entre os acordos previamente estabelecidos para que a reunião ocorresse, estão os termos de que não poderia haver discussões ou confrontos, ninguém poderia levar armas ou seguranças, os dois não se falariam em momento algum e eles deveriam confiar e obedecer a Iaúna em silêncio.

O lugar está completamente diferente. Móveis, TV, tapetes e cortinas foram retirados. Há muitos vasos com plantas, sendo algumas nativas da Amazônia, flores, incensos, velas e dois tatames diametralmente afastados.

Assim que os convidados chegaram separadamente, Iaúna mandou que se despissem e vestissem túnicas de linho. A dupla foi colocada sentada nos tatames e ficou um olhando para o outro. Ainda havia ódio em suas almas, mas já havia sido iniciado o processo de perdão e cura orquestrado pelas mulheres de ambas as famílias.

Devidamente paramentada e pintada, Iaúna entra na sala iluminada apenas pelas velas.

— Meus amados. O ritual que ocorrerá aqui é o último ritual moxiruna. Quando eu digo último, é por dois motivos: primeiro porque esse é o ritual do eclipse. Ele era ensinado apenas para algumas mulheres da tribo, geralmente aquelas que descendiam dos caciques. Portanto, eu aprendi com a minha mãe, que aprendeu com a minha avó. Como eu sou a última mulher moxiruna, esse ritual será esquecido com a minha morte. O segundo motivo é que esse ritual e qualquer outro ritual moxiruna deverá ser abandonado após esta noite. Nós três, além de Martha, Pedro, Nayara e Nathalia, deveremos nos comprometer a jamais realizar outro ritual moxiruna, principalmente o da lua cheia. Isso, porque nós não temos mais inimigos para consumir e porque temos o remédio criado pela ALMO para garantir seus efeitos aos brancos e também a nós, descendentes dos moxirunas. Este ritual é baseado no ritual da lua cheia. Eu precisei dos dois ingredientes básicos, mas, desta vez, os consegui com cadáveres de um hospital, segundo orientações e apoio do Octávio. Assim, nós tomaremos hoje o último elixir.

Iaúna pega três cumbucas em uma mesa baixa atrás de si.

— Por ser o ritual do eclipse, a erva-base a ser misturada aos ingredientes é outra. Outros componentes também são usados. Vocês jamais saberão quais e, inclusive, alguns desses componentes são sementes raríssimas que busquei na floresta. Fechem os olhos, por favor.

Rodrigo e Octávio obedecem imediatamente. Eles temem os momentos que virão. Iaúna coloca nas mãos de Rodrigo uma cumbuca e faz o mesmo com Octávio. Pega o seu próprio recipiente e entoa cânticos moxirunas. Por fim, ordena:

— Sorvam todo o líquido em pequenos goles. Depois deitem-se.

Os homens seguem as orientações e, assim que a bebida é consumida, inclinam-se sobre seus tatames. Octávio pensa: "Que gosto estranho. É bem diferente do elixir original, que eu pensei que jamais tomaria novamente". Já Rodrigo reflete: "Minha tia é maluca. Juntou eu e o doutorzinho numa sala e ainda deu beberagem de índio pra gente. Bom, se for veneno, morro eu, ele e ela. Ou será que quer envenenar somente a mim?!".

Segundos depois, as mentes deles explodem em cores, luzes, sons e sensações. Os corpos são desligados. Não dá para levantar ou se mexer. Agora o palco é a mente e o elenco é a alma.

Rodrigo vê diante de si todas as pessoas que prejudicou ao longo da vida: os assassinatos diretos e os realizados pelos capangas sob suas ordens. Chora. Revive as torturas, as mortes nas madeireiras, os espancamentos e as atuações de Sabre em seu nome. Ele vê as pessoas que corrompeu e desviou do bom caminho. Vê suas vítimas e as famílias delas. Enxerga, inclusive, a dor de Lais, a bebê de Martha. São muitas e muitas vítimas. Muitas dores. Ele vivencia tudo intensamente.

Octávio também passa por suas vítimas. Vê Iaruanã, Joílson, Cleverson, Kaká e os assaltantes do restaurante. Depois, visualiza várias pessoas que não conhece pessoalmente, mas que serviram como ingredientes para os elixires que tomou.

Assim como acontece com os dois homens, Iaúna repassa mentalmente cada pessoa que morreu por suas mãos.

O ritual do eclipse aciona as sombras do indivíduo, a mais obscura e profunda memória, e obriga a pessoa a reviver em detalhes fatos que nem mesmo foram testemunhados. É algo ruim, doloroso e demorado.

Deitados, os três tremem e vertem lágrimas de compadecimento. A fase dois do ritual começa. É quando cada um vivencia os sentimentos dos outros dois. Rodrigo, Iaúna e Octávio sentem as dores, as esperanças e os medos uns dos outros. Compartilham inseguranças e traumas e regridem, dia após dia, na vida dos colegas de ritual, até o nascimento.

Começa a parte final do ritual do eclipse. Octávio, Rodrigo e Iaúna veem-se em um gigantesco vale sombrio. Os três estão grudados, com os corpos fundidos e completamente emaranhados. Não conseguem andar porque são seis pernas, seis braços, três cabeças. Tudo disforme e ligado entre si. Os pensamentos e as vozes misturam-se e há grande dor. São como uma só pessoa vagando.

Tentam se locomover, mas cada um só consegue ir para um lado. Compartilham órgãos. Há apenas um coração e dois pulmões. De repente, surgem no vale as pessoas mortas direta e indiretamente por eles. São almas sofredoras, tristes e marcadas. Parecem sombras melancólicas, rancorosas e em profunda dor. Entre elas, estão os entes queridos dos três. Todos em profunda angústia. Aproximam-se entre gemidos e gritos, arrastando-se. Tentam avisar, tentam pedir. Os três gritam de medo e desespero.

Octávio desperta em sua cama no dia seguinte. Não compreende. Martha está ao seu lado:

— Acordou, amor? Que bom.

— O que aconteceu?

— Calma. Sente-se.

— Meu Deus, estou completamente tonto.

— É o seguinte: Iaúna avisou que era para buscarmos vocês pela manhã. Eu e Nayara fomos até a casa dela. Só Iaúna é que ficou lá deitada.

Octávio olha o relógio e respira fundo.

— Você me carregou?

Martha ri:

— Claro que não. Cedinho, quando chegamos, vocês estavam despertos. É quase como uma pós-endoscopia, sabe? Lógico que sabe, né? Enfim, você estava lá naquela sala, com Rodrigo e Iaúna. Eu o chamei, você veio, entrou no carro e, aqui em casa, pedi que você tirasse a túnica e se deitasse para descansar. Ah, claro, eu trouxe suas roupas.

Octávio esfrega os olhos.

— Esse elixir que Iaúna nos deu foi algo inimaginável. Algo incrível. Que loucura!

— Incrível mesmo foi encontrar você, Iaúna e Rodrigo no meio da sala abraçados e chorando muito.

— O quê? Sério?!

— Sabe aqueles abraços de bêbado? Era mais ou menos isso. Agora me conta. O que aconteceu lá?

Octávio levanta-se e vai em direção ao banheiro. Liga o chuveiro.

— Não dá para dizer tudo. É uma experiência que só pode ser vivida. Eu me sinto muito, muito bem. Eu me lembro e sei de todas as pessoas a quem causei mal. As vivas e as mortas. Eu estou com uma imensa vontade de compensar o mundo. Sei que não dá para resolver diretamente com todas as pessoas que eu fiz sofrer ou suas famílias. Mas se eu fizer escolhas diferentes das que fiz até aqui, sinto que levarei luz para essas pessoas e a outras que estão à minha volta. Encontrá-las durante o efeito do elixir foi como pedir perdão e ser perdoado ao mesmo tempo. Agora preciso fazer valer esse sentimento.

Martha espanta-se e o marido continua falando:

— E o melhor de tudo é que Iaúna e Rodrigo passaram pelo mesmo. Eu entendi o ponto de vista deles e sei que eles entenderam o meu.

Antes de entrar no chuveiro, Octávio conclui:

— Acabou, Martha. Acabou de vez. Não há mais ódio, guerra, rancor, vingança ou alguém a ser perdoado. E o melhor: isso serve pra mim, pro Rodrigo e pra Iaúna, definitivamente. Vale para os Rodrigues e para os Albuquerque — Abre um enorme sorriso — Querida, vamos viver nossas vidas.

A Contrapartida

A presidência de Rodrigo Rodrigues torna-se histórica para o Brasil. Após o primeiro mandato, engata um segundo cheio de conquistas e cria um plano de desenvolvimento a ser seguido pelos sucessores no futuro.

É realizado um plebiscito, e o segundo mandato de Rodrigo é prorrogado por dois anos, para que o período das eleições federais e estaduais coincidam com o das municipais. Assim, o país passa a ter uma eleição a cada quatro anos para todos os cargos públicos eletivos, gerando consistência, racionalidade e economia ao processo.

Rodrigo abandona a política, após um mandato de senador consecutivo ao seu segundo mandato como presidente. Há grande pressão para que ele se candidate novamente, mas, contrariando as regras do carreirismo político, o filho de Iaruanã se abstém e deixa a vida pública. É visto, vez ou outra, em eventos sociais ao lado da sempre bela Latifa e dos filhos.

Nathalia morre anos depois. Parte em paz, na cama, cercada pelos netos. Suas últimas palavras são:

— Carlos, sua Iara está indo...

Estela, a primeira filha de Martha e Octávio, vem linda e saudável. Em seguida, um menino chega para alegrar a família. Anos depois, o casal adota uma terceira filha. A ALMO torna sua abordagem menos predatória com o passar dos anos. Em parceria com o ministro da saúde, desenvolve planos para a popularização de medicamentos essenciais. Os produtos mais críticos em posse da ALMO tornam-se mais acessíveis e, anos antes do prazo de quebra de patente do Macrozyni EVO2, Octávio cede os estudos da droga a universidades e pesquisadores brasileiros para que seja aperfeiçoada e usada em benefício da humanidade.

Uma vez que Octávio deixou de odiar Rodrigo e o perdoou, tudo em sua vida tornou-se leve e fluido. O jovem médico não se recorda de um tempo em que não estivesse preocupado, mergulhado em mentiras e segredos, combatendo alguém ou armando-se de ódio.

Quando Rodrigo perdoa os Albuquerque, todo o ódio se dissipa e, num primeiro e breve momento, há um vazio. O filho de Iaruanã preocupa-se, mas apenas por um curto espaço de tempo, porque os problemas da nação, as necessidades de melhoria da vida do povo brasileiro, o preenchem.

Iaúna, ou melhor Cristina Albuquerque Purangy, trabalha por muitos anos na ALMO. Encontra frequentemente os fundadores nos elevadores ou em reuniões, e os assuntos sempre são estritamente profissionais, mas com simpatia, sorrisos e brincadeiras. Às vezes, Octávio lhe pergunta se está bem. Martha sempre se recorda do aniversário e envia uma cesta festiva para a competente funcionária.

Ninguém descobre que aquela mulher havia criado o fundador da empresa e o conhecia desde pequeno. Octávio e Martha disfarçam o máximo que podem e têm conseguido manter o segredo.

Rodrigo e Iaúna revelam ao mundo a verdade sobre os moxirunas. Livros, estudos históricos e documentários são produzidos em busca da cultura perdida deste misterioso povo.

Não demora muito para vir a aposentadoria de Iaúna. Nos últimos dias de trabalho, ainda que goze de grande inteligência e lucidez, dona Cristina parece não ter mais força nas pernas e chega a sofrer algumas quedas.

Além da aposentadoria, passa a receber um bônus mensal da ALMO destinado a profissionais de atuação marcante. Nunca mais lhe falta dinheiro e sua poupança lhe permite comprar o terreno de um antigo casarão, parcialmente destruído em um incêndio, em área nobre de São Paulo. O local é completamente reformado e, lá, dona Cristina passa seus últimos anos cuidando de hortas, ouvindo música e participando de eventos sociais com um novo e divertido círculo de amigas.

Constantemente viaja para Brasília para visitar a família e recebe todos em sua casa sempre que possível. Cuida com carinho dos sobrinhos-netos.

Uma tarde, enquanto passeia pelo Mercado Municipal para comprar algumas frutas e ervas exóticas, ouve:

— Dona Cristina?

Ao olhar para trás, com dificuldade, depara-se com o casal Octávio e Martha. Trazem um menino de nove anos. Iaúna ajeita os óculos espantada:

— Nossa! Como vão?

Neste dia, há abraços e cumprimentos mais calorosos. Martha e Octávio notam que a velhice finalmente chegou para Iaúna.

— E quem é esse rapazinho? — aponta para o menino que acompanha os pais.

— Esse é Octávio Albuquerque Neto. Tavinho, diz oi pra vovó!

Tímido, o menino cumprimenta a senhora conforme a mãe pediu.

— Pessoal, eu vou até o carro ver se deixei meu celular lá — Octávio mexe nos bolsos da calça — É um segundo, já volto!

Martha tem uma ideia:

— Espera, Octávio. Vou com você. Dona Cristina, a senhora pode cuidar pra gente do Tavinho? É coisa rápida.

Iaúna não sabe o que responder. O casal afasta-se. No caminho até o carro, Octávio pergunta:

— Tem certeza?

Martha sorri:

— É um presente para ela. Deixe ela ter certeza de que perdoamos e confiamos nela.

Iaúna, enquanto espera o retorno do casal, compra um doce para o menino e pergunta:

— Tavinho, não é? Chamam você de Tavinho, certo?

O menino concorda:

— Eu sou a...

— A dona Iaúna! Eu sei, a senhora criou meu pai, né? Cuidou dele. Eles sempre falam da minha outra avó e da senhora.

Lágrimas brotam dos olhos cansados da indígena.

— Isso mesmo, meu menino. Olha, Tavinho, seja sempre bom. Obedeça sempre a sua mãe e seu pai. Eles são maravilhosos.

— Tá bom!

— E onde está sua irmã? A Estelinha?

— Ela preferiu ficar em casa brincando com as amigas.

— E você vai bem na escola?

— Sim! Eu sou o melhor aluno!

Neste momento, o casal retorna. Octávio pergunta:

— E aí, filho, vamos?

O menino concorda. Todos se cumprimentam em despedida. Octávio olha para Iaúna como se esta fosse a última vez que a visse. E, talvez, seja mesmo. No caminho de casa, Martha pergunta para o marido se ele está bem.

— Sim, amor, estou. Só não esperava esse encontro.

— Por que você não a visita? Vai lá, aparece no casarão. Toma um chá... bom, um chá, não. É melhor tomar um café! — sorri.

Quando Iaúna chega ao casarão, sente-se pesada e cansada. Caminha até o segundo andar, despe-se e olha-se no espelho. Está velha. Até quando se arrastará pela vida?

Ao se virar, ouve um som vindo do espelho. Torna a girar o corpo e vê, no reflexo, uma forte luz. "Mas, como? As janelas estão fechadas!". Da luz do espelho, a mais bela versão de dona Cristina surge sorridente.

— Dona Cristina!

— Iaúna! Minha Iaúna!

A visão dá um passo e sai do espelho. Ela é capaz de dar um forte e caloroso abraço na amiga.

— Tão cheirosa, dona Cristina!

— Obrigada por tudo!

Iaúna cai ajoelhada, segurando as mãos de Cristina.

— Eu é que lhe agradeço. Agradeço por tudo e lhe peço perdão! A senhora me perdoa?

— Já lhe perdoei faz tempo, minha amiga. Está tudo bem!

Iaúna sorri leve e logo se lembra:

— Meus pais! Meu irmão... eles... A senhora precisa descer lá onde eles estão, precisa ajudar eles.

Desta vez, quem sorri é Cristina:

— Iaúna, não há subir ou descer. Estamos bem! Estamos todos juntos e felizes!

A indígena espia por cima do ombro de dona Cristina e, no espelho, entre muitas névoas brancas e luzes, consegue vislumbrar ao longe muitas pessoas em festa. É uma festa estranha, híbrida. Há elementos de uma cerimônia moxiruna, mas também parece o encontro social do homem branco. Todos os membros da tribo moxiruna estão lá e saúdam Iaúna. Há um bater de palmas indígena. O cacique e sua esposa surgem abraçados a um forte e altivo Iaruanã vestido em trajes indígenas.

Dois dias depois, Octávio vai ao casarão visitar Iaúna. Toca a campainha, grita e bate palmas, mas ninguém atende. As luzes estão acesas, mas é dia. Octávio fica preocupado e empurra o portão. Está destrancado. Segue acelerado até a porta da frente. Não há ninguém na sala. Começa a gritar:

— Iaúna! Iaúna!

Não ouve resposta em cômodo algum. Sobe correndo para o quarto principal e nada.

Iaúna jamais foi encontrada. Estranhamente, suas roupas estavam dobradas e arrumadas sobre uma poltrona do quarto próxima a um grande espelho. Anos depois do desaparecimento, é realizado um funeral de corpo ausente. Toda a ALMO vai à cerimônia da competente e saudosa dona Cristina Purangy. São feitas diversas homenagens. Em certo momento, Octávio comenta com Martha:

— É o segundo funeral de Iaúna que eu venho.

— Sim. E já é a terceira vez que ela morre.

Eles riem, não com desrespeito e, sim, com saudade e humor. Este foi o único evento onde todos os membros das famílias Albuquerque e Rodrigues estiveram presentes simultaneamente. Foi um momento de despedida. Octávio e Rodrigo não puderam contar ao público a real importância de Iaúna em suas vidas, mas, secretamente, sabem que aquela mulher havia começado e terminado tudo.

Alguns anos depois, Octávio viaja para o Amazonas para palestrar em uma Universidade. Enquanto caminha sozinho à noite no centro, encontra um grupo de crianças pedintes em situação de rua. Uma menina, em especial, lhe chama a atenção pela beleza, olhos vívidos e inteligência. Conversando com ela, descobre que a menina é indígena e não tem família. Tem seis anos e conseguiu fugir de um orfanato e sabe que, se retornar, entrará novamente para a fila de espera da adoção.

— Por favor, me leve daqui!

Após muitas etapas burocráticas que duram meses, o casal Martha e Octávio Albuquerque acolhe a pequena indígena, que de tão desassistida e abandonada carrega apenas a roupa do corpo e uma peculiar gargantilha preta.

Leva o nome de Iatiaia. Octávio e Martha chamam-na de Aiá. E claro, ela os chama de papai e mamãe como qualquer outra criança o faria. Há algo de familiar nesta garota linda e genuinamente alegre. Ela parece conhecida para o médico desde o dia que a encontrou, e isso gerou muita empatia.

Em uma tarde de domingo, Martha e Octávio, em meio à diversão com a adorável Aiá, pulam pelos sofás da sala e brincam de esconde-esconde por detrás das cortinas e armários, quando o celular de Octávio toca. A pequena Iatiaia antecipa-se para atendê-lo antes de Martha e Octávio, gritando e rindo alto:

— Eu atendo!

O casal entreolha-se admirado com a energia, a confiança e a destreza que aquela criança está ganhando. Passa o dedo na tela para desbloquear o celular num movimento ágil e concentrado de criança.

— Alô? Quem fala? Oi, tio. É a Aiá. Ah, é? Eu tô bem e você? É... Tá... Tá, tá bom! Eu vou chamar o papai. Pera, peraí.

Martha e Octavio continuam se entreolhando, mas agora sorrindo com a alegria da menina.

— Pai! — tira o celular do ouvido — É para você. É o tio Oswaldo.

FIM

A CONTRA-PARTIDA

Um thriller sobre o poder de uma decisão. Qual seria a sua?

URANIO BONOLD
UM THRILLER SOB
O PODER DE UMA DECISÃ
QUAL SERIA A SU
A
CONTRA
PARTIDA
LIVRO 1
valentina

Sinopse

Todos nós temos um lado sombrio. Afinal de contas, isto é parte do ser humano. O grande questionamento está em identificar o quão profundo você seria capaz de mergulhar na sua escuridão interior mesmo com a melhor das intenções. Essa é uma das provocações que o leitor encontrará em A Contrapartida, livro do escritor Uranio Bonoldi.

A Amazônia nunca esteve tão em alta quanto em tempos atuais. E é nessa região que nasce o ponto central da trama.

A história gira em torno do menino Tavinho, um jovem que para não frustrar a mãe e honrar a memória do pai, vítima da violência da cidade de São Paulo, opta por cortar caminhos durante sua adolescência. Com a 'ajuda' de sua governanta, Iaúna – nascida em uma tribo indígena já extinta, ele aceita tomar o elixir da sabedoria. No entanto, a decisão para se tornar mais astuto, com raciocínio mais ágil, com uma inteligência acima da média, a princípio inofensiva, resulta em sérias consequências que colocam em xeque o futuro do personagem e de todos à sua volta.

Sabe aquele livro que é impossível parar de ler? É esse o exemplo de A Contrapartida. Com leitura rápida e fluida, o *thriller* captura o leitor já nas primeiras páginas, em situações sombrias, de misticismo e mistério em torno de uma série de estranhos assassinatos.

A CONTRA-PARTIDA

Livro 2: O Contra-ataque

Um thriller sobre o poder da vingança. Vale a pena?

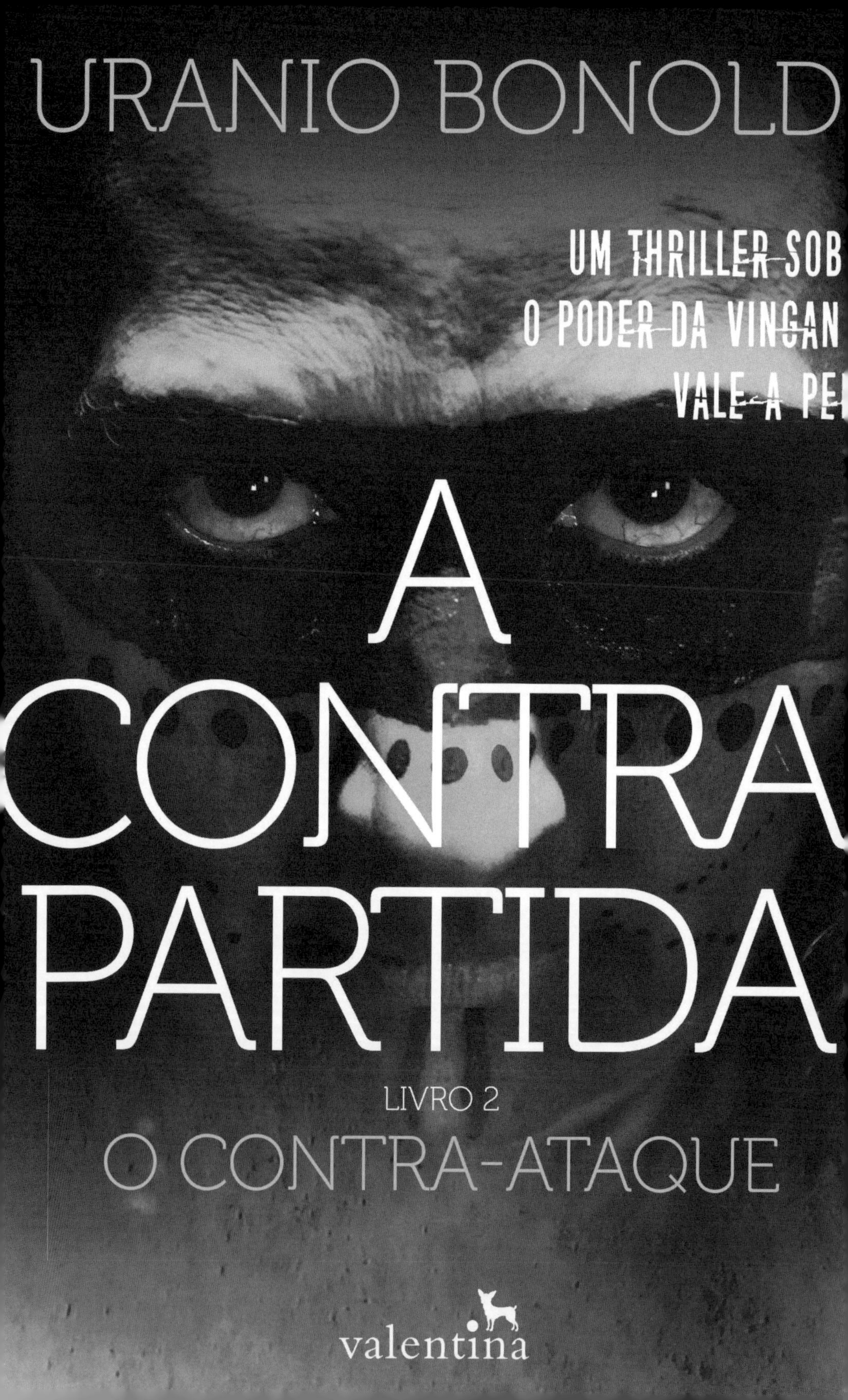
URANIO BONOLD
UM THRILLER SOB
O PODER DA VINGAN
VALE A PE
A CONTRAPARTIDA
LIVRO 2
O CONTRA-ATAQUE
valentina

Sinopse

A vingança sempre esteve presente em diferentes domínios e contextos das relações humanas. E o autor Uranio Bonoldi propõe um novo olhar sobre o tema, no thriller *A Contrapartida Livro 2 — O contra-ataque*, que convida o leitor a seguir envolvido por um clima de suspense e mistério, enquanto preenche inúmeras lacunas deixadas em aberto.

Qual será o futuro do médico? Quais as consequências de suas escolhas? Como digerir o trágico destino de suas duas mães?

A terrível situação em que o dr. Octávio Albuquerque Júnior foi deixado no primeiro livro conduz a imaginação dos leitores ao limite, em um thriller ágil, tenso e repleto de momentos que os levarão a profundas reflexões.

A Contrapartida cativou rapidamente milhares de leitores, tornando-se um best-seller, principalmente pela qualidade da trama e pela valorização da diversidade cultural brasileira. O livro é considerado um dos principais thrillers nacionais dos últimos anos e alcançou o ranking dos mais vendidos na Amazon, desde o lançamento.

A CONTRA-PARTIDA

Livro 3: A Contra-história

Um thriller sobre o poder do não.
Tem coragem?

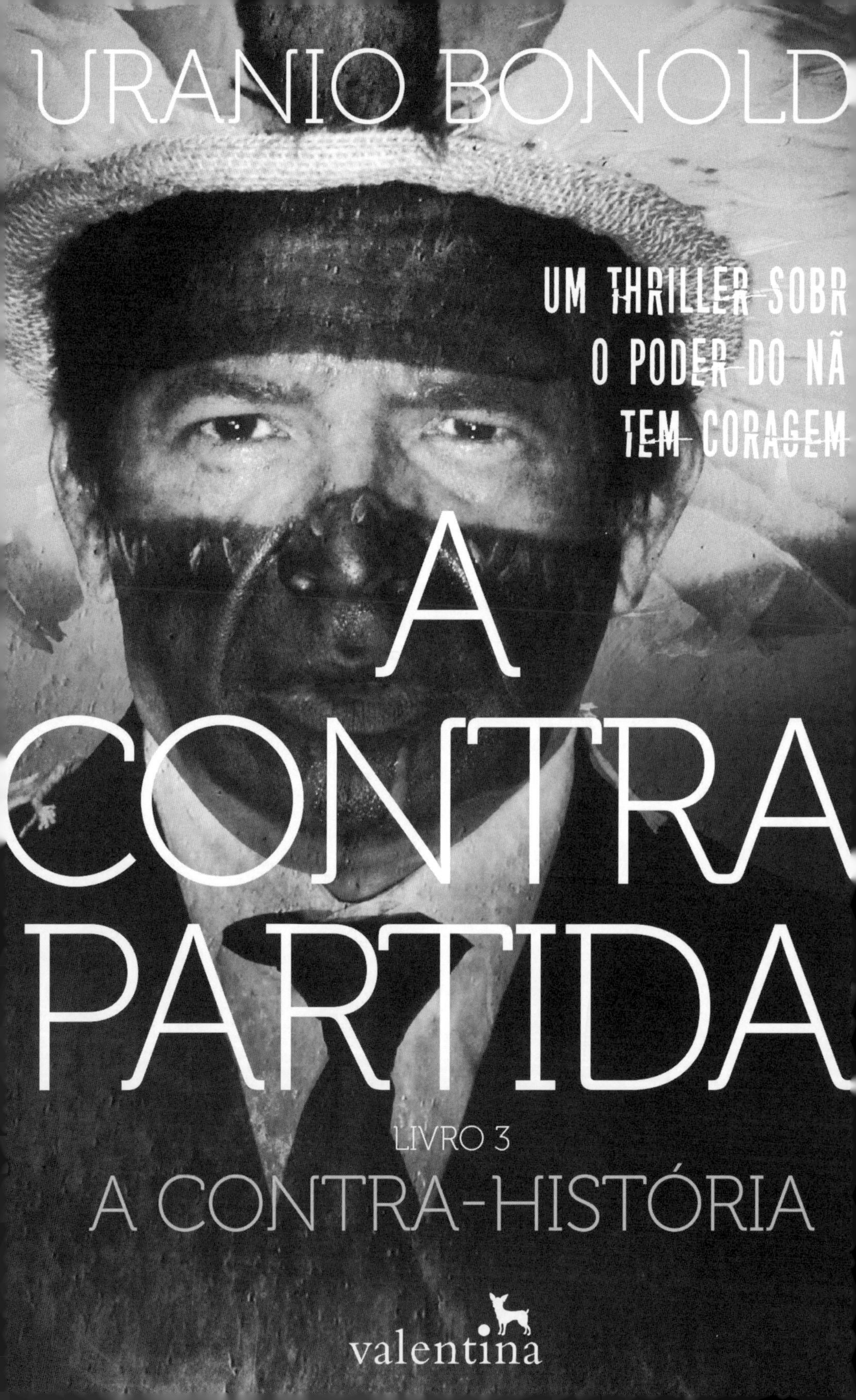
URANIO BONOLD
UM THRILLER SOBR
O PODER DO NÃ
TEM CORAGEM
A CONTRA PARTIDA
LIVRO 3
A CONTRA-HISTÓRIA
valentina

Sinopse

"O que Uranio Bonoldi tem feito com a sua série A Contrapartida é desafiador, questionador e ousado. O autor abraça o thriller na sua mais pura essência e tal como as histórias de Hitchcock, que mergulham num suspense pautado pela urgência de seus acontecimentos e revelações, ou um drama intenso de Almodóvar, onde as escolhas acabam impactando drasticamente todo o curso.

Uranio pega qualquer um desprevenido em *A Contra-história*, terceiro livro da série. E confesso, meus amigos, que, por mais que o título traga uma pista – ou o final do segundo livro dê sinais do que poderia vir por aí –, enveredar dessa vez pela vida de Octávio Albuquerque Jr. será diferente e catártico como nunca. Será quase como caminhar no escuro, mesmo conhecendo a história.

O malabarismo com facas do autor, além de jogar com o destino de seus personagens, coloca-os diante do perigo e da imprevisibilidade constante. Mais uma vez, sugados pelas páginas, somos convidados a pensar e nos questionar, enquanto, sentados na ponta da cadeira em busca de respostas, estamos num quebra-cabeça muito mais complexo e intrigante do que imaginávamos."

Lucas Maia

— jornalista, escritor e criador do canal Refúgio Cult no Youtube